新潮文庫

狂気の沙汰も金次第

筒井康隆著

新潮社版

2360

目次

狂気の沙汰も金次第

随筆

半年ほど前の話である。

ある新聞の学芸部から原稿を頼まれた。

学芸部からの依頼だから、当然学芸欄に載るのであろうと思い、ぼくは自分が娯楽小説のありかたについて以前から考えていたことを、小論文にまとめて渡した。

ところが返送されてきた。

同封の手紙には、「随筆を頼んだつもりだったが、これは論文であって、随筆ではない。書きなおしを願いたい」という意味のことが書かれていた。

東京本社からの依頼を大阪本社で中継ぎしたため、このような手違いが起ったのだろう、と、ぼくは思った。随筆を書けという依頼は、ぼくは受けていなかったからである。

同じ日に大阪本社からも電話がかかってきた。そこでぼくは、これはこちらのミスではないのだから、書きなおしはできないと、そのようなことを言ってことわった。

一度や二度の書きなおしは当然、といった大新聞社のでかい態度が、こちんときたためでもあった。

数日後、東京本社の担当者から長文の手紙がきた。

「あの原稿は固すぎたのでお返ししました。ご了解ください。なお、当方の考えるところによれば、随筆とは即《すなわ》ち、心象と物象との交わるところに生じる文ではないかと存じますが、うんぬん」

あ、まだレンラク、トれてなーい、と、ぼくは思った。何度もいうようだが、ぼくは

随筆という依頼は受けなかったのである。

ところがご丁寧にもこの担当者は、ぼくが随筆の何たるかを知らずしてあんなものを書いたと思いこみ、随筆とはどういうものかを解説してくださっているわけである。

怒りやすいぼくはカッと腹を立て、随筆の何たるかぐらいは心得ているぞと罵《ののし》った。

だが残念ながら、随筆というものが「心象と物象との交わるところに生じる文である」ということを、ぼくはその時初めて知ったのだった。

それまでは随筆というものが「心象と物象との交わるところに生じる文である」とは夢にも思っていなかったため、ぼくは腹立ちを押えてウーンと考えこみ、さては随筆というものは「心象と物象との交わるところに生じる文で」あったか、これはよい勉強をしたと、ぽんと膝《ひざ》を打ち、便所へ行って小便をし、その晩はぐっすり眠ったのである。

さて、はからずも今回その随筆を、百回以上にわたって書かねばならぬことになった。

ところがあいにくぼくは、心象と物象とが交わるところに生じる文を、百回以上にもわたって書くなどという大事業はできそうにない。

そんなものを毎日書いていたのでは、百回も続かぬうちに膝関節炎《しつかんせつえん》が再発し、胃炎が再発し、気が変になり、つまり心身ともに不健全な状態になってしまうだろう。

ぼくとしては、それが随筆になっていようとなるまいと、好きなように書くしかないのである。

即ち、心象と物象が激しくぶつかりすぎて壊れてしまうかもしれず、心象と物象が交わらずにすれ違いを演じ、心象の方は崖《がけ》から転落し、物象の方は車道にさまよい出てダンプ・カーにはねられてしまうかもしれない。

だが、それしか書けないのだとしたらこれはもうしかたがないわけで、まっとうな随筆を期待される読者にはお詫《わ》び申しあげるだけだ。

ところで最初の話に戻る。東京本社からきた手紙の末尾にはこう書かれていた。「没にした原稿の稿料は、別便でお送り申しあげますので、何とぞお受けとりください」

原稿料はまだこない。

半年以上前の話である。

パチンコ

ぼくは神戸市の西のはずれ、垂水《たるみ》という町に住んでいる。

国鉄垂水駅の周辺にはお定まりの「垂水銀座」をはじめとする商店街があり、この中には四軒の大きなパチンコ店がある。

四軒、といっても、実際は二軒なのではないか、と、ぼくは思っている。即ち、同じ建物内の二軒続きが二カ所にあるのだ。その上、並んだ二軒は店名が違うだけで、その造りや台の機種がまったく同じだ。考えるにこれは、一般にパチンコ人種なるものは一軒の店で入らないとすぐ他の店へ移動しようとする傾向があるため、これを他の店へ取られぬよう食いとめようとしてパチンコ店の経営者がけんめいに考えた末のアイデアなのであろう。もっともこれは確かめたわけではなく、ぼくが勝手にそう思っているだけなのだが、あなた、どう思いますか。

ぼくはこの四軒だか二軒だかを渡り歩き、一日に一時間は必ずパチンコをする。二時間、三時間、四時間と長びく場合もある。

毎日、パチンコ店に通っていると、いろいろ面白い人物と隣あわせる。

パチンコの台 一台あたりの巾は 平均的男性ひとりの肩巾より せまく出来ているので お互いに肩を 入れ合わないとやりにくい。
ダーク・ダックスの基本的ポーズは ここから来てる!

べらべら喋《しゃべ》りまくりながら打っているのもいる。「あかん。また入らへん。あかんがな。おかあちゃん。えらいこっちゃ。入らへんがな。あかん。堪忍《かんにん》してや。おかあちゃん。また入らへん。どないしょ。こら家へ帰られへんがな。助けてくれ。あかん。また入らへん。もう、金あらへんがな。スってしもたがな。おかあちゃん。怒らんといてや。あかん。あかんがな。おかあちゃん。入った。入った。あ、入らへん。また入らへん。

また入らんようになってしもたがな。どないしょ。おかあちゃん。入った」

うるさいことおびただしい。手もとがくるい、こっちまでスってしまう。

入るたびに大きく口をあけ、あはは、あははと笑うやつもいる。これも頭にくる。

「あはは。入った。あはは」

台の左側へからだを倒して打つやつがいる。こういうのが右側でやりはじめると、玉を打つ手にからだをすり寄せてくるので、やりにくくてしかたがない。実際は指さきだけの動作で打っているのだから、さほど影響はない筈《はず》だが、なんとなく気になるのである。

ところがこういう人物が話しかけてきたりする。「兄哥《にい》ちゃん。その台、天穴がぴったと、とまりよるやろ」

こっちも返事をする。

不思議なもので一度コミュニケーションがあると、からだがくっついていてもそれからはさほど気にならなくなる。男同士、いやらしくぴったりと身を寄せあって打ち続けるわけである。

いちど、ぼくの右側でヘビー・スモーカーの男、左側でぜんそく持ちの男が打ちはじめたことがある。

ヘビー・スモーカーが、ぷわーとタバコの煙を吐く。その煙はぼくの前をただよい、左へ移動してぜんそく持ちのところへ行くわけだ。ぜんそく持ちはそれを吸いこんで、はげしく咳《せ》きこむ。

「ごほ。ごほげほ。ごほげほげほごほ」

咳きこみながら首をのばし、ヘビー・スモーカーの顔を噛《か》みつきそうな表情で睨《にら》みつける。ヘビー・スモーカーは平気で、またぷわーと煙を吐く。

「ごほげほげほげほ」

しまいにはこのぜんそく男、煙を吹き戻しはじめた。流れてくる煙を、背を丸めてふうー、ふうーと吹くわけである。パチンコはそっちのけだ。それくらいなら台を変わればよいのに、それをしないのが面白い。

神戸市垂水、小さな町ではあるが変った人間は大勢いる。

討論

座談会とか、討論会とかいったものに出席するのは、ぼくは嫌いである。

むろん、喋るのが下手だからでもある。だがそれ以上に、公開の座談会や討論会、つまり誌上座談会とかテレビ討論会とかいったものに必然的に要求される、あの無神経さ、図太さといった性格の持ちあわせがないためだ。

以前、会社にいた時、企画会議というのがあった。

部長クラスも出席するから、若い社員はけんめいにいいことを喋って認めてもらおうとし、我がちに発言しようとする。ぼくもけんめいにいいことを喋ろうとした。

ところが、考えた末にいざ喋ろうとした時には、その話題はもう古くなってしまっている。今さら自分だけの都合で話をもとへ戻すことはできないと思える雰囲気になっている。そこでしかたなく黙ってしまうという、そういうことがたびたびあった。

結局喋り続けるやつは、あたり前のことをいろいろなことばでたくさん喋れるやつ、声の大きなやつ、ということになってしまう。中には他人の発言を封じようとするやつ、他人の発言中に喋り出すやつもいる。つまり無神経なやつが勝つわけである。

こういった討論が公開の場で行われると、図太いやつはますますその傾向を強める。もはや相手の言うことなど何ひとつ聞いていない。自分の喋りたいことだけをがなり立てているだけである。

週刊誌や雑誌などに載っている座談会を見ると、必ずひとり、他の人よりよけい喋っているやつがいる。誰かが二、三行発言すると、次には必ずそいつが十行か二十行喋っ

ている。

こういうのを見るとぼくはその男を叩《たた》き殺してやりたくなる。他の人の発言を封じているのではないかといった気遣い、喋りすぎると他の人の発言時間を奪うことになるのだという自覚など、さらさらない。少し喋りすぎたのではないかという反省もない。二十行喋って、少し発言を控えるかと思っていたら次の発言者の尻《しり》を蹴《け》とばして、またぞろぺらぺらやり出すといった按配《あんばい》である。

こういうやつに限ってインテリ面《づら》をしていて、自信満満、エリート臭ふんぷんである。そして庶民の無神経さを攻撃したりなんかしている。

テレビ出演の依頼をことわり続けて一年になる。それというのも、こういった連中のなま臭さがほとほといやになったからである。

連中の方にしてみれば、そうでなくては生きていけないぐらいに思っているのだろうが、そう開きなおっているところがますます鼻につく。

聞くところによれば、テレビなどの討論会では、他の発言者のいうことを聞いていてはいけないのだそうである。

誰かが喋っている間、自分が次に言うことを考えていなくてはいけないのだそうだ。そして誰かが喋り終れば、いや、まだ喋っていても、すぐに喋り出すといった具合でなければその番組は面白くならないのだそうだ。

なるほど表面的にはお喋りが連続するわけで空白は生れないだろう。だがこの意見には、「視聴者なんて、どうせ発言内容をそれほど深く理解してはいないのだ」という思いあがりがある。

以前テレビのある番組で、ぼくが喋っていた。するとと同じ出演者のひとりが、話なかばでだしぬけにテーブルをどーんと叩き、「なるほど」と叫んだ。なるほどというぐらいだから、ぼくの意見に同調してくれるのだろうと思い（これは誰でもそう思う）まだ喋りたいことはあったのだが、とにかくお喋りを中断すると、ご本人はテーブルに身をのり出し、「ところで、話はぜんぜん違いますが」

電話

以前は電話機が、大黒さまのうずくまった姿に見えたものである。

小説を書きはじめたばかりで、かかってくる電話はたいてい原稿依頼だった。無名だったから厭《いや》がらせ電話、いたずら電話、脅迫の電話、ファンからの質問の電話なども、滅多にかかってこない。東京へ出てきたばかりだったから家族、友人からの電話もない。ほとんどが金になる電話ばかりで、貧乏だったぼくにとってその頃の電話機が福の神に見えたのも当然だった。

ところが最近のように注文が殺到し、督促の電話がふえ、おかしな人間からかかってくるようになると、勝手なもので電話は暴力であると思いはじめた。電話機が鬼瓦《おにがわら》に見えはじめたのである。

ご存じのように電話は早朝であろうと深夜であろうと、はたまた用便中であろうと入浴中であろうと、来客中であろうとややこしいプラモデルの組立て中であろうと、はなはだしい時にはセックスの最中であろうと、おかまいなしにかかってくる。

一度などファンの女子大生をつれこんで音楽でムードをもりあげ、いざこれからという時に電話がかかってきて逃げられてしまったこともある。これが暴力でなくてなんであろうか。

さらにおぞましいのはあの電話のベルである。受話器をとらないかぎりいつまでも、「さあ出え、すぐ出え。早う出え、今出え」とばかり鳴り続ける。しかたなしに受話器をとったが最後、相手の名と用件を一応は聞かねばならないわけで、喋るのに長時間を

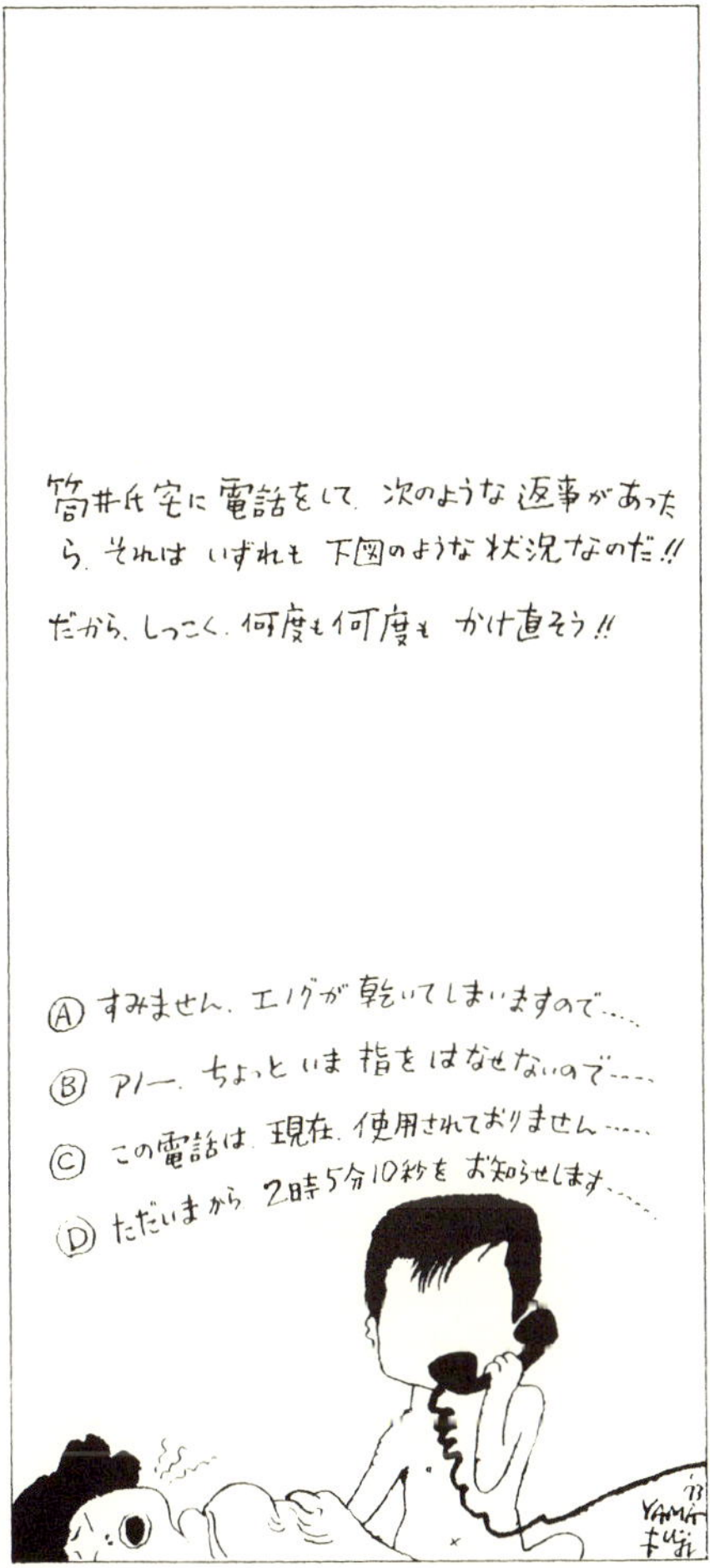
筒井氏宅に電話をして 次のような返事があったら それは いずれも 下図のような状況なのだ!!
だから しつこく 何度も何度も かけ直そう!!
Ⓐ すみません エノグが乾いてしまいますので……
Ⓑ アノー ちょっと いま 指をはなせないので……
Ⓒ この電話は 現在 使用されておりません……
Ⓓ ただいまから 2時5分10秒を お知らせします……

要するややこしい用件をもちかけてくる相手に限って、「今、おいそがしいのではありませんか」などといった心遣いなど無用と心得、こっちの感情を無視してべらべらと言うべきことを最後の最後まで喋りまくる。

かくてその間に、用便中、入浴中であった場合は風邪をひくわけだし、絵をかいていた場合は絵具が固まってしまってもはや同じ色が二度と出せなくなり、大傑作は失敗作となる。時計を分解していた場合は二度と組立てられなくなり、来客中だった場合は客が帰ってしまい、食事中だった場合は味噌汁《みそしる》が冷えてしまうのだ。これが暴力でなくてなんであろうか。

あの電話のベルというやつは、分解してちょっと細工すればいくらでも音を小さくできるそうだが、そうすると便所の中にいて聞えない場合もあり、大事な用件を聞きそびれたりする。電話のベルはでかい音を立ててこそ合目的的なのである。

ところがぼくのように、電話機を仕事机の隅に置いておいた場合は、まことに心臓に悪い。

ああ、この仕事早くやらんと、もうそろそろ督促の電話がかかってくるな、そんなことを思っている最中にジャーンと鳴ったりしようものなら、びっくりしてインク壺《つぼ》をひっくり返し、ペンを天井の近くまでとばしてしまい、とびあがって椅子《いす》からころげおちるのである。

以前いた家では、電話機のすぐ傍で寝ていた。うとうとしかけた時にジャーンとくると心臓がでんぐり返ってしまう。

ベルが鳴る直前、電話機が小さく、ごとん、と鳴る場合がある。あ、鳴るな、と思っているとジャーンと鳴る。心臓がでんぐり返る。

まったく予告音がなかった場合でも、あっ、もうすぐ鳴るな、といういやな予感がする時がある。すると案の定ジャーンと鳴る。ヒッチコック映画と同じ原理であって、鳴るか鳴るかと思っている時にジャーンと鳴った方が、より驚愕《きょうがく》の度合いが大きい。

電話があるために、ぼくの寿命は少くとも二、三年は縮んでいるであろう。

煙　草

　タバコに関して以前ある週刊誌にこんなことを書いた。

肺癌《はいがん》になるというのでタバコをやめたり、フィルターつきのタバコを喫《す》ったりする人がいるが、気持がわからない。おれなどは罐《かん》入りピースを一日にひと罐あける。世の中に罐入りピースほどうまいタバコはない。

　さっそく反論の投書がきた。

　それは強がりである。ほんとは肺癌がこわいくせに、わざと豪傑ぶってそんなことを書くのだ。

　こういった種類の、安易で浅はかな分析をされると、嬉《うれ》しくなり、恥ずかしくなり、照れ照れになって頬を掻《か》きむしりたくなってしまう。

　肺癌は誰だってこわい。そしてタバコが健康に悪く、ヘビー・スモーカーが肺癌になりやすいことぐらい、誰だってよく知っている。だからぼくもタバコを喫う時はある程度びくびくしながら喫っている。そんなことぐらいなら教えてもらわなくても自分でよく知っている。

びくびくしながら喫う、そのためにタバコはうまいのである。

高校生時代、見つかれば叱《しか》られるとわかっていながら便所にかくれて喫ったあのタバコのうまかったこと、これはぼくひとりの体験ではあるまい。

タブーに触れる時の快感、これは人間に共通したものである。いけないいけないと思いながらついに矢も楯《たて》もたまらずぶっ掻く時のオナニーの快感にも似たものがある。

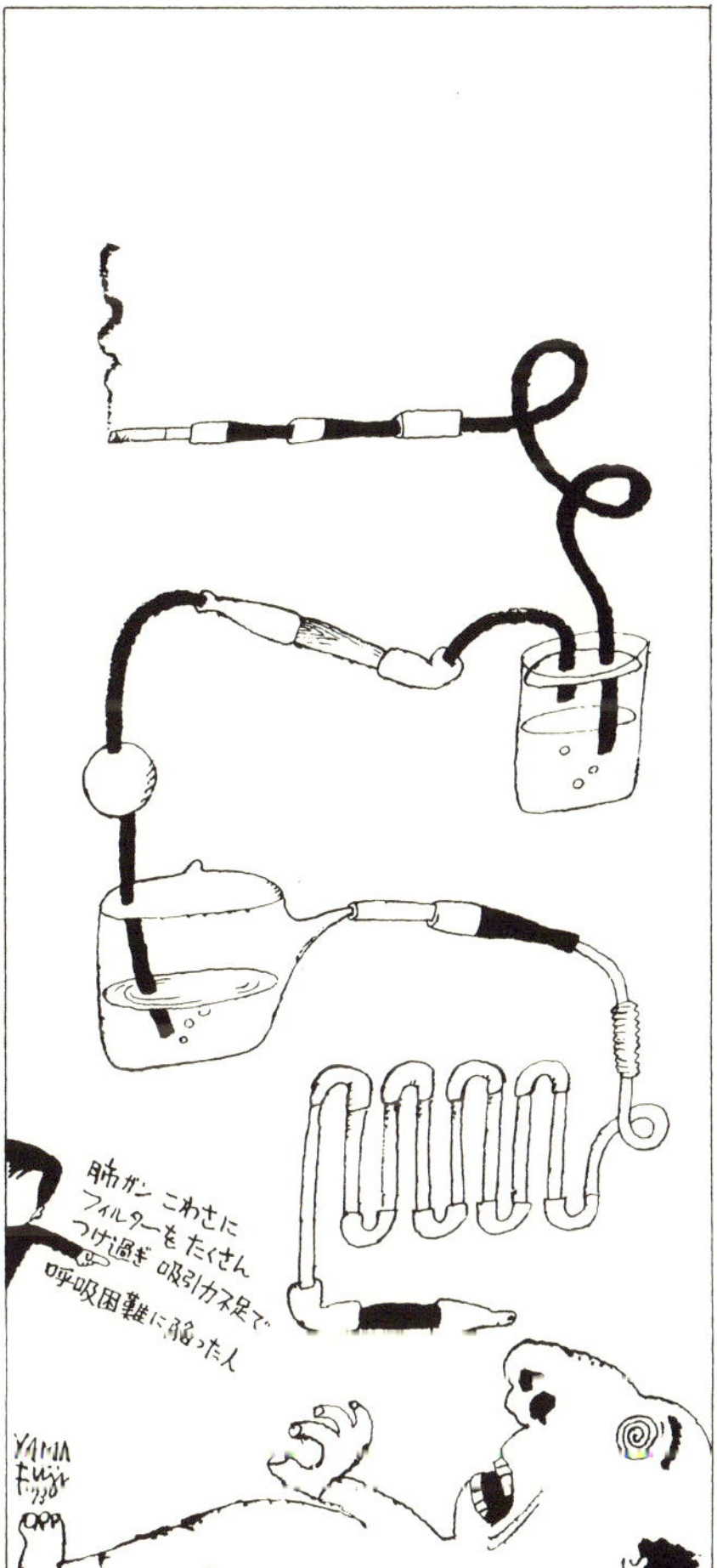

やっちまったあとの、ああまたやっちまったと思うあの虚脱感も、喫煙と共通する感覚である。こういった感情がなければ、タバコなんてさほどうまいものではないのである。

と、まあ、分析するならどうせのこと、この程度までは分析してほしいものである。常識を基礎とした分析は堂堂めぐりであり、なまぬるく、虫酸《むしず》が走り、もぐらもち的であり、しかもなめくじ的である。いやらしいことこの上もない。

ところが今日届いた雑誌に、またまたこの手の、くだらなーい、くだらなーい分析が出ていた。

タバコのもみ消し方によってその人の性格がわかるというのである。

それによれば、タバコの先端をぐいぐい灰皿に押しつけて火をもみ消し、喫いながらくの字型に折れてしまうような消し方をする人物は、サディストだというのだ。

この分析の愚鈍に近い馬鹿正直さはどうであろうか。陳腐この上もない。

ぼくは最近、フィルターつきのタバコを喫っている。

肺癌を恐れてではない。胃炎をやって以来、ピースを喫うと口の中がにちゃにちゃになるようになったからである。

ぼくがタバコを消す時は、喫いながらがくの字に折れ曲るどころではない。フィルターとタバコの継ぎめの部分をぽっきりと折って、ふたつに切り離してしまうのだ。前述の分析にしたがえば「サディスト」どころではなくて「残虐《ざんぎゃく》極まる破壊主義者」ということになるのだろう。

それだけではない。タバコを巻いた紙を破り、灰皿の上にぼろぼろとほぐし、まき散らかすのである。前述の分析にしたがえば「獰猛《どうもう》にして凶暴、粗野にして非情なる冷血の野蛮人」ということになるのである。

さらにそれだけではない。

これは他の人もたまにはやると思うが、フィルターの部分をさえぼろぼろにほぐしてしまうのだ。ニコチン附着度を見ようとしてほぐしていたのが、いつのまにか習慣になってしまったのであるが、これも前述の分析にしたがえば「残虐非道、貪虐兇穢《どんぎゃくきょうあい》眼をおおうばかりの血も涙もない、畜生にも劣る殺人鬼」ということになるのだ。

蒸発

蒸発願望は誰にでもあるものらしい。話題が底をついた時、いかにして蒸発するかという話をもちかけると、ある程度は誰でものってくる。ぼくにも蒸発願望はある。自分なりに、こうやればほぼ完全に蒸発できるのではあるまいかという構想をすでに持っている。この話をバーなどで女の子に話してやると、ほとんどの子が自分も一緒に蒸発させてくれといって頼みはじめる。半分はお世辞であろうが、なかばは本気だ。蒸発願望はこの子たちにもあるのである。

「蒸発したいんだよ」

「あら。どうやって蒸発するの。小説書くのをやめちゃうの」

「そりゃそうだよ。小説書くのをやめなきゃ、ほんとに蒸発したことにはならないよ」

「そうね。原稿書いて送ったりしたら、足がついちゃうものね。それに、原稿料だって送ってもらえないし、ひとに頼んで取りにいってもらうなんて、できないし」

「そうなんだ」

「だったら、どうやって生活するの。お金はどうやって儲《もう》けるの」

「絵を描いて儲けるのさ」

「ああら。絵なんて、なかなか売れないわよ。どんな絵を描くの」

「富士山の絵を描く。富士の裾野《すその》をフーテンして歩きながら、富士山の絵を写生してまわるのさ。もちろん油絵でね。そうだな。ほとんどが赤富士ってことになる」

「富士の裾野は広いものね。でも、富士山の絵なんて、売れるかしら」

「富士山の絵ってやつは、ある程度まともに描いてさえあれば、とびつくように買う人がいくらでもいるよ。ぼくの親戚《しんせき》なんか、富士山の絵を北側の壁にかけると縁起がいいっていうんで、買い漁《あさ》ってるよ」

「そんな話、聞いたことあるわ」

「富士山を写生している傍へ、完成した絵を二、三枚置いとくんだ。田舎《いなか》からやってきた馬鹿な観光客が、だまされて買うんじゃないかと思うんだ。値段は相手を見てから決めればいい」

「面白そうね。ところで、お金はどのくらい持ってくの」

「そうだな。最初の絵が売れるまでの用意に、三、四百万円持ってくか」

「野宿するの」

「キャンプだね。米や野菜を買って飯盒炊爨《はんごうすいさん》だ。雨が降ったりすれば安宿へ泊るさ」

「ねえねえ、わたしもつれてってよ。そしたらさ、わたしがご飯炊《た》いたげるじゃないの。健康的でいいわ、そんな生活」

「病気になるかもしれないよ」

「でも、そんな結構な生活がもしできるのなら、すでに誰かがやってるんじゃない」

「フーテンとか画学生が、すでにやってるかもしれないね。だけどこっちはあまり若くない。いい恰好《かっこ》して絵を描いていれば、そそっかしいやつが大家だと早合点する。そこが狙《ねら》いだ」

「あなたの顔を知ってる人に会ったらどうするの」

「なあに、髭《ひげ》をはやせば大丈夫さ。うまい具合にぼくはまだ一度も髭をはやしたことがない」

「絵の方で名前が売れはじめたらどうするの。また忙しくなって、蒸発した意味がなくなっちゃうわよ」

「ううん、そんなことにはなるまいと思うんだが」

「でも、もしそうなったらどうする」

「しかたがない。また蒸発するさ」

「蒸発の二乗ね」

カボチャ

カボチャのことを、大阪ではナンキンという。
子供のころ、
〽ナンナンナンナンナン　ナンキンさん
ナンキンさんのことばは
ナンキンことば
パーピヤパーパー　パーチクパー
ピーピヤピーピー　ピーチクピー
という歌をうたいながら、ナンキンさんというのがカボチャのことだと思っていた。もちろん、ちがう。今になってよく考えてみれば、よく考えなくてもそうだが、これはシナ人蔑視《べっし》の歌であった。
それはさておき、ぼくはナンキン、つまりカボチャに弱い。食べものに好き嫌いはないし、何でも食べるのだが、カボチャだけは食べられない。胃が受けつけない。いや、それ以前にからだ全体が受けつけない。

カボチャが食膳《しょくぜん》に出ていると、全身が総毛立つ。瞳孔《どうこう》が開く。たらーりたらりと冷や汗が流れ、血が逆流し、動悸《どうき》がはげしくなる。舌がざらざらしてきてまくれあがり、呼吸困難になる。頰が引き攣《つ》り、耳鳴りがして小便を洩《も》らすという、じつに何とも大変なことになる。

いちどだまされて、カボチャの漬けものを食べてしまった。とたんに立てなくなった。

シンデレラ・ボーイ
読者諸兄! 筒井氏は本当は大のカボチャ好きなのだ! 大げさにキライキライと書いているが. これは落語の「饅頭こわい」のアレである。
ファンのみなさん! 先生へおはげましのカボチャを送ろう!!
'73 YAMA FUJI

つまり腰が抜けたのである。

こんなことになった原因はすべて、戦後米の飯が食えず、三度三度カボチャを食わされたからである。一時は何をみても黄色く見えたくらいだ。それ以来病的なカボチャ嫌いになった。

同じ理由でサツマイモも嫌いだが、これは食べても腰が抜けるといったことはない。やはりもともとカボチャに対する潜在的な拒絶体質だったのであろう。

やはり戦後のことだが、新東宝だか東宝だかの映画で「聟《むこ》入り豪華船」という喜劇があった。エノケン、岸井明、並木一路、内海《うつみ》突破《とっぱ》、益田喜頓、坊屋三郎、山茶花究《さざんかきゅう》、浜田百合子といった連中が出演していた。

シチュエーションが面白い。年頃の男がいなくて娘が多いという農村へ、都会の若い男たち、岸井明、一路、突破などが集団見合いにやってくるのである。ところがこの連中、見合いよりはむしろ農村で米の飯をたらふく食おうというのでやってきたのだ。ひどいものである。

映画になるくらいだから当時の都会の食糧事情がいかに悪かったかわかろうというものだ。

さて、ところがやってきた最初の晩、出てきた料理がまたまたカボチャだったのである。一路、突破が、はっと平伏する。

「ようやくお前さまと別れたつもりが」

「こんなところでまたもやお目にかかろうとは」

「はて、おなつかしや」

その夜、突破が夢を見る。巨大なカボチャに追いかけられ、ついに押しつぶされてしまう夢である。記憶があいまいだが、夢を見るのは坊屋三郎だったかもしれない。下手な特撮だったが、ギャグがなまなましいために腹をかかえて笑いころげたことだけはおぼえている。

あるいはこの映画が起爆剤となり、ぼくのカボチャ拒絶反応が顕在化したのかとも思う。だからぼくと同い年、あるいはぼくより年上の連中が平気でむしゃむしゃカボチャを食べているのを見ると不思議でしかたがない。今なら、カボチャよりうまいものがいくらでもあるのにと思うのだ。ともあれ戦後二十数年、戦争の暗い影がいまだに「カボチャを食うと腰が抜ける」ぼくの体質となって残っているのだ。

保険

つい最近までは自分の死について、何も考えてはいなかった。特に二十歳代のころはそうだった。死ぬものか、と思っていた。

ところがその一方では、もし三十歳になるまでに人から認められるような小説が書けなかったら死んでやるなどと、これはこれで一応本気でそう思っていた。

さいわい三十歳ちょうどで作家として独立したわけだが、今となっては娯楽小説の作家として独立するには少し若すぎる年齢であったと思っている。

それはさておき、二十六歳から二十九歳までのころ、昭和三十五年から三十八年にかけての時代だが、ぼくは大阪の梅田の近くにビルの一室を借り、デザイン・スタジオをやっていた。ある日ここへ、高校時代特に仲のよかった同窓生が訪《たず》ねてきた。いかにも真面目《まじめ》なサラリーマンといった様子で、ダーク・スーツをぱりっと着こなしている。

たちまちぼくは猛烈な劣等感に襲われた。べつに自分がはずかしい商売をしているわけでもなんでもないのに、このころ、こういうタイプの友人に出会うと自分が小さく見え、わけもなくはずかしかった。三十歳になろうとしているのに、まだ何ひとつ仕事らしい仕事をやっていないことを自分で恥じていたのだろう。友人たちから見れば、スタジオを経営しているくらいだから立派に独立しているように見えたかもしれないが、じつはまだ親の臑《すね》を齧《かじ》っていたのだ。

それはそれとして、高校時代の親友が訪ねてきてくれたこと自体はとても嬉しく、懐《なつ》かしかった。ぼくと友人は、共通の友人の誰かれを話題にして喋《しゃべ》りあった。

そのうち、彼がもじもじしながら名刺を出した。保険会社の主任になっていた。そしてぼくに、保険に入れとすすめはじめた。

短気なぼくは、すぐにかっと腹を立てた。

ぼくに会いたいからではなく、保険に入ってもらいたくて来たのか、そう思ったのである。また、まだ何もしていず、何かをやろうとしてけんめいになっている自分に対し、お前はもうすぐ死ぬのだと言って指をどーんと突きつけられたようにも思った。

「保険になんか入らない」ぼくはそう叫んだ。

だが彼はいつまでも、くどくどと説得し続けた。これがぼくを、ますます苛立《いらだ》たせた。ずいぶんひどいことばを使ったように記憶している。ところが彼は、ぼくが怒れば怒るほど落ちつきはらい、微笑さえ浮かべて説得し続ける。ついにぼくは怒鳴った。「お前なんか、友達じゃない。帰れ。二度とくるな」

彼は勧誘をあきらめて帰っていった。

三十歳で結婚した。

妻の実家が裕福で、ぼくは義父と義母と妻の説得で月一万円の生命保険をかけさせられてしまった。いやだったが、妻の実家で保険金を出すというから、まあ、やるなら勝手にやってくれといった気持で自分を納得させた。

ところが最近、急に死を意識しはじめた。ぼくがソ連から熊の毛皮の耳あて帽を買ってくるのを待たずに妻の祖父が死ぬ。文春社長池島信平と同じ日に妻の祖母が死ぬ。ＳＦ作家広瀬正が死ぬ。友人の怪獣博士大伴昌司が死ぬ。遺族の嘆きを見て、つい自分の家族のことを考えてしまう。せめて金でも残してやらなければ、と思う。

最近では、昔怒鳴りつけたあの友人が、も一度やってきてくれればいいと思うようにさえなった。悪いことをした、と今では思っている。他の作家たちは、もっと高額の保険に入っているのだそうだ。

といって、これを読んだ保険屋さんにどっと押しかけられても困ってしまうのだが。

童話

幼いころ、くり返し聞かされた童話のスタンダード・ナンバーは、子供の絵本を見るたびに郷愁とか祖母への追憶とか、はたまた子供の頃の夢のような思い出などを附随的に想《おも》い起させてくれる。

自分の子供にもそんな感傷を味わわせてやりたいため、寝る前など、眠いのを我慢して四歳の長男に、できるだけ話してやるようにしている。いわく「桃太郎」「浦島太郎」「金太郎」「カチカチ山」「舌切雀」「こぶとり爺《じじい》」「花咲爺」。

幾晩かくり返し話してやってから、たまには子供がどこまで記憶したかと思って、話してみろと命じたりもする。子供は自分なりの話しかたでけんめいに喋る。そしてまた幾晩か経《た》ち、ある程度話すのに馴《な》れてくると、おどろくべきことには自分で話の一部分を勝手に作り変え、ずっこけ童話をやり出すのだ。

つまり初歩的なパロディである。

たとえば「桃太郎」などは、こうなる。

昔むかしあるところにお爺《じい》さんとお婆《ばあ》さんが住んでいました。

お爺さんは山へ柴刈《か》りに、お婆さんは川へ洗濯に行きました。

お婆さんが川で洗濯をしていると、川上から大きなウンコが流れてきました。

お婆さんは「まあ、大きなウンコだねえ」といって、拾って持って帰りました。

お爺さんが帰ってきたので見せると、お爺さんは「まあ、大きなウンコだねぇ。さっそくこれを、ふたりで食べましょう」といいました。

気持は分るけど、
もうちょっとウシロに
座ってくれませんか……

そのウンコを切ると、中からウンコ太郎という少年が出てきました。
ウンコ太郎はどんどん大きくなりました。
ある日ウンコ太郎は、お爺さんとお婆さんに言いました。「お爺さん。お婆さん。ぼくはこれから便所掃除に行ってきます」

親の欲目ではなく、パロディ作家としてプロの眼から見ても、これはなかなかのものである。蛙《かえる》の子は蛙なのだろうか。成長すればやはりぼくのように気ちがいじみたことの好きな大人になるのだろうか。

田辺聖子さんがいみじくも指摘された如《ごと》く、ぼくは子供の頃から、大阪弁でいう「イチビリ」だった。「イチビリ」とはふざけたりおどけたりするのが好きな人間のことだ。「イチビリ」だったぼくは、友人や先生たちを笑わせたりする一方で、誤解を受けることも多かった。一度などはぼくの「イチビリ」を、自分に対する侮辱であると受けとった体育の教師から、出席簿で往復ビンタを食わされたこともある。あまりイチビるのは危険なのである。

子供にはそんないやな目にあってほしくないから、なるべくなら「イチビリ」にはなってくれるなと願っているのだが、もしなってしまったら、それはそれでしかたがない。

もうひとつ、「浦島太郎」のズッコケ童話を紹介しよう。
浦島太郎が浜で子供にいじめられていたカメを助けてやるくだりは原典通りである。

ところがその翌朝、太郎が浜へやってくると、海の中からあらわれるのはカメではない。「ウラシマさん。ウラシマさん。わたしはきのう、あなたに助けていただいたカニです。これからあなたのおチンチンをちょん切ります」

カニにおチンチンを切られたウラシマさんは、痛いいたいといって泣きました。

さて、ここから先は父親の創作である。

カニに切られた巨大なペニスに乗り、浦島太郎は竜宮へ行きました。乙姫さまは太郎の大きな「亀頭」を見て大喜び、さっそくストリップをはじめました。めでたし、めでたし。

やはり大人の作ったパロディは少しいやらしい。

エノケン

物心ついてはじめて見たエノケン映画は「孫悟空《そんごくう》」だった。五、六歳の時だ。

それまでにも「ちゃっきり金太」を見ているのだが、こっちの方の記憶は断片的である。

今から考えれば「孫悟空」はたいへん豪華なキャストだったようである。三蔵法師がエノケンの師匠の柳田貞一、猪八戒《ちょはっかい》が岸井明、観音菩薩《ぼさつ》がたしか花井蘭子、悟空に味方して知恵をさずけるチンピラ女学生が中村メイコ、カニの妖怪《ようかい》がアノネのおっさん高勢実乗《たかせみのる》、化物によって妖術で犬の顔にされてしまうお姫さまが高峰秀子といった具合で、他にももっと有名なスタアが出演していた筈《はず》だ。わりあい長尺物で、たしか途中でいちど休憩があった。

この映画のいちばん最後のエピソードが、例の金角大王、銀角大王のくだりである。金角、銀角を如月寛多《きさらぎかんた》と中村是好《ぜこう》がやっていた。

驚くべきことには、この部分が完全なＳＦだった。金角、銀角のかくれ家というのが地下の秘密要塞《ようさい》めいた洞窟《どうくつ》で、部下というのがすべてロボット、金角、銀角はその奥ま

わが心の中のエノケン
飴売りのエノケン
映画は「ちゃっきり金太」
だったかなァ…
孝行飴
この飴がたべたかった…
「三尺左吾平」
これをマネして物差しの先に車をつけたっけ…

った一室で管制盤に向かい、洞窟内部をあちこち映し出しているテレビ・スクリーンを眺めながら、数多くのボタンでもってロボットたちを操作しているのである。

昭和十四、五年の映画だから、たいへん進歩的、前衛的な喜劇映画だったといえるのではないだろうか。

最後にはエノケンの孫悟空がこの部屋へやってきて、パネル上のボタンを滅茶苦茶に押しまくり、ロボットを全部発狂させ、自滅させてしまう。

ぼくが有頂天になったのも無理はないだろう。子供はみな、特に男の子は、SF的なものに夢中になる。しかもその頃はテレビのSFマンガもなく、だいたいSFなどということばがなかったのだ。おまけに生れてはじめて見た喜劇映画である。それ以来、寝てはエノケン、醒《さ》めては孫悟空というありさまになった。

講談社の絵本で「孫悟空」三部作が出たのを買ってもらったし、宮尾しげをの長篇漫画「孫悟空」も読んだ。

中国製の長篇漫画映画「鉄扇公主《てつせんこうしゆ》」も、母につれていってもらった。家にあった弓館《ゆだて》芳夫という人の「西遊記」も、ルビのない漢字に悩みながらなんとか読みこなした。

一方、エノケン映画も封切られるたびに欠かさず見に行った。「磯川兵助功名噺《こうみようばなし》」、「兵六夢物語」、ロッパの「大久保彦左衛門」と二本立てだった「誉《ほま》れの土俵入」、「三尺左吾平」などである。エノケン好きは戦中、戦後もずっと尾を引き、戦争末期の「一心太助」(なんとこの原作、脚本が黒沢明だった)や、戦後の「新馬鹿時代」などの新作、「ちゃっきり金太」「どんぐり頓兵衛《とんべえ》」「法界坊」「千万長者」などの旧作リバイバル上映もすべて見ている。

小学校に入る直前、当時としては唯一《ゆいいつ》のSFマンガだったと思える大城のぼるの「火星探険」にめぐりあい、むさぼり読んだ。本がちぎれてばらばらになるまでくり返し読んだことを記憶している。

阪本牙城《がじょう》の「タンク・タンクロー」も、ＳＦ味が濃くて好きだった。このマンガなど、昭和初期のあのエロ・グロ・ナンセンスの風潮の、ナンセンスの要素だけを子供マンガの世界に持ちこんだという点で、記憶されていいものだと思う。

こう考えてみると、現在ぼくにドタバタＳＦを書かせているそもそもの原点は小学校（当時は国民学校）入学以前から形成されはじめていたことがあきらかになる。

もしあの頃「エノケンの孫悟空」を見ていなかったら、はたして今、ＳＦを書いているかどうかあやしいものである。

受胎

「あのねえ、あなた」と、若妻がもじもじしながら夫に言う。

「なんだい」と、若い夫は答える。

「できちゃったらしいのよン」

夫には、まだぴんとこない。「へえ。何がだい」

この、ぴんとこない部分は、あとで赤ん坊ができたと知った時、夫がオーバーにオーバーに喜ぶ部分をよりきわ立たせるための、一種のテクニックであるらしい。

「何がって」もじもじ。「わかってるでしょ」もじもじもじもじ。「赤ちゃんよ」

「え」顔をあげる。「えっ」眼をむく。「赤ん坊が。おれの赤ん坊が。ほんとか。うわーっ。うわーっ。万歳。うわーっ」

バカ、と思い、ぼくはテレビのホーム・ドラマのスイッチをひねってしまう。

世の中に、赤ん坊ができたくらいでこんな大袈裟《おおげさ》な喜びかたをする若い夫がいるだろうか。

ながいこと孫ができるのを待ち望んでいた爺《じい》さんなら、あるいはこんな喜びかたをするだろう。また、中年になるまで子供が生まれなかった夫婦という設定なら話はわかる。だが、だいたいにおいて、結婚後避妊せず人なみの性生活を営んでいたら子供ができるのはあたり前なのである。あたり前のことをこんなに喜ぶのは一種の精神異常である。だいたい、受胎告知する時の若妻のはずかしがりようが気にくわない。夜ごとベッドの上とか布団の上とかで、とても人間わざとは思えないようなこっ恥《ぱず》か

＊　なにごとか　ささやかれた男は
「キャッ」といって　ベッドから　おっこちた。
（さて）あなた　なら、何といわれたらショックですか？
例1　あなた、出来ちゃったらしいの……
2　最後まで気がつかなかったでしょ、アタシが男だってこと……
3　今月から　わたしも値上げになったの……
YAMAFUJI '73

しい恰好《かっこう》をし、あられもない遠吠えをして近所の眠りを妨害している癖して、なにが「できちゃったらしいのよ」もじもじだ。

本当に、赤ん坊ができたことをこんなに喜ぶ夫、受胎告知をこんなにはずかしがる妻がいるのだろうか。

いたとしたらそれは、このてのホーム・ドラマの悪い影響にちがいない。テレビを見て、こういう場合は大袈裟に喜ばなければいけないのだと思って、嬉《うれ》しくもないのに大袈裟に喜ぶのである。はずかしがらなければいけないと思ってはずかしがるのである。そうでもなければ、いったいぜんたい、まあ、赤ん坊ができたことが、そもそも何ゆえそんなにはずかしいのであるか。

考えるにこれは何かの陰謀である。何の陰謀か。考えるにそれは、女性化した文化が男性を家庭的にしようとするための大陰謀である。そうに違いないのである。

昔から、原則的には、男性にとって、子供ができるということは、彼が相手の女性を養い、さらに子供を養ってやらなくてはならぬ義務が生じるということだった。

たしかに子供ができれば嬉しいが、ただ踊りあがって喜ぶというものではなく、気持としてはもっと複雑なものである筈だ。

ぼくなどは妻から受胎を告げられた時、昔、軟派だった時代に遊び仲間の不良娘から赤ん坊ができたのよと耳打ちされた際のはげしいショックを思い出して、一瞬どきりとしたくらいである。

一方、女性にとっては、受胎よりも、そのあとにひかえている出産の方がもっと大事業である。したがって受胎の際に、わざとホーム・ドラマばりにもじもじして見せ、その条件反射で夫に誇大な喜びかたをさせておいて、そのあと女には出産という難関があるのだということを暗示的に教えこんでおき、出産までの期間、いや、出産後も、いつまでも自分を大切に扱わせようというわけである。つまりこれは男を家庭にしばりつけようとする女の、そして女と結託した女性的文化の、ＣＩＡのそれに優《まさ》るとも劣らぬ大陰謀である。

もじもじはずかしがって受胎を告げる妻の、お前もオーバーに喜べといわんげかりのいやらしさに気がつかず、オーバーに喜ぶ男は、女にのせられているのだ。

大　便

大便を食うてやろうかと思う時がある。たいていは仕事に疲れていて、小説が思うように書けず、自分の才能に疑問を抱いている時である。

いらいらし、女房を怒鳴りつけ、子供を張りとばし、ひとり便所の中で泣いている時である。

ご存じのように大便というものは、非常に臭い。ほんのちょっぴり下着に附着しているだけでも、たいへん鋭く臭気を発する。

まして大型大便ともなれば、まともに嗅《か》いだりすれば鼻がひん曲ってしまう。ぼくは、大便にあの臭気さえなければ、比較的楽に食えるのではないかと思うのである。

松本清張の「無宿人別帳」に出てくる牢屋《ろうや》内の刑罰で、新入りに無理やり大便を食わせるのがある。否応《いやおう》なしに食わされるわけだから、いささかうらやましい。臭《にお》いがどうのこうのなどと言ってはいられないのだ。

猫の大便も、たいへん臭い。

うちの近所には猫が多く、この猫どもがうちの庭へやってきて芝生の上に大便をする。あちこちにする。目ざわりである。なぜ猫どもが、特にぼくの家の庭にだけ集ってきて大便をするのか。思うにこれはＣＩＡの陰謀ではないだろうか。でもなければ、とてもひとりやふたりの人間の力で、あれだけ多数の猫をわが家の庭に追いこむことなど、できない筈だ。あのような群猫《ぐんびょう》を動員するには組織の力が必要だと思う。

「オイ、いま帰った！」

「はい！」

「こんやは××にする！」

「はい！」

「出たてを持ってこい！」

「はい！」

YAMA Fujii '73

それはともかく、臭いものだから猫の大便を掃除しようとする。ところが猫の大便は粘《ねば》りがきいているから芝生にくっつき、簡単にとり除けないのである。二、三日そのまま抛《ほう》っておいて、からからに乾いてから取らなければならない。その間、まことに目ざわりであって、その上臭い。

さて、そのからからに乾いた猫の大便であるが、これが実にうまそうに見える。乾した肉団子のようにも、クロワッサンのようにも見え、よだれが出そうになる。ちょうど臭気も抜けている。あれなら食えるのではないかと思うがどうだろうか。

もう七、八年前のことだが、思いきって、えいとばかりに、大便を食う小説を書いた。「最高級有機質肥料」というSFである。書くために、大便をいろいろと研究した。百科事典などを見て研究したのではない。実際に大便を突っつきまわし、はては皿の上にのせ、フォークとナイフを使って、すぱっと切断したりした。

妻はぼくが、ついに発狂したと思ったそうである。

大便の切断面が、あんなにうまそうに見えるとは思わなかった。切断面はだいたいにおいてスポンジ状である。そして切断面を見てはじめて、大便の中にはじつにさまざまなものが混入していることを知った。そしてまた、まことに美しいことも知った。

未消化の大豆、角切り人蔘《にんじん》の断面が顔を見せている。時には細長く血が糸をひいて走っている。白い糸のようなのはセルローズであろうか。まことに綺麗《きれい》だ。

精神内部にある何かの抑圧が、ことんとはずれた時、ぼくはおそらく大便を食うと思う。恍惚《こうこつ》期の老人が大便を食うのは、あれは常識の呪縛《じゅばく》から解放されたためであろう。あたたかく湯気を立てている大便の一片をまず口に含み、次に熱い小便を飲み、口の中でぐちゅぐちゅと混《ま》ぜあわせた時のうまさはまた格別であろう。

その小説を書いた時、内容がどんなものか知らなかったイラストレーター和田誠が、うどんを食いながら原稿を読んでしまった。

願わくば、この一文を読んでいるあなたが、現在食事中ではありませんように。

嫁　姑《しゅうとめ》

「何か面白い話はないか」

「なんぞ、おもろい話おまへんか」

小説のネタにしようとして、ぼくはよく人にそう聞く。妻にも時どき訊《たず》ねる。面白いかどうかはともかく、喋《しゃべ》りたいことは誰にでもあるものらしく、いろんなことを話してくれる。妻も、友人の誰かれから聞いてきた話を聞かせてくれる。妻の友人には、若奥様が多い。

聞かされる話には、家庭内のいざこざ、それも主として嫁と姑の問題が多い。こういった話は、聞く分には面白いのだが小説に書く気はしない。ぼくの小説をご存じのかたならおわかりだろうが、ぼくはこういったテーマで小説を書くことは滅多にない。もっとも、他の作家はみな、じつにうまくこういった話を小説にまとめあげている。残念ながらぼくにはその才能はない。ただ、聞いた話を書きうつすだけである。

ぼくが住んでいる神戸の垂水《たるみ》区内で、こんな話があった。

お婆ちゃんが、長男夫婦と一緒に暮していた。このお婆ちゃん、金を全部自分が預っていないと承知できないという性格だったらしい。長男夫婦は別居してしまった。そこでしかたなくこのお婆ちゃん、次に三男夫婦のところへころがりこんだ。やがてお嫁さんは、子供を道づれにして自殺してしまった。

だいたいお婆ちゃんというものは、嫁がいくら不幸に陥っても反省の色などさらさらないものらしい。場合によって違うだろうが、だいたいにおいて嫁さんの不幸け亭主に

も責任があるのではないか。

妻の友人で、血が半分に減って心臓病になったという若奥さんがいる。人間が、血が半分になって生きていられるものかどうか知らないが、妻の喋ったことをそのまま書いているのでご了承願いたい。

姑さんとは別居しているのだが、ある日この姑さんが泊りがけでやってきた。五、六日泊りこんでいったらしい。その間この奥さんは、箸《はし》のあげおろしから茶碗《ちゃわん》のおきかたに至るまでのべつ叱言《こごと》をくらい続けたという。

ここいらあたり、こまかいことを書くといくらでも面白くなりそうなのだが、あまりうまく書けるとは思わないので割愛する。どこにでもある、例の姑の嫁いびりである。

姑の帰っていった夜から、この奥さん具合が悪くなった。心臓の発作である。数日でよくなった。そしたらまた姑がきた。すると翌日、また心臓発作が起った。今まで病気らしい病気をしたこともないこの奥さん、病院へ行って診《み》てもらった。

「精神的なものでしょうなあ」医者は最初、そういった。

たいへんおとなしい奥さんで、姑にも口ごたえひとつせず、無茶な叱言をじっと聞いているといったふうだったから、憎悪《ぞうお》が内にこもって病気の原因になったのであろうと判断したらしい。

ところが精密に検査してみると、血が半分に減っていた。

何が原因なのか、そういうことが有り得るのかどうか、それはぼくにはわからない。ただ、よほどひどい仕打ちをされない限りこんなことにはならないだろう。食事中も叱言の言われ続けで、とても飯など食えなかったというから、それも一因だろう。

嫁が病気になったと聞いて、姑が怒り出した。よけい、ひどいことを言うようになった。亭主の妹である小姑《こじゅうと》が電話してきて、これもひどい厭味《いやみ》を言う。奥さんの病気はよけいひどくなる。この話、まだ解決はついていず、エスカレート中だそうである。

いまだにこういう姑がいることを知ってぼくは驚いたが、それにもまして、亭主はいったい何をしているのだろうと思う。

牧　場

「奥さんとのナレソメを、随筆でお願いできませんか」

ちょいちょい、そんな電話がかかってくる。

「は。ナレソメ。ナレソメって何ですか」

「つまり、ロマンスですよ。奥さんと知りあわれたそもそもの最初から結婚に至るまでのロマンスを」

「そんなものは、ありません」

「そんな筈《はず》はないでしょう。奥さんの実家は牧場だとうかがいました。何か面白い話がある筈ですが」

たしかに妻の実家は「松野牧場」といい、今ぼくの住んでいるこの神戸市垂水区一円に牛乳を配達している。

「しかしぼくは見合い結婚なんですよ。見合いしてから結婚するまで、妻とふたりきりで会ったのは二回だけ、延《の》べ時間にして四時間足らず、面白い話なんかありません」

「はあ。そうですか」

相手はつまらなそうに電話を切ってしまう。

「牧場」ということばから、ひろびろとした草原、放牧されている牛の群などを連想し、西部劇のようなスペクタクルとか牧歌的なラヴ・ストーリイを想像したのであろう。たとえばこんな話を。

牧場の一家が、あたりのやくざから立ちのきを迫られ、さんざ脅迫されている。むろんこの牧場一家には、美しい娘がいるわけである。やくざの親分はこの娘に懸想《けそう》していて、自分と結婚してくれるなら立ちのかなくてもいいなどという。

一家が苦境に陥っているところへ、ギターを抱いたさすらいの若きSF作家がふらりとやってきて一夜の宿を求める。娘と作家とはたちまち恋仲となる。やくざ一味が襲ってくる。SF作家はお得意のライフルで渡りあい、全部やっつけてしまう。と、いった具合である。

現実はだいぶ違う。

まず、牧場といっても放牧ではない。牛舎の中に牛が三十頭ほどいるだけだ。いちど星新一氏が、「みんなで筒井さんの奥さんの牧場へいって狩猟をしよう」などといって皆を笑わせていたが、これも放牧を連想していたわけだ。つないである牛を撃ち殺したって、ちっとも面白くない。

またぼくには、やくざの一団と渡りあう度胸など、とてもない。銃は持っているが、これはスキート用の散弾銃で、兎《うさぎ》もろくに殺せないような代物《しろもの》である。

最近、妻の実家では、その三十頭ほどの牛を全部処分してしまった。牛は手がかかる上、早朝から起きて牛の世話をするような若い人手がないためだそうである。十数年前には四十数頭もいたというのに、今では牛乳の処理場があるだけである。

「もう、牛はいなくなったよ」

そういうとＳＦ作家たちは色めきたち、さては筒井さんが猟銃で、片っぱしから撃ち殺したに違いないなどというが、現実はそんなに面白いものではない。

聞いてみると、周囲から公害企業だ、などとも言われたらしい。若い人手も、だんだん得られなくなっていく。早朝から起きて牛乳を瓶《びん》に詰め、配達したり、空の牛乳瓶を集めたりするのは大変な仕事である。若い人たちはそういった仕事をいやがるようになってきている。

義父は「もう、やめたい」などと、弱音を吐いているが、やめられてしまうとこっちは大メーカーが配達する水っぽい牛乳しか飲めなくなってしまう。地方の、うまい牛乳がだんだん飲めなくなっていくのは淋《さび》しい限りである。

ヒロイン

これはすでに別のところへ一度書いたことだが、その続きを思いついたのでもう一度書く。といっても、続きの部分だけ書いてもはじめて読む人には何が何だかわからないから、二度売りを承知で最初からもう一度書くことにする。

少女小説のヒロインのパターンというのは、どうしてああも同じなのだろう。たいてい、貧乏な家庭の娘である。そしてすばらしい美貌《びぼう》の娘である。その上、歌とかバレエとかいった才能を持っている。

このヒロインに、学校でさんざんいじわるをするのがブルジョワの娘である。この娘も美貌ではあるが、ヒロインには及ばないということになっている。才能の点でも同じである。

ぼくの経験した限りでは、現実はこれと逆ではないかと思う。貧乏な家庭の娘というのは、たいてい根性がひねくれていて、顔も不細工で、芸術的な才能もない。

そうとは限らぬ、という意見もあろう。ぼくだって例外を知っている。しかし例外はやはり例外、性格も美貌も才能も、統計的に見れば貧乏人の娘は金持の娘にかなわない。

もしもぼくが少女小説を書くとしたら、現実通りに書く。読者たるべき少女たちにそっぽを向かれようがかまわない。ヒロインは、もちろん美少女でなければならない。だから、ブルジョワ娘である。美貌で、性格もおっとりしていて、頭もいい。学校で、徒党を組んでヒロインにいじわるをするのが、商店街の娘とか、労働者の娘とかである。すべて根性が悪く、ひねくれている。不細工な娘ばかりで、成績も悪い。

この連中がヒロインを妬《ねた》み、ヒロインの宿題のノートをかくしてしまって恥をかかせたり、弁当箱の中へ汚物だとか生きたネズミだとかを入れておいて驚かせたりする。ヒロインは次第にノイローゼ気味になるが、気立てのいい娘だから迫害されていることを教師にも親にも言わず、だまって耐えている。

そのうち、学校で盗難事件がひんぱんに起る。真犯人はむろんヒロインではない。だがヒロインは、陰謀によって犯人にされてしまう。彼女の鞄《かばん》の中から、盗品がぞくぞく出てきたのだ。ヒロインは気を失う。

ヒロインは、とんでもない不良娘だということになってしまい、学校はもちろん、その町全体の大人たちからも白い眼で見られるようになる。ヒロインはついに病気になり、寝込んでしまう。

見舞いにきた教師から、学校であった事件を聞き、両親はびっくり仰天。うちの娘に限ってそんなことはないと、娘の潔白を証明しようとする。父親などは怒り狂い、金持であったがためにそれまで続けていた学校への多額の寄附をやめるなどと言い出す。学校側も驚いて、あわてて真相の究明にのり出す。生徒たちを問いつめた結果、ことの真相がわかり、真犯人グループの娘たちはきびしく叱《しか》られる。すると今度は、おさまらないのがその親たちである。あの娘の親は金の力でもって事実をねじ曲げ、こっちへ濡《ぬ》れ衣《ぎぬ》を着せたというわけだ。

ヒロインの父親はその町で食品会社を経営していたのだが、町ぐるみの不買運動に遭ってしまう。また、社員の中には真犯人グループの娘の父親がいて、労働組合からも責め立てられる。ついに会社は破産する。退職金を寄越せ、といって労働者たちはヒロインの家の前に坐り込み、夜も昼も騒ぎ立てる。家人は外へも出られない有様だ。坐り込んだ労働者たちは、しまいに酒を飲み出す。

「うーい。ここの不良娘、なかなか美人じゃねえか」

「そうだな。うーい。ひとつ強姦《ごうかん》しちまおうか」

若い組合員たちは酔った勢いで、ついに学校から帰ってきたヒロインをつかまえて輪姦してしまう。ヒロインはその夜、自室で首を吊《つ》って死んでしまう。

いかがであろう。どこかの少女雑誌から、この話を書いてくれといって原稿依頼にこないだろうか。ま、こないだろうなあ。

検便

またしても大便の話である。

幼稚園で検便があるのに、息子の便がなかなか出ない時があった。朝から便器の上にうずくまり、顔をまっ赤にしてきばっているのだが、ぜんぜん出ない。大変な難産である。妻が助産婦みたいに背中をさすってやったりしている。

「早く出しなさい、早く。遅刻してしまうわよ」

あれは、あせったり苛立《いらだ》ったりするとよけい出ないものらしい。結局、やっと豆粒ほどのものが出たので、プラスチックの容器に入れて持っていった。

ぼくの子供の頃には、検便用の容器などはなく、すべてマッチ箱だった。検便の日には生徒がこのマッチ箱を、教壇の机の上へ積みあげる。プラスチック容器のように密封できない上、マッチ箱を新聞紙なり包装紙なりで包まず、むき出しのまま持ってくる乱暴なやつもいたりして、教室内にぷんと臭気が立ちこめたりしたものだ。

ぼくは六歳のころから小学校四年生の時まで、大阪の東住吉区にある、山坂町というところにいた。ぼくの家は四つ辻の東南のかどにあった。北東のかどには村田さんという家があり、ここに弘子ちゃんという、ぼくと同い歳《どし》の可愛《かわい》い女の子がいた。この子の姉さんで弘子ちゃんよりふたつほど歳上の芳子ちゃんという人も美人だった。弘子ちゃんは丸顔だったが、芳子ちゃんの方は瓜実顔《うりざねがお》の美人だった。

　四つ辻の北西のかどには倉田という家があり、ここには久美子ちゃんという可愛い女の子がいて、この子もぼくと同い歳だった。みんな同じ南田辺小学校に通ったのだが、

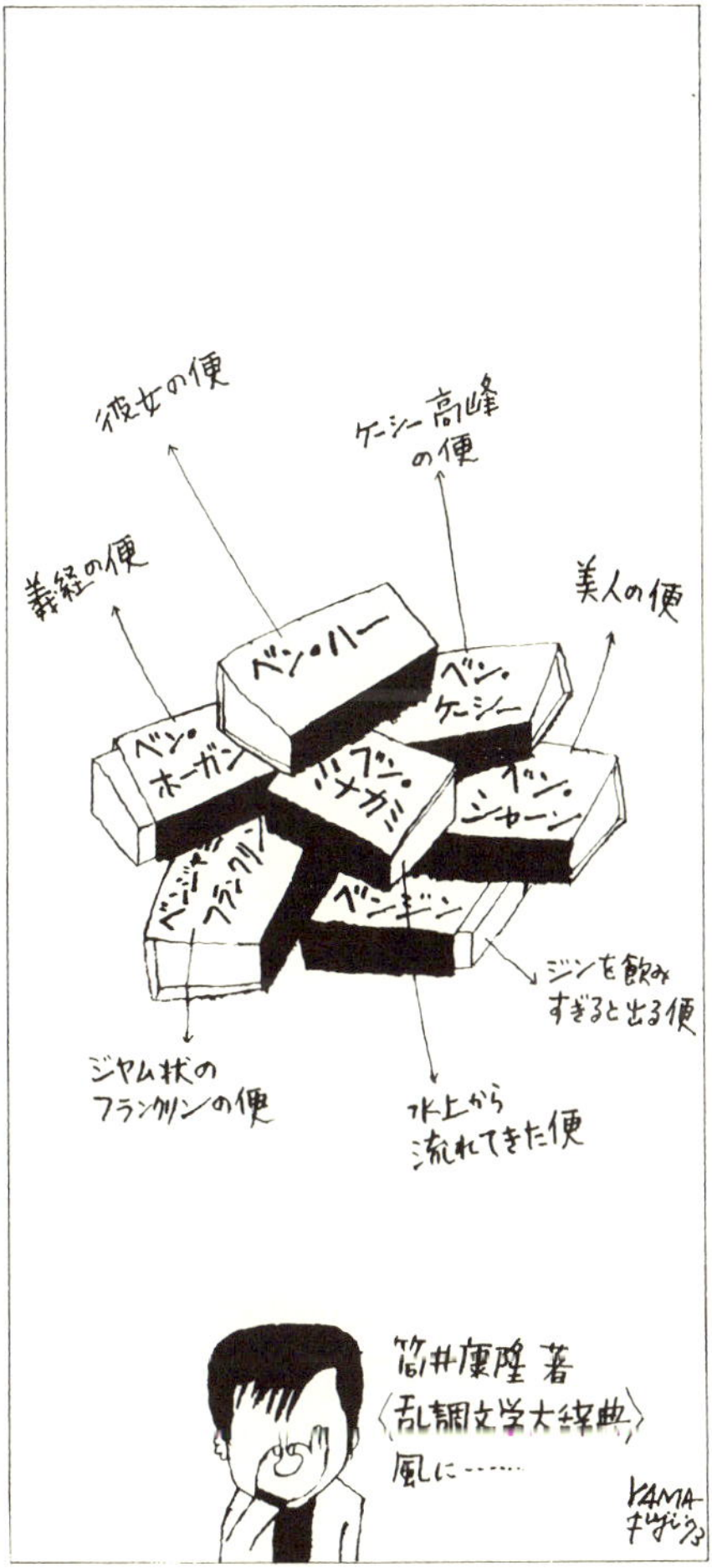
彼女の便
ケーシー高峰の便
義経の便
美人の便
ベン・ハー
ベン・ケーシー
ベン・ホーガン
ベン・シャーン
ベンジン
ジンを飲みすぎると出る便
ジヤム状のフランクリンの便
水上から流れてきた便
筒井康隆著
〈乱調文学大辞典〉
風に……
YAMA FUJI '73

この小学校でいちばん可愛いのが村田さん姉妹と久美子ちゃんであり、ぼくはこの三人の美人と向かいあわせのところにいたわけで、最高にしあわせだった。

母がぼくにもんぺを縫ってくれようとしたことがあり、縫いかたのわからなかった母は参考に、村田家から弘子ちゃんのもんぺを借りてきた。ぼくはそのもんぺを返しにやらされた。玄関さきに佇《たたず》んでいた弘子ちゃんに、ぼくは黙って彼女のもんぺをさし出した。彼女はまっ赤になって受け取った。淡い、夢のような記憶である。

久美子ちゃんの方はお転婆《てんば》だった。玄関の石段に並んで腰かけていた時、彼女は、「あら、ズロースの中に石が入ってたわ」といって、ぼくにその小石をくれた。子供心に胸がどきどきした。

当時は男組、男女組、女組にわかれていて、ぼくは彼女たちとは違う教室だった筈だが、なぜだか検便のマッチ箱を提出した時だけは同じ教室だった。

弘子ちゃんと久美子ちゃんが、紙に包んだマッチ箱を教壇の机に置いた時のはずかしそうな様子は、今でもまざまざと眼に浮かぶ。

「アッ。アノまっちバコノナカニ、ヒロコチャント、クミコチャンノ、ウンコガハイッテイルノダ」滅茶苦茶に興奮したものだ。

「検便」と聞くたびに彼女たちのことを思い出すのだが、今ふたりはどうしてるだろう。今でも、学校によってはまだ検便の時にマッチ箱を使わせているところがあるらしい。

こんな話を聞いた。検便の日の朝、やはりどうしても大便の出なかった子がいて、手ぶらで家を出た。

ところが友達はみんなマッチ箱を持っている。自分だけ持っていないのはどうも具合が悪い。そこでこの子は、道ばたに落ちていた犬の糞《ふん》をマッチ箱に入れて提出した。

その日、この子の家へ担任の先生が、泡を食ってかけつけた。

「お宅の子供さんは病気です。いったい、どんなものを食べさせているんですか」そう叫んだという話である。

芝　居

文士劇に二度出た。

学生時代から卒業後一、二年、大阪でずっと新劇をやってきたのだが、その時よりも、文士劇に出た時の方がずっと「芝居に出た」という気がした。

老大家、流行作家、たくさん出演されるわけだから、ぼくなどはどうせ端役《はやく》である、せりふだって、そんなにながいせりふはもらえない。だからせりふを憶《おぼ》える苦労など、まったくなしである。なのに、芝居に出たという気がする。

一方、大阪では「青猫座」という劇団に入り、一度などは主役までやった。「廿日鼠《はつかねずみ》と人間」という、スタインベックのあれである。ぼくが小男をやり、大男の方は、現在東宝にいる溝江《みぞえ》博がやった。他にも、やはり現在東宝の演劇部にいる和気《わき》成一などが脇《わき》役《やく》をやった。大阪毎日会館で木・金・土の三日間、土曜のマチネーを含めて四回の公演だった。ぼくの生涯での、本当の意味での晴舞台だったのだ。

ところが新劇団のことだから、主役だからといって楽屋をひとつ貰《もら》えるというわけではない。全員たったひとつの大部屋である。メーク・アップだって自分でしなけりゃな

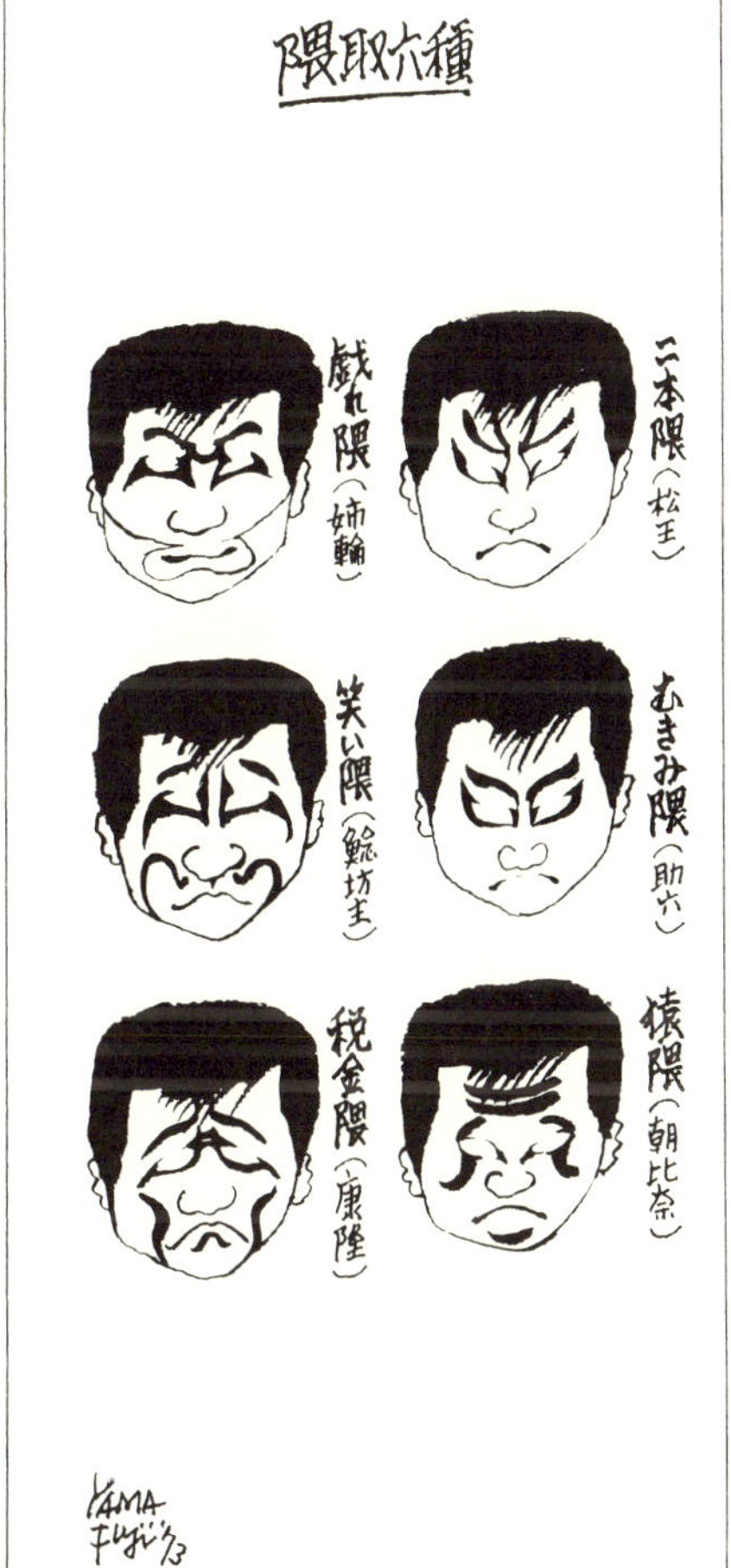
隈取六種
二本隈（松王）
戯れ隈（姉輪）
むきみ隈（助六）
笑い隈（鯰坊主）
猿隈（朝比奈）
税金隈（康隆）

らない。それもマックス・ファクターの二十一番とか二十三番とかいったドーランである。持ち道具、小道具、衣裳《いしょう》にも責任を持たされる。楽屋に芸者さんが訪《たず》ねてくるといった派手な情景もなければ、だいたい楽屋で酒を飲むなど、とんでもないことであった。だが文士劇は、これとはだいぶ様子が違う。大劇場でやるから楽屋はたくさんある。化粧は専門の人がやってくれる。ふだん、本ものの名優を化粧している人たちである。

小道具や衣裳も、それぞれ専門の人がいて、持ちものを持たせてくれ、衣裳を着せてくれ、鬘《かつら》をかぶせてくれる。役者は何もせず、ただ茫然《ぼうぜん》としていればいいのである。楽屋には銀座のバーのホステスがいっぱい詰めていて、いろいろと世話を焼いてくれる。酒は注いでくれるわ、ウイスキーの水割りは作ってくれるわ、いろんなものを食べさせてくれるわ、花束は届くわ、寿司は届くわ、あちこちのバーから差し入れはあるわ、至れり尽せりである。今、舞台でどんな場面をやっているかは、各楽屋にスピーカーがついているからすぐにわかり、出に遅れたりする心配はない。

舞台に出ると、これがまた広くて明るい。でかい声を出さなくても、胸にはマイクがついている。せりふを忘れたら黒子《くろこ》が教えてくれる。トチっても叱られることはない。観客が喜ぶ。トチればトチるほど喜ばれるのである。こんなうまい話はない。

今から考えてみると、ぼくはどうやらずっと以前から、こういった商業演劇的な大舞台にあこがれていたわけである。

市川寿海が大阪・歌舞伎座で「新・平家物語」をやった時のことだ。群衆場面の人数が足りないからというので、ぼくのいた劇団に応援を求めてきた。ぼくも群衆のひとりとして出演した。劇団内部でいい役がついた時よりも、よほど嬉《うれ》しかったことを憶えている。

叡山《えいざん》の法師たちに石を投げて追いはらう町民のひとりだった。花道からわっと駈《か》け出て、下に落ちている石（もちろん本当の石ではなく、綿を布でくるんだ石である）を拾って投げながら、舞台上手《かみて》に駈けこむのである。ところがある日、ぼくともうひとりの男が花道からの出に遅れてしまった。ほかの連中はすでに上手へ駈けこんでしまっていて舞台は無人。さてどうしようかと思ったが、次にはすぐまた上手から駈け出なければならない。ままよとばかり、ぱっと二人で駈け出た。

無人の舞台へ花道から駈け出たのだから、観客は主役の誰かだと思って（これは誰でもそう思う）いっせいにこっちを向く。ところがこっちはそのまま上手へ駈けこんでしまった。あとで、さんざ油をしぼられたものである。

情痴

「爛《ただ》れきった情痴の世界に溺《おぼ》れて」などという恐ろしい表現を、あちこちで見かける。ぼくにはそういった体験がまったくないから、どうも現実に存在する行為とは思えないのである。

辞典では「理性を失うほど色情に溺れること」という説明がなされているが、これはただ単に色情とはいっても、恋愛感情と性衝動にわけた場合、性衝動の方に大きく重みのかかった色情ではないかと思う。

極端な話が、プラトニック・ラヴをいくら激しくやっても、情痴とは言わないからである。

ぼくの想像とする「情痴」というのは、男女がまる裸になってひとつの部屋にこもりっきりになって、汗だくになり、脂《あぶら》とよだれとカウパー腺《せん》液とバルトリン腺液と精液にまみれ、朝昼晩のけじめなく何日も何日も性行為を営み続けることである。

それくらいの行為でなければ「情痴」などという物凄《ものすご》い漢字を当てはめることはできないのではないかと思うのである。

昼間はまともに生活しているが夜になると相手の男か女、つまり特定の相手と性行為をせずにはいられなくなるといった程度では、まだまだ「情痴」とはいえない。だいいちその程度なら、ふつうの夫婦でやっているのがざらにいる。

ぼくの知りあいのある男で、もう四十を過ぎていながら、毎晩必ず妻と交わるというのがいる。話を聞いてみると、こういう夫婦というのは日本にはわりあい多いらしい。

他に楽しみがないため毎晩やっているうちに、クリトリスとか亀頭の鬱血《うっけつ》が常態になり、やらずにいると気が狂いそうになるといった一種の疑似オナニーのタイプもあろうし、また日本人特有の偏執的探求心から新しい体位の開発を毎夜するといったタイプ、昼間の仕事があまりにも精神的ストレスをともなうため、それを解消させようとして夫婦でなぐさめあう、というタイプもあるだろう。だが、ふつうこういった夫婦の場合は「情痴に溺れている」とはいわない。

新婚夫婦の場合なら、「情痴に溺れる」といった表現に近いことをする時もある。しかし、やはり夫婦の場合は何をしても「情痴」ということばにひそむ犯罪的な暗いニュアンスはない。新婚夫婦の場合も「ほほ笑ましい」わけであって、「爛れきった」という形容からはほど遠い。

どちらにしろ「情痴」というのは常態ではない、よほど極端な場合にしか当てはめてはいけないことばのようだ。

ところがぼくの想像するような「情痴の世界」も、よく考えてみると、少くとも男性にとっては不可能なのではないかと思えてきた。

男はそんなに何度もぶっ続けに射精はできない。たいていは三回か四回どまり、それもほんとに夢中でやるのは最初の一回だけで、二回め以後は義理とか、ここでやっとかなきゃ今度はいつできるかわからないといった意地汚なさや貪婪《どんらん》さによるものである。

女の方はどうかというと、これはぼくが女ではないため、よくわからない。

ほんとに相手とひとつ部屋に閉じこもりきりになる場合は、少くとも男性の方は、性衝動だけではなく、女と離れたくないとか、その女を他の男に渡したくないとかいった恋愛感情をともなわなければだめである。

もしかすると「情痴」という行為は、女性にだけあてはまるものではあるまいか。「情痴に溺れて、ということばひとつからも、これだけいろいろ考える人間もいる。軽はずみに激烈なことばは使ってほしくない。センセーショナルなことばを使いたがるのはマスコミの悪い癖である」などといった、いかにもことばの選択にきびしい文学者づらはしたくないのでご安心ください。ぼくだって小説の中で、いくらでも激烈な単語を使っているからです。

妊娠

ぼくはよく、他人の身の上にふりかかった不幸を、笑いものにする。

小説に書く時もあれば、友人知人の誰かれと酒を飲みながらその話をして面白がったりする。いかんことだ、人の道にはずれることだと思いながら、やめることができない。なぜやめることができないかと訊《たず》ねられても困る。要するに面白いからである。

そのかわり、自分の身の上に不幸が起った時も、悲しみをぐっとこらえ、自分でそれを笑いものにしなくてはならない。そうしないと釣りあいがとれないような気がするからだ。絶対に悲しんではいけないというのは、つらいことである。

五、六年前、女房が死産した。

友人たちがなぐさめてくれたり、悲しんでくれたりした。

「なに。よくあることですよ」

ぼくは悲しみをかくしてひたすら平静を装《よそお》ってはいたが、まことにつらかった。

それ以前、女房の腹が次第にふくれあがってくるのを見て、面白がり、さんざ笑いものにした直後だったからである。内心では女房の様子を見て、ああ、出産というのは大事業なのだなあと感動しているくせに、友人たちと会うと、女房のいる前でも平気で笑いものにした。

「初産だろう。腹の皮がたるんでいないんだ。だから、赤ん坊が大きくなってくるにつれて腹の皮がつっぱって薄くなり、最近では半透明に近いんだ。面白いよ。腹の前に手をつき出して左右に動かすと、女房の腹の中で、赤ん坊の眼球らしい黒いものがふたつ、

左右に動いているのが見える」

　そんな馬鹿なこと、あるわけがないのだが、友人は腹をかかえる。

「今、女房を熱湯に投げこんで、ぐらぐら煮立てたら面白いだろうな。白骨が浮かびあがってくる。でかい白骨と、ちいさい白骨と」

　そんな乱暴なことを言ったりした。

　ぼくのことをよく知らない人は、顔色を変えて忠告してくれたりした。「よしなさいよ、あなた。そんなこと言っちゃいけませんよ」

　具合の悪いことに、やめろと言われるとよけいしたくなるのがぼくの性分である。一種の小児性だろう。むきになって面白がり、笑いものにしたのは、その実、たいへん心配していたのである。逆児《さかご》だったからだ。

　逆児というのは出産の時、足から出てくる。だから大変生みにくい。失敗する率も多いという。だから居ても立ってもいられぬほど心配だった。ところがこれだけは、ぼくがいくら心配したってしかたがない。だからいらいらする。そのいらいらを解消させようとして、よけい馬鹿なことばかり言う。

「逆児っていうのは、出にくいんだってねえ」心配そうに、友人がそういう。

「なあに。出てこなけりゃ、出口へ口をあてて大声で呼んでやりゃいいんだ。アイちゃんやーい、ってね。そうしたら、あいあーい、といって出てくる」

さすがにこの時、友人は顔色を変えた。この時には女房も横にいたが、さいわい歳《とし》が若いため、「ろくろっ首」なるものを知らず、冗談の意味がわからなかったようである。それでも相当ひどいことだということは勘でわかったらしい。

「あなたがあんなひどいことばかり言ったからよ」

赤ん坊を死産してのち、女房は恨《うら》みっぽくそう言った。

ばちが当たったわけである。それに懲《こ》りて、今では他人の不幸を笑いものにするのをぴったりやめたかというと、ちっともそんなことはない。あいかわらず、知らない人が聞いたら顔色を変えるようなことばかり、大声でわめきちらしている。

敬称

「先生」と、呼びたい人はぼくにはいない。今までひとりもいなかった。

学校時代の教師は、思い出すだけでもむかむかするような人物ばかりで、たまに人柄のいい人物にめぐりあったかと思うと縁が薄かったりして、師と仰げるほどのつきあいもしないうちに別れたりしている。

同志社大学の美学のゼミナールは園頼三教授で、この人はたいへんいい人だったが、それだけに他の学生が大勢とりまいていて、出来の悪い学生だったぼくは結局あまり近づけず、直接おことばを賜《たまわ》ったことは三、四回だった。

今では自分が「先生」と呼ばれているが、若いせいもあって、どうも馬鹿にされているような気がしてしかたがない。

雑誌や週刊誌などで「センセイ」と片仮名で書かれる場合があり、この場合はもうはっきりと馬鹿にされているのだが、腹は立つものの、「馬鹿にしただろう」と文句を言っても「いえ、馬鹿にしていません」と言われればそれまでである。だからよけい腹が立つ。「よう、大将」と呼びかける、あの「大将」には親愛の情がこもっているが、片仮名の「センセイ」には冷笑しかない。

小説を書く上で、あるいは作家として生活して行く上で、いろいろとお手本にしたり、世話になったりした人は多いが、どの人も「先生」というのとはちょっと違うような気がする。

星新一氏は、ぼくにとっては「長老」である。

人ごみで
石をなげれば
〈センセイ〉に当る!!
潜セイ
アングラ劇団主宰者
線セイ
ファッションデザイナー
?・セイ
腺セイ
セックスコンサルタント
占セイ
人相・手相見
宣セイ
広告デザイナー
戦セイ
軍事評論家
銭セイ
マネービル評論家
YAMA Fujii '73

この「長老」というのはSF界の誰かが言い出したことであって、だからSF界の若手すべてにとっても「長老」だということになる。まるで友人みたいにして一緒に酒を飲んでいても、やはりこちらの頭からは「日本で最初にSF作家として独立した人」という考えが抜けないし、ものわかりがよすぎて絶対に怒らず、手ごたえがないから嚙《か》みつくこともできないという点、やはり「長老」以外の何ものでもない。

小松左京氏は「親分」としか言いようがない。権柄《けんぺい》ずくにものを言い、時には理不尽なことをいうが、とにかく面倒は見てもらっているし、そこがいわゆる「親分」らしいところなのだからしかたがないと思い、素直に従っている。

「兄貴分」というのが敬称かどうかは知らないが、これに相当する人物はといえば、さしずめ生島治郎氏であろうか。もっともさほどのつきあいは最近あまりしていないが、たまに助力を求められると、やはり駈けつけざるを得ない。あっちが兄貴風を吹かすので、しかたなくたてまつっているというところもある。

「親分」にしろ「兄貴分」にしろ、あっちが親分風を吹かし、兄貴風を吹かしても、これはむしろ当然という気がする。

しかし先生風を吹かすやつだけはどうにも我慢できない。あっちが先生風を吹かせば吹かすほど、「お前、いったいおれに何を教えてくれたか」という気になり、軽蔑《けいべつ》したくなる。これは学生時代からそうだった。

目上の人間に反抗する癖があり、ぼくはこれでだいぶ損をしている。

ずっと以前のことだが、父親がぼくに手紙をくれるのに、ずっと「筒井康隆殿」という書きかたをしていた。ある日ぼくは「殿」というのは目下の者に向かって使用する文字であるということを何かで読んで知り（それまでは知らなかった！）、かっと腹を立てた。息子だから目下とは限らないぞというわけである。そこで無茶苦茶にも父親に向かって「殿」をつけて返事を出したりした。今はもう、そんなことはしない。父親から「殿」という手紙がきても、ちゃんと返事には「様」と書いている。

睾《こう》丸《がん》

そそっかしいのでよく失敗をする。

陰嚢《いんのう》の裏側に、腫《は》れものができた。

断じて変な病気ではない。あせもができていたのを何かで引っ掻《か》いて疵《きず》つけたらしく、膿《う》んできたのである。

それがつぶれた。

血膿《ちうみ》が出て、腫れものはなおってしまった。

ただ傷口からまだ血が出ているので、その上からブリーフをはくと血で汚れてしまう。うまい具合に、手近にアンネがあった。女性の生理用品だ。これはいいものがあると思い、患部にあて、ブリーフをはいた。そしてズボンをはき、そのまま外出した。あちこち歩きまわっているうち、そんなものをつけていることなど、すっかり忘れてしまった。

男には、ぶらぶらする陰嚢とかペニスとか、余計なものがくっついている。

その点、女には何もない。だからアンネをあてていても、上からパンティをはいていれば落ちる心配はない。

商店街を歩いている時、内股《うちまた》ががさがさした。何だろうと思っているうち、ズボンの裾《すそ》からぽとりとアンネが道路に落ちた。

あっ、と息をのみ、傍を歩いていた二、三人の主婦が、まじまじとぼくの顔を見た。しまった、と思い、ぼくは落ちたアンネをそのままに、家に逃げるように帰ってきた。悪いことに、駅前商店街でぼくはわりと顔を知られている。落ちたアンネには、ちょ

っぴりだが血もついている。

「あの筒井さんってひと、本当は女よ」

そんな噂《うわさ》がささやかれているのではないかと思い、いやな気持だ。

陰嚢では、前にも、一度痛い目にあっている。

東京・青山にあるぼくの家の風呂はタイルで、湯の栓が、浴槽の底の、ほぼ中央部にある。

ある晩、いちばん最後に入浴し、浴槽の中に入ったまま栓を抜いた。

そしたら陰嚢が吸いこまれてしまった。

ご承知のように、睾丸はふたつある。片方ずつ吸い込まれたらしい。吸い込まれてのちに、ふたつ並んでだらんとぶらさがっているものだから、今度は抜けなくなってしまった。

この時は、たいへんあわてた。

といって、大声で騒ぎ立ててはみっともないし、女房から今以上に軽蔑されるのもいやだ。なんとかして抜こうとしたが、力まかせに立とうとすると睾丸がしめつけられ、気絶しそうになる。頭がしびれ、眼がくらくらする。やっとのこと、片方ずつひっぱり出して事なきを得た。

女房には黙っていたが、あまりにも異常な体験だから誰かに喋《しゃべ》りたくてたまらない。

深夜だったがすぐ家をとび出し、近くにあるスナック「青い部屋」へ行って、戸川昌子さんに一部始終を物語った。

たちまち皆に知れ渡ってしまった。

永六輔氏などは、随筆にこう書いた。

「筒井康隆さんは浴槽の吸い込み口に睾丸を吸い込まれて抜けなくなり、とうとう風呂を壊した」

風呂を壊したというのはデマである。

どうせ皆に知られたのならしかたがないと思い、この時の体験を「陰悩録」という小説にした。すると「男性というものの存在の根源に迫る大傑作」といって編集者から激賞された。

最近、いいネタがなくて困っているため、少しぐらい痛くてもいいから、またあんな事件が起らないかと思っている。

捕物

時代劇映画に出てきて「御用だ」「御用だ」と叫びながら駈けまわるあの捕《と》り手《て》、あれはたいていアルバイトの学生である。

学生時代、ぼくも二度やった。

一度は宝塚へ行き、宝塚映画の斎藤寅次郎監督「怪盗火の玉小僧」で主人公を追いまわす捕り手をやった。

あとで映画を見に行き、どこに出ているかと思って眼をこらしていたら、捕り手の大群が出る部分はすべてコマ落し、右から左へサッ、左から右へサッと行くだけで、数十人のエキストラの出演場面が延べにして二、三秒、ずいぶんぜいたくな人間の使い方をすると思って感心したものだ。

もう一度は大映京都撮影所、伊藤大輔監督の幡随院長兵衛《ばんずいいんちょうべえ》か何かを主役にした映画で、主演が長谷川一夫と山本富士子だった。

山本富士子に会えるかと思い、楽しみにしていたのだが、彼女の出演場面の撮影はなかったため会えなかった。

宝塚映画の時は昼間の撮影だったが、この時は夜の場面だった。撮影所内で衣裳《いしよう》をつけ、バスでロケの現場へ行った。夜の八時頃から撮影が始まり、十時か十一時には終る筈《はず》だったのが、深夜の十二時になっても撮影が始まらない。

京都の夜は冷える。その上われわれは捕り手の薄い衣裳しか着ていない。

これで規定の日当を出されたのではたまらないとばかり、われわれ捕り手、つまり京

都、同志社、立命館三大学のアルバイト学生が集まって、ロケ現場の片隅に時ならぬ深夜の学生大会をくりひろげた。同志社大法学部の学生が代表に選ばれて交渉した結果、ついにわれわれは三倍の日当を獲得したのであった。

撮影が始まった。

われわれは御用提灯《ごようぢょうちん》をひとつずつ持たされた。

提灯の中には電球が入っている。この電球をどうしてつけるかというと、別にバッテリーをひとつずつ持たされていて、これを懐中に入れ、助監督の合図があり次第、コードを電極に押しあてるのである。

このバッテリーが、やたら滅法重かった。二十センチ立方もある大きさだから、これを入れると腹が蛙《かえる》みたいにふくれあがる。おまけに提灯を持った方の手は高くさしあげなければならない。その恰好《かっこう》で走らされるのである。こいつは重労働だと、ぼくは思った。

助監督の合図があり、われわれは走りはじめた。

たちまち息切れがしてきた。片手はコードの先端を、のべつ電極に押しあてていなければならない。つまずいてひっくり返るやつもいた。その上「御用」「御用」と叫ばなければならない。まったく、どんな仕事もやってみれば楽ではないな、と、つくづく思ったものである。この時ですっかりこりたため、それ以後映画のエキストラ募集の貼《は》り紙が学生会館前に掲示されても、ぼくは二度と申し込まなかった。

友人はその後も何回か行き、やはりひどい目にあったらしい。

話を聞いてみると、ある時などは四、五人、ロケの現場へ置き去りにされたという。時代劇の扮装《ふんそう》をしたままである。電話をすると、そのまま帰ってこいというので、チョンマゲのまま電車に乗って帰ったそうである。

さいわい京都という町は、そんな扮装で電車に乗っても、誰も珍しがらないところだそうである。

今でもテレビを見ていて、大勢の捕り手が出てくると、あの頃のことを懐《なつ》かしく思い出す。そして、「あっ。やってる、やってる」と思うのである。

パロディ

有吉佐和子さんの小説「恍惚《こうこつ》の人」が売れはじめたころ、ぼくは「粗忽《そこつ》の人」という題名を考えついた。どんなパロディにしてやろうかと思い、いろいろアイデアを練って、ほぼ話がまとまりかけた時、野坂昭如《あきゆき》氏がその題名で小説を書き、先に発表してしまった。やはりこういうのは、早いもの勝ちである。

新田次郎氏の小説「八甲田山死の彷徨《ほうこう》」を読み「六甲山死の彷徨」というパロディを思いついた。くだらない話なので、今後小説にすることはまずあるまいと思うから、今書いてしまう。

こんな話である。

六甲山とひと口に言うが、この六甲山系というのはまことに広い。馬鹿にしていると、えらい目にあう。この話の主人公の「ぼく」も、六甲山をせいぜいアベックの散歩コースくらいに考えたため、ひどい目にあう。だいたいぼくの小説で「おれ」とか「ぼく」が主人公であれば、それは作者の分身と考えてもらってよろしい。第一の特徴はおっちょこちょいで、第二の特徴もおっちょこちょいだ。このおっちょこちょいがある晩、神戸三の宮近辺のバーやクラブを飲み歩き、ふたりのホステスを散歩につれ出す。ふたりの名を「弥生《やよい》」「めぐみ」としておこう。名が性格の相違や年齢の開きをある程度物語ってくれる。なぜふたりかというと、一対一では話がエロに流れていやらしくなるからだ。

「ぼく」は弥生とめぐみを車に乗せ、六甲山へドライヴに出かける。実際のぼくは運転

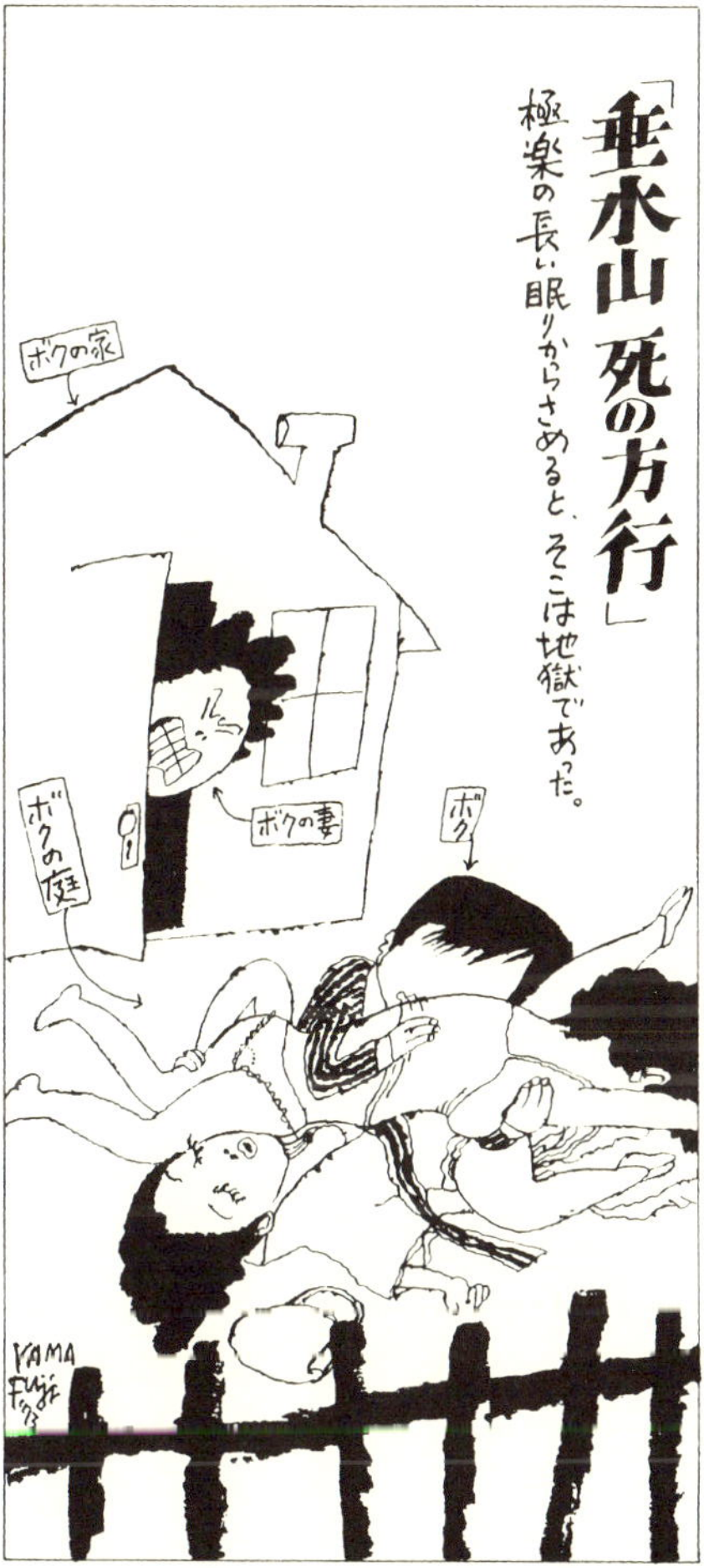
「垂水山 死の方行」
極楽の長い眠りからさめると、そこは地獄であった。
ボクの家
ボクの妻
ボク
ボクの庭

などできないが、小説中の「ぼく」はできるわけである。深夜なので、ドライヴウェイに車は少い。ぼくはドライヴウェイをそれて、車を山道に入れる。山道の幅が次第に細くなる。車を停《と》めて三人は外に出る。三人とも適当に酔っぱらっている。

「三本足のイノシシが出てくるわよ」

「なんだい。それは」

「あら、知らないの。六甲山系一帯を荒しまわっていた有名な暴力イノシシよ。今までに犬が何匹も殺されてるわ。人間もひとり殺してるのよ」

「そいつがこの辺にいるのかい」

「この間、猟友会の人たちに追いつめられて谷底へ落ちたそうだけど、死んだかどうか、まだわからないのよ。崖《がけ》から落ちる時、牙《きば》で人をひとり刺して犬を二匹殺したわ」

そんなことを喋りながら歩きまわっている。

「そら。イノシシだ」

「きゃあ。やめて」

ふざけているうち、乗り捨てた車を見失ってしまう。あわてて捜しまわるが、どんどん山奥へ入ってしまう。夜の闇が急に濃くなる。もう相手の顔さえよく見えない。寒くなってくる。凍《こご》え死にそうになってくる。極限状況に近いシチュエーションとなり、女たちはこんな山奥までつれてこられた恨みを「ぼく」に投げつけはじめる。人間ドラマが展開する。このあたりの会話、いくらでも面白くなりそうである。闇とイノシシにおびえながら歩きまわった末、三人はくたくたに疲れて草の茂みの中へぶっ倒れてしまう。もう動けない。三人とも引っ搔き疵だらけ。和服姿の弥生など、ひどい恰好である。三人は互いのからだで暖めあい、抱きあって寝てしまう。

翌朝、人声で眼を醒《さ》ますと、三人をのぞきこんでいる大勢の人間の顔があった。三人はバスの通っているドライヴウェイの、ほんの一メートルばかり崖下の茂みの中で寝ていたのである。もう二、三歩、崖を登っていればよかったのだ。

この結末、じつは山の麓《ふもと》まで知らぬ間におりてきていて、小学校の校庭の隅で寝ていたことにしてもいい。朝になって眼を醒ますと、大勢の子供が三人をとりまいていたというわけである。

誤　解

人から誤解されるというのはいやなものである。

特にそれが、弁解すればするほどますます誤解されるという性質の誤解であると、誤解を解こうとする努力を放棄して相手を憎みたくなってしまう。そこでますます誤解されるという按配《あんばい》である。

以前所属していた劇団に、Mという男がいた。多血質の、逆上しやすい、闘士タイプの男である。

この男、自分でラジオ・ドラマの脚本なども書いていて、放送局の募集がたまたまあり、それに応募して入選した。それがラジオで放送されることになった。

今から考えてみると、この男、脚本が入選し、放送されることを、ぼく以外の劇団員の誰かれに話していたらしい。なぜぼくには話さなかったのかよくわからないが、ぼく自身もそのころは戯曲やシナリオなどを書いていたため、向こうが勝手にライバル意識を燃やすか、ぼくがライバル意識を燃やしていると思いこむか、どちらかだったために、ちょっと話しにくかったのであろう。

人間というものは、自分に関したことだけは何ごとによらず大事に考え、他人もそれ相応の関心を持ってくれているものと考える傾向がある。

放送のある時間はちょうど劇団の稽古《けいこ》日の、稽古中の時間だった。Mはおそらくぼくが、劇団員の誰かから聞いて、そのことを知っているに違いないと思いこんでいたわけである。ところがぼくは何も知らない。

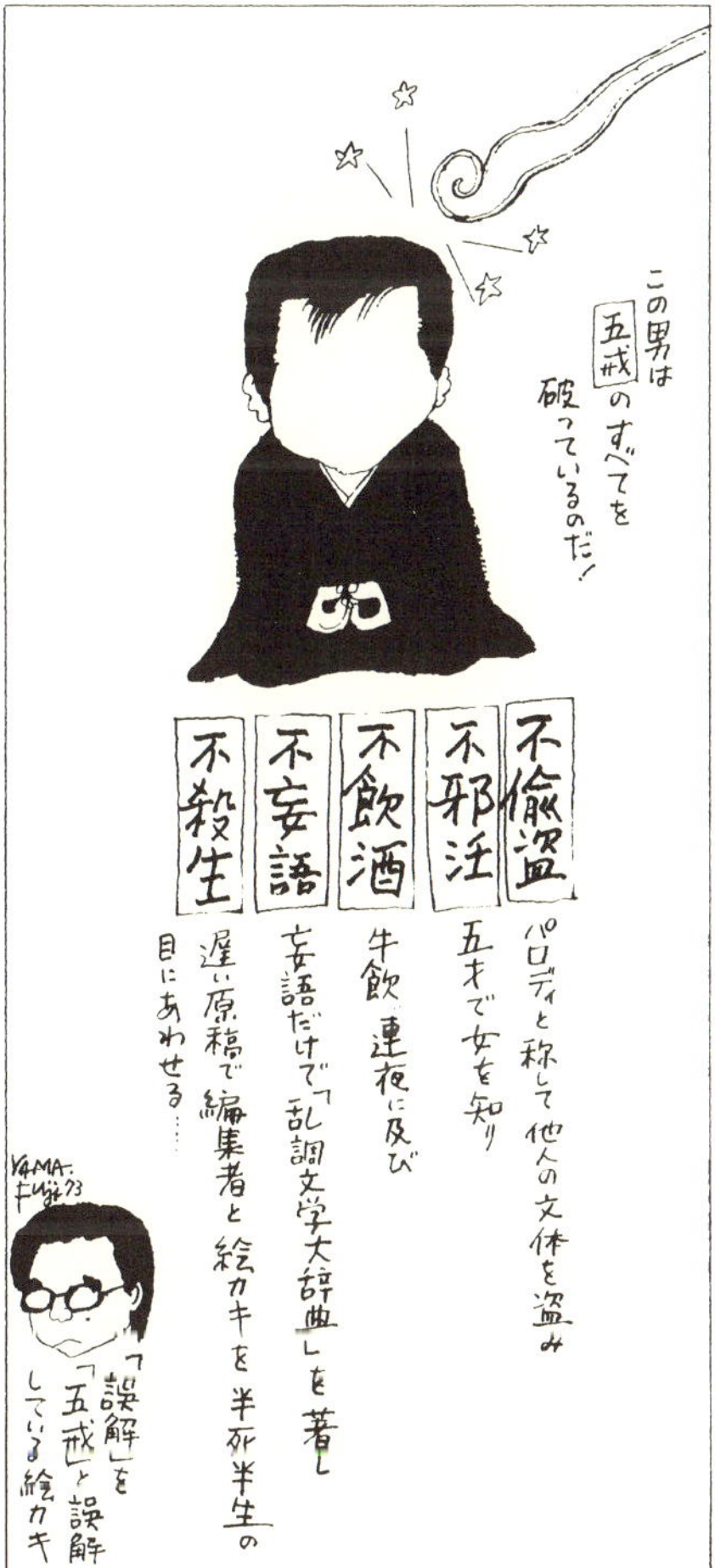
この男は五戒のすべてを破っているのだ!
不偸盗
不邪淫
不飲酒
不妄語
不殺生
パロディと称して他人の文体を盗み
五才で女を知り
牛飲連夜に及び
妄語だけで「乱調文学大辞典」を著し
遅い原稿で編集者と絵カキを半死半生の目にあわせる……
YAMA. Fuji 73
「誤解」を「五戒」と誤解している絵カキ

稽古中、Mは、劇団の倉庫の中に入ってラジオを聞いていたそうだ。彼はぼくがそれを知っていて、自分の出番になればぼくが呼びにくる筈と思っていたのだそうだ。ところがぼくは何も知らない。だから彼の出番になっても、呼びに行かなかった。Mはそのために逆上した。

稽古後、ぼくを廊下に呼び出して言った。

「お前の友情も薄れたな」殴ろうとした。

ぼくは何がなんだかわからない。「ん。何だなんだ。理由を言え。理由を」

ところが彼は理由など言わない。最初から、ぼくが彼のドラマ入選に嫉妬《しっと》して意地悪したと思いこんでいるわけである。矢庭にぼくの右の耳を、叩《たた》きつけるように殴り、そのまま逃げてしまった。

なぜ彼がぼくを殴ったか、その理由を知ろうとして、ぼくは他の劇団員に訊《たず》ねてまわった。ああでもない、こうでもないと皆が考えてくれ、結局前に述べたような誤解であるらしいことがわかってきた。

その夜から左の耳の奥が痛み出した。右の耳を殴られたのになぜ左の耳が痛むのか不思議だったが、耳鼻科の医者の言うには、両方の耳は奥でつながっているため、そういうこともあり得るのだそうである。もっともこれはMだけに責任を負わせるのも考えものだ。小学校時代、朝鮮人に左の耳を殴られているからである。この時も誤解だった。

ぼくの友人が朝鮮人の悪口をいった。その朝鮮人はぼくが言ったと思いこみ、ぼくを殴ったのだ。

Mに殴られた翌日から、ぼくは劇団を休んだ。耳が痛いからではなく、誤解されたことが癪《しゃく》だったからである。劇団というのは役者がひとり休んでもたちまち困る。劇団から命じられたのだろう。Mがあやまりにやってきた。ところが、まだ誤解したままである。

「一応あやまるよ。うん」顔をそむけてそう言い、まだ威張っている。悪いのはお前だが許してやるといった態度である。誤解されているとわかっているから、こっちは怒れない。

帰りがけに彼は「劇は集団の芸術だよ」とか何とか、説教じみたことまでいった。誤解であるとは疑ってもみず、完全に自分の判断を信じてしまっているわけである。だからますますこっちは何も言えない。

左の耳は今でも少し聞こえにくい。誤解するのは勝手だが、される方はいい迷惑である。

講演

不得手で、したがって嫌いなもののひとつに、講演がある。

二、三分のスピーチなら、なんとかなる。しかし二十分、三十分のお喋《しゃべ》りともなると、何を喋っていいかわからなくなる。一時間もの講演ともなると、前日いっぱいかかって頭をひねり、喋ることをよほど考えていかないとできない。

ところで講演を頼んでくる方では、作家というものはすべて講演ができるものであると頭から思いこんでいるようなふしがある。ことわったりすると心外そうにする。喋りたいことを喋らせてもらった上、金まで手に入るのだ、こんないいことはないじゃないかとでも言いたげである。

あるところから講演を頼んできた。ぼくはいつものように、丁重におことわりした。

「どうしてですか」と、相手は訊ねた。

「下手だからですよ」

「ははあ。それはうちでやらないからですよ」

「どういうことですか」

「黒岩重吾さんも司馬遼太郎さんも、最初は講演が下手だった。うちでやったためにうまくなったのです」

講演のやりかたを教えてやる、とでも言わんばかりの口ぶりなので、ぼくはまた、かっと腹を立てた。「ぼくは作家です。そんなにまでして講演がうまくなってもしかたがないでしょう」がちゃん、と電話を切ってしまった。

今でも、作家は講演などできなくてもいいと思っている。

ところが最近、たて続けに三つも講演しなくてはならなくなってしまった。いずれも借りがあったり義理があったりで、どうしても出なければならないものばかりだ。どうも気が重い。

そのためだろう。こんな夢を見た。

ぼくはショッペルケングラー氏のピアノ演奏会に出かけていく。会場は満員である。ぼくは楽屋に入っていく。すると皆が立ちあがってお辞儀をする。ここにおいて、ぼくは愕然《がくぜん》とする。どうやらぼく自身がショッペルケングラー氏らしいのである。

舞台に出ると、ものすごい拍手がわき起る。ピアノの前に、ぼくは腰かける。ところが何も弾けないのだ。ウエーバーの「舞踏への勧誘」は半分しかマスターできていない。まさか演奏会で「猫ふんじゃった」は弾けない。しかたなく、山下洋輔風の前衛的な、というよりは、むしろキック・ボクシング風なやつを弾きはじめる。思ったよりもうまく弾ける。聴衆は、しんとして聞いている。このあたりで、ぼくは汗びっしょりになって眼醒めた。

夢というものは、思わぬ解決策をあたえてくれる。これはユングの夢学説にもある。夢は、醒めている間は意識にあらわれないさまざまな材料を組み立て、未来への適応策として暗示するというのだ。つまり本来の夢占いと同じで、予言的な性格を認めている。

まとまったことを喋れないなら、滅茶苦茶を喋ればいいのである。つまりモダン講演である。こういう具合にやるのだ。

「ひとくちに声量のある、なしを申しますが、コンクリートの声量などけ平熱でおさまりますし、無駄飯食いのぼくなどは砂糖大根の種からとればいいのです。なぜかと申しますと昔の武士はテレビを見なかった。グルタミン酸の誘導体だったからです。そこでたくさんの家具を買いこみますと女郎衆が困ります。女郎衆が困れば」

この講演にも難点がある。意味の通じるフレーズがひとつでもあっては具合が悪いのだ。考えてみればこの方がよっぽどむずかしい。

躁《そう》病《びょう》

躁鬱《そううつ》質タイプで、いささか躁病の傾向がある。

執筆する際は、もちろん躁状態の方がいいわけだ。躁状態の時に書いた作品が躁的な小説とは限らない。暗い話だって躁状態の時に書く。本人の心が重く暗く沈んでいなければ暗い小説が書けない、といったようなことはない。技術とアイデアの問題だ。小説を暗くするにも技術やアイデアが必要であり、その技術やアイデアはたいてい躁状態の時に思いつく。要するに躁状態の時にはやる気が起り、鬱状態の時にはやる気が起らないというだけの話である。

鬱状態がいつやってくるかわからないので、書き続けていてもたいそう不安である。去ってから二時間ぐらいでやってくる時もあり、二、三日やってこない時もある。

ご存じのようにこの躁と鬱の交代する期間は人によって違う。一カ月という人もあれば一年という人もある。蘆原《あしわら》将軍などという躁鬱病の気ちがいは何十年というながい期間躁状態だった。してみれば一生躁状態で過す人、逆に一生鬱状態で暮す人がいてもいいわけである。つまり死んでから交代するわけだ。

鬱状態で書いた小説、あるいは小説の一部分は、あとで読み返してもすぐにわかる。四苦八苦した痕《あと》がまざまざと残っている。ドタバタを書いても、何かしら、そらぞらしい。だいぶ無理をしているな、と思う。

鬱状態のままで日が経《た》ち、原稿の締切りが迫ってくると、のんべんだらりと躁状態になるのを待ってはいられないから、なんとか早く躁状態になろうとして苦心する。

以前は「リタリン」という薬を愛用していた。スイス・CIBA社製の鬱病患者用の投薬剤で、これをのむと躁状態になり、やる気が起る。そこでこれをむさぼり食った。これがいけなかった。胃がぼろぼろにやられてしまった。劇薬だったのである。

それ以後、この薬はやめている。

やはり躁鬱質タイプの作家の北杜夫《もりお》氏に訊ねてみたが、「リタリン」はあまりやらない方がいいというご意見であった。

そこで他のあらゆる手段を総動員して、けんめいに躁状態になろうとする。

まず、コーヒーを飲む。これも、あまりがぶがぶ飲むわけにはいかない。「リタリン」以後、胃が荒れているからである。モダン・ジャズも聞く。コルトレーンの「オ・レ」とか「ダカー」とか「アフリカ」とかいった猛烈なのがよい。山下洋輔もよろしい。いちばん手っとり早いのは山下洋輔本人か彼のグループの誰かに会いに行くことである。この連中、特にテナー・サックスの中村誠一などは、徹底的な万年躁病であって、まともな人が見れば完全な気ちがいだと思うだろう。

残念なことに神戸へ引っ越してからは、東京にいた時のようには手軽に会えない。

そこで愉快なことばかり考える。

これも、考えているうちに附随的に不愉快なことを思い出す時があり、そうなると駄目である。たちまちもとの憂鬱な状態に逆戻りする。ただし、いったん躁状態になってしまいさえすれば、いくら不愉快なことを思い出したっていいのである。いいどころか、それはむしろ小説に奥行きをあたえるのだ。

さて、いよいよ躁状態のぼくがあらわれそうになってきた。とり逃がすわけにはいかない。鬱状態のぼくはタンスの陰に身をひそめ、今か今かと躁状態のぼくがやってくるのを待ち構える。

と、ついに隣の部屋から躁状態のぼくがやってきた。鬱状態のぼくはとび出して行って突き倒し、馬乗りになり、躁状態のぼくをふんづかまえる。そして無理やり机の前にすわらせる。そして、さあ書けさあ書けと責め立てるのである。

痰《たん》　壺《つぼ》

チェーホフがこう書いているそうだ。

「わたしは民衆のひとりである。民衆を愛している。しかし、実際に民衆と食事をすると、スープの飲みかたや立居振舞いがいちいち気にさわるときがある」

ただしこれは、最近送っていただいた吉行淳之介氏の最新随筆集「樹に千びきの毛虫」からの孫引きであるが。

大文豪のことばを持ち出して、だからわたしもどうこうというこういった書きかたは、外国帰りが外人をひきあいに出して日本人をこきおろすのと同じなので滅多にやらないのだが、まあ今回に限り許していただきたい。頭にくるやつがいて、それが不特定多数の場合は、こういう書き出しかたがまことに便利なのである。

まったく、頭にくる馬鹿が多い。文豪のことばを出さなくても、外人をひきあいに出さなくても、馬鹿は文句なしに馬鹿である。いちばんぼくが頭へくるのは、駅の構内などで痰や唾《つば》をそこいら辺へぱっと吐いたり、だらーっと垂らして落したり、ごろごろごろ、がーっ、ぺっなどと壁や柱の根もとに吐きつけるやつである。靴にかかりそうになったことも何度かある。

恥かしげもなく、人前でやるのだからおそれ入る。ずらりと何人かが並び、電車が入ってくるのを待っているプラットホームで、わざわざ観衆を意識してでもいるかのようにこれをやるのだ。お前らの気分を悪くさせてやるぞと言わんばかりにやるのである。それも、比較的いい身《み》装《な》りをした人物がである。

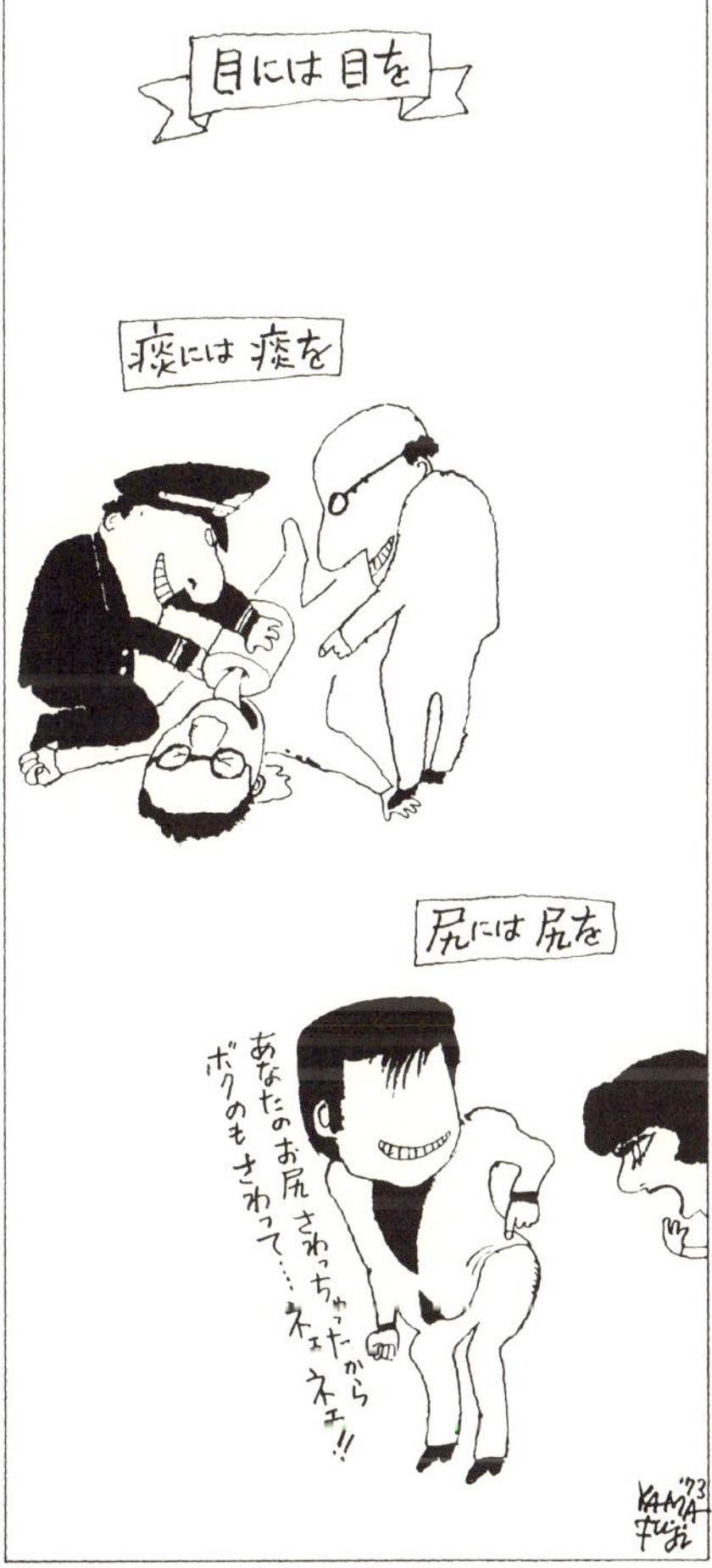

手に結婚披露宴の土産の風呂敷包みを持ったモーニング姿の男が、ぶちゅーっと痰を吐くのを見た。

「ははあ。こういう男が今しがた披露宴で、花婿花嫁《はなむこ》の前途を祝うスピーチをやってきたのだなー」と思いながら、いささかあきれてその男の顔をぼんやり見つめていると、ぼくの視線に気がついたその男は、何か文句があるかとでも言いたげに睨《にら》み返してきた。

こういう男は、見つけ次第、近くにいる有志四、五人で、寄ってたかって手足を押えつけ、近くにある痰壺の中味を無理やり口の中に流しこんでやったらいいと思うがどうか。駅の構内だから痰壺はいくらでもある。口をこじあけ、がっと開いたその口の中いっぱいをぞろぞろーっと流しこんだ痰で満たしてやるのだ。

自分が平気で痰や唾を吐くのだから、人さまの吐いた痰や唾だって平気の筈《はず》だという理屈であるが、なに、こういう馬鹿に理屈がいるものか。これは私刑ではない。相手は子供にも劣るやつなのだから、いわばお仕置きだ。

痰壺の中味のうまさは、すでに小説に二、三度書いているが、もう一度ここで紹介しておこう。まず、老人の白眼を思わせるどろどろと濁った青痰がすばらしい。最初はちゅるちゅると、透明感のある塩味のきいた液体がのどを通る。それからずるりっ、と、生ガキのような感触の青痰が、ひとかたまりになってのどを通り抜けるのである。甘ったるいような、辛いような、酸《す》っぱいような、鉄錆《さ》びの味に似た独特のうまさである。

黄色、黄緑色をした痰は、白血球や上皮細胞が混っている化膿《かのう》性の炎症による痰である。味はとろろ汁そのままで、頬が落ちそうにうまい。

駅の痰壺には、そのほかにいろいろなものが混入していてうまい。洟《はな》をかんだちり紙も、どろどろにとけて混っていて、これを食うと塩味がきいているし、時には鼻血のちり紙もあり、このなま臭さはダシジャコと同じでいい味つけになっている。タバコの吸殻もあるから、急性ニコチン中毒で極楽に行ける可能性もあるのだ。

エプロン

ぼくの幼少年期、食料品店や街かどに貼ってある「なんとか醬油」「なんとか花かつを」「なんとか味醂《みりん》」の大きなポスターの女性は、たいていエプロン姿であった。

その女性は映画スターである場合もあったし、美人画の場合もあった。どちらにしろぼくは、そういったエプロン姿の美人のポスターが大好きだった。今でもそんなポスターをたまに見かけると、そのたびに鮮烈な感銘を受ける。

言い足しておくが、花柄や色もののエプロンではない。ぼくが言っているのは純白のエプロンのことである。純白のエプロン以外は、エプロンといいたくない気持だ。

星新一氏がいった。「結婚して二、三日め、女房が和服にエプロン姿で出てきた。ぎゃっと叫んだ。頼むから、しばらくはそんな恰好《かっこう》をしないでくれといった」糠味噌《ぬかみそ》臭いからというわけだ。

それを聞き、ぼくは溜息《ためいき》をついた。「それは惜しいことをしましたねえ」

もしもぼくの女房が、結婚後二、三日めでそんな恰好をしてくれたとしたら、ぼくは感激のあまり口もきけず、茫然《ぼうぜん》とし、女房につきまとい、台所の隅にべったりと尻《しり》をすえ、エプロン姿の女房の立ち働くさまをいつまでも、いつまでも、飽かず眺め続けたことであろう。だが結婚後七年、女房はいまだにそんな恰好をしてくれたことがない。それどころか、和服姿さえ二、三度しか見せてくれたことがない。まことに恨めしい。

母親のエプロン姿は、不思議なことに記憶の中に見あたらない。女中がいたせいだろうか。女中は何人か変ったが、その何人かのイメージが、ぼんやりとしたひとつのイメ

ージになって残っている。これはエプロン姿である。

エプロン姿に強い性的魅力を感じるのはぼくだけだろうか。

セーラー服姿に性的魅力を感じるという男性は多くても、エプロン姿が好きという男性があまりいないのはどうもおかしい。

それともおかしいのはぼくの方なのか。セーラー服姿に魅力を感じるのが男としては正常で、エプロン姿を恋い慕うのは、歳上《としうえ》の女性に可愛《かわい》がられたいという願望のあらわれ、あるいは強いエディプス・コンプレックスがあるからだろうか。

そんな筈はあるまい。

ぼく自身、エプロン姿同様に、セーラー服姿にも激しく性的魅力を感じるからである。旦那が女中に手をつけるのは、あれはやはりエプロン姿に性的魅力を感じたためではないだろうか。セーラー服姿をセックスに結びつけると、そこに浮かぶイメージは「強《ごう》姦《かん》」あるいは「輪姦」である。ではエプロン姿はどうか。

エプロン姿の若い女性といえば、やはり「若奥様」「若い母親」であり「女中」であって、どっちみち家庭婦人のイメージである。

これをセックスに結びつけると「不貞」のイメージになる。女中の場合は「強姦」のイメージも加わってくる。女中を強姦するのは旦那、あるいは坊っちゃんであるから、いささか「不倫」でもある。いささかどころじゃないという人もいようが。

だからセーラー服姿もエプロン姿も、性的魅力という意味での刺戟《しげき》の強さはさほど変らない筈なのである。

たしかに花柄や色もののエプロンに比べれば、純白のエプロンはやや糠味噌臭い。だからこそいいのである。だからこそ強烈な性的魅力があるのである。

ヌードを見馴《みな》れた若い男性にはわかるまいが、和服姿プラス・エプロンの女性の魅力がわかって、はじめて成熟した男といえるのではないか。ぼくなどはもう、ヌードの大きなカラー写真をいくら見せられても何も感じない。

連　載

泣きごとは言いたくないのだが一度だけ言わせてほしい。まったく連載というのはつらいものだ。

月刊誌、週刊誌の連載はまだいいが、この連載随筆のように毎日だと、一寸の油断もできない。眠っている間も油断できない。昔の武士みたいなものである。

新聞連載は生まれて初めてだから、その恐ろしさを知らず、週刊誌の連載を何度かやった経験から想像してまあ何とかなるさと多寡《たか》をくって始めたものの、ああ知らなかったよ知らなかった。週刊誌の連載と新聞連載とでは、まったくその質が違うのであった。

小説ならまだいい。これは随筆である。小説ならひとつのテーマですむが、随筆は毎回違ったテーマを見つけなければならないのだ。これが厄介なのである。

この間、新聞休刊日と日曜が、ぱらりぱらり、大きく間隔の開いた飛び石であったので、少し安心して中間小説誌の原稿に専念していたら、たちまち今日、担当のH氏から電話がかかってきた。明後日の連載分がまだ届かず、明日の分しかストックがないのであわてているというのである。

イラストを担当している山藤章二氏も大あわてだという。それはそうだろう。この山藤さんは文章中にないアイデアを思いつかない限りイラストを描かないという大変な人であって、そんなしんどいこと、よせばいいのにと思うのだが、頑として一貫した姿勢を崩さない。だから当然アイデアをひねり出す時間が、他の画家に比べて多く必要なのだ。

ちょっとした油断が大勢の人に迷惑をかけてしまう。

恐縮し、何かテーマを見つけ出そうとして家をとび出して何か書くことがないかとあたりをきょろきょろ。すると犬が立ち小便をしている。

いやしくも作家であれば当然ここでぽんと膝《ひざ》を叩《たた》き、犬の立ち小便についての一家言を天下に披露すべきなのであろうが、こっちは気ばかり焦《あせ》っているから逆に何も思いつかない。

「ははー。犬が立ち小便しているなー」

そう思うだけである。これではまるっきり馬鹿である。「家を出ました。犬が立ち小便をしていました。おわり」小学生の作文だ。

精神的に圧迫されると不安が生じる。責任重大であっても不安になる。あまりの不安に、もしぼくがここで発狂したらどうなるかなどと考え、尚《なお》さら不安になる。今日中に原稿ができないと、明後日の新聞には空白が生じるのだ、そう考えると、気の弱い話だが自信が根本からぐらぐらと崩壊しそうになる。今日中にアイデアが出るだろうか、何も思いつかないのではないだろうか、そんなことばかり考えて、ちっともテーマは決まらない。もしここでぼくが、一日だけ気が変になったとしたら、何人のひとに迷惑をかけるだろうかと、その人数を勘定したりする。

病気、怪我といった、身体的な故障に対する不安もある。車にはねられて腕を折ったら大変だと思い、のべつびくびくしている。

　おれのからだは大切なのだ、おれがいないと新聞が出ないのだ、おれは重要人物なのだと思うところから、逆にいえば作家の思いあがりも生じるわけであろうが、今のところぼくには、そんな余裕さえない。思いあがりといえば、苦しまぎれに自分の身のまわりのことをなんでもかんでも書いてしまうのも思いあがりといえるだろう。しかし新聞の連載随筆というものは、作家に「それでもいい。とにかく書いて原稿の桝目《ますめ》を埋めなきゃいかんのだから、なんでもかんでも書いてやるぞ」と思わせるものなのである。そうならぬよう自戒してはいるが、まったくつらい。このつらさは作家以外の人にはちょっとわかりにくいのではないかと思うと、また別種のつらさも湧《わ》いてくる。

　ところが読者の方は、作家がいよいよネタに困って反吐《へど》を吐きはじめたあたりから面白がりはじめるのだ。おかしなものである。

手紙

もう七、八年前になるだろうか。学習雑誌に「時をかける少女」というジュヴナイルSFを連載し、それが本になった。

その当時はぜんぜん売れなかった。

ところが一年ほど前、NHKテレビの方から、これをテレビ・ドラマにしたいという申し入れがあった。そのころ、もうすでに本は版もとにもなくなっていたのだが、テレビ・ドラマになったために本が売れるとは夢にも思わず、ぼくは承諾した。

放映された時のタイトルは「タイム・トラベラー」だったが、「時をかける少女より」という但《ただ》し書《が》きがついていたため、手紙がいっぱい来はじめた。

「時をかける少女は、どこで買えますか」

「本屋にありません。あなたのを送ってください」

「あなたの持っているのを一冊ください」

手紙はたちまち百通を越した。NHKには何千通か来たという。あわてて出版社に連絡し、軽装版にして再刊してもらった。これが大いに売れ、今では二十版を越している筈《はず》だ。今さらのように、テレビの力は偉大だと感心した。テレビの恩恵を蒙《こうむ》ったと感じたのは、これが最初である。

今では本に関する問い合わせはなくなったが、そのかわりファン・レターがくる。たいていは中学生からの手紙だが、小学生や高校生の手紙もある。姉妹の連名というのや、学級一同というのもある。多い時で、一日に六、七通、少ない日でも一通は必ずくる。

これにいちいち返事を出していると、ぼくは遅筆なので原稿の方がお留守になってしまうから、今に至るまで返事は一通も出していない。返信用のはがきや切手が同封されていても、そのまま抛《ほ》ったらかしである。悪いなあ、といつも思うのだが、どうしようもない。

「筒井康隆先生」と書いてくるのが圧倒的に多い。これは少年週刊誌などで「〇〇先生にはげましのお手紙を出そう」などと教育しているせいだろう。

「筒井康隆御中」などと書いているのもある。国語教育の貧しさを物語っている。

本をねだる手紙の中には、「本を送ってくだされば、送料はこちらで払います」と書いているのがあった。本代は払わないというわけだ。これは小学生だったから、非常識を怒るほどのことではない。

他にも、おかしな手紙はいっぱいくる。

「あのタイム・トラベラーの主役をやった木下清君の住所を教えてください」

まったく関係がないのである。

そうかと思うと、部厚い大学ノートを一冊送ってくるのもある。中をあけるとこまかい字でぎっしり、小説のようなものが書いてある。手紙が添えてあって、「これはわたしが書いた、タイム・トラベラーの続篇です。読んでください」

読みかけたものの、あまりこまかい字だから五、六行で頭が痛くなりはじめ、やめてしまった。

内容では「ほんとにテレパシーというものはあるのですか」「わたしにはテレパシーがあるのではないかと思うのです」「過去へ行くと現在が変化するというのはおかしい。だって、変化していない現在から過去へ行ったのだから」などというのが多い。

こんな手紙もあった。「わたしの友達の誰それさんは、だいぶ前に先生にお手紙を出したのですが、まだご返事がもらえないといってしょげています。失礼なことを書いたからかもしれないと言っています。もしそうなら許してあげてください。決して悪気があって書いたのではないと思います」まったく可愛らしいものである。

こういう手紙はまったく可愛らしく、書いた少女に会って頬ずりしてやりたくなる。そのついでにキスをし、ついでに強姦してしまいたくなるのである。

エリート

　ぼくの知っているある女性で、古くからのＳＦファンで、結婚し、いちばん最初に生まれた男の子に「英理人」という名前をつけた人がいる。つまりエリートである。

　ものすごい名前をつけたものだと思い、彼女からのはがきを見た時はびっくり仰天したものだ。ぼくは自分の子供にそんな大それた名前などつける勇気はまったくない。

　親というのはえてして自分の子供に過剰な期待を持つ。親にエリート意識があった場合は子供にも、自分はエリートなのだという気持を持たせようとする。この子供が、よくできる子ならいいが、あまり頭の良くない子供であった場合は、自分のエリート意識までが傷つけられるものだから、親は口をきわめて子供を罵倒《ばとう》する。

「馬鹿。馬鹿。馬鹿。お前は親に似ない子だね」

「そんな馬鹿はわしの息子じゃない。よその子だ。よそへやってしまうぞ」

　しまいには教育する気をなくしてしまったりなどする。子供にしてみれば、小さいうちはちやほやされていたのに、急に罵倒され、冷笑されはじめたものだから、性格が歪《ゆが》んでしまう。

たとえ学生時代は成績がよくても、社会へ出ると他人とのつきあい方を知らなかったり、常識がなかったり、親から育《はぐく》まれたエリート意識のために同僚から嫌われたりして、たちまち駄目になる。エリート志向が挫折《ざせつ》すると、いちどにどん底にまで転落する。

「おれは川原の枯れすすき」

掌《てのひら》を返したようにそんな心境になり、酒に溺《おぼ》れたりする。ろくなことはない。

とは言っても、ぼくもやはり親である。子供にえらくなってほしい気持はある。だが、それと同時にエリートにはなってほしくないという気持もある。こういう商売をしていると、エリートと言われている人に会う機会が多い。どいつもこいつも、いやなやつばかりである。

エリートの座は決して居心地のよいものではない筈だ。人から憎まれ、嫌われることが多いからである。すると自分を嫌う人間たちを無視しようという気になる。「お前ら、何も知らん奴らが」「ま、無知なんだからしかたがないさ」つまり大衆を軽《けい》蔑《べつ》しようとするわけだ。そしてエリート意識をむき出しにする。そこでますます憎まれ、嫌われるという寸法である。ぼくは自分の子供にはそうなってほしくない。

逆に、自分のエリート意識を隠そうとして、やたらに人にやさしくするのがいる。女性的な、ていねいな口のききかたをする。馬鹿ていねいで、やさしすぎるぐらいである。だが、柔らかな笑顔の底に軽蔑の笑いがありありと見えている。こういう人物も、傍で見ていると実にやりきれない気持になる。

ぼく自身にもエリート意識がある。

作家というのは、思いあがろうとすればいくらでも思いあがれる職業であって、周囲も作家の思いあがりを許そうとしたりする。中には、あまり偉《えら》そうにしたくもない癖に、威張っていた方が得策だと思い、偉そうにする作家もいる。事実、そうした方があきらかに好都合な場合もあるのだ。だがぼくの場合のエリート意識は、作家になってからの方がむしろ人並みになったくらいで、以前はひどかった。自分のエリート意識のために駄目になりかかったことがある。それを救ってくれたのはアーサー・ミラーの「セールスマンの死」という一篇の戯曲だ。

父親から過剰な期待を持たれた息子が、ある日ついに父親に向かって叫ぶ。「うちの家族は平凡な家族だったんだ。お父さんだって、うだつのあがらないセールスマンじゃないか。お父さんが言うほど、お父さんは偉くなかったんだ。ぼくだって偉くなかったんだ。みんな、ふつうの、平凡な人間なんだ」

家族

一年ほど前の、田辺聖子さんとぼくとの対談で、老若同居の大家族制について意見が対立した。

田辺さんは絶対反対ということであった。老人を甘やかすな。われわれだってひとりで死ぬ覚悟をしている。若い者に大小便の世話をさせるな。ひとりでのたれ死にすべきであるというご意見。これは彼女自身、嫁、姑《しゅうとめ》の凄絶《せいぜつ》な戦いというものを何代にもわたって見てきているためだということであった。

女性はみな、だいたいこの意見に近いようである。むろん、うちの女房だってそうである。ひとつ家に女が何人もいてはややこしい。喧嘩《けんか》の絶え間がない。絶対にいやだというのだ。

ところがぼくは大家族というものにノスタルジアがある。

おじいさんが孫にいろんなことを教えてやっている、ほほ笑ましい風景がほしい。男としては、同居している女たちが喧嘩しようがどうしようが、いわばどうでもいいわけである。誰かが世話してくれさえすればいいのだ。

たまたま女房がいない時など、着換えのありかがわからず、食い物がどこにあるかわからず、コーヒーの罐《かん》がどれだか迷うし、来客があっても、近所づきあいは女房にまかしているので相手がどこの誰だかわからない。まことに困る。おふくろがいてくれたらいいのにな、と思う。

だがあいにくぼくの両親は、子供の世話になろうなどとは露ほども思っていない。父

親は大学教授、母親は書家である。ばりばり仕事をしている。

　こういう人間をつかまえて、無理やり隠居させるわけにはいかない。逆に、たちまち耄碌《もうろく》してしまうかもしれないのである。

　子供が大きくなっていればいいが、あいにくまだ四つになる長男がひとりいるだけだ。女房は、あとひとりぐらいしか生んでやらないと言っている。すると四人家族である。四人ではあまりにも淋しいと思う。

　その上子供がふたりになると、女房はますますぼくを抛《ほ》ったらかしにするであろう。今だって子供を幼稚園へつれて行ったり、迎えに行ったりする関係上、午前中は家にぼくひとりである。ところが午前中に限っていろんな人がくる。郵便配達が書留や速達を持ってくる。クリーニング屋がくる。ダスキンの取り替えがくる。料理屋が昨夜注文して食べた料理の鉢や代金をとりにくる。ぼくは夜仕事をするので午前中は寝ているのである。それを起されるのである。まことに困るのである。

　では女中さんを置いたらいいということになるが、これも女房が絶対にいやだという。だいいちそんなに簡単に女中さんなどいる筈がないという。なるほど最近は女中不足である。山ほどの条件をつけてくるそうだ。お嬢さん扱いしてやらないと来てくれないという。そういうのはぼくも願い下げである。

　考えてみると家庭というのは、次第に男が住みにくい場所に変ってきているようだ。

昔は家族や同居人の女性がたくさんいて、男の身のまわりの世話をやいてくれた。女中がいる。ばあやがいる。おばあちゃんがいる。出戻りがいる。全然血のつながりのないおばあちゃんやおばはんまでが、身寄りがなくてころがりこんできている。男では書生がいる。留守番や子供の遊び相手には事欠かず、男は仕事に熱中できた。

最近では家庭を主婦が乗っ取ったようである。男は外で仕事をして、金だけ持って帰ってこいというわけだ。サラリーマンならそれでもいいだろうが、その風潮がわが家にまで及ぶのは困るのである。ぼくの場合は家で仕事をするからだ。

なぜ男が家に居づらくなったのだろう。ＣＩＡの陰謀ではあるまいか。このままでは、「男三界に家なし」ということになってしまうと思うのだが。

油絵

大学に入った年、絵画部に入って油絵をやろうと思った。美学芸術学を専攻していたので、友人はみな油絵をやっている。友人たちと同じクラブに所属していた方が、何かと便利だからと、そう思ったわけである。

同志社大学には鞍馬《くらま》画会という絵画部があり、ここに入ろうと思った。ところが入会するには、描いたものを見せなければならない。そのためには油絵の道具を買わなければならない。いったい、いくらぐらいするものかと思って画材店へ見に行った。

絵具の高価なことをはじめて知り、びっくりしてしまった。家はあまり金持ではなく、どちらかといえばむしろ貧乏な方で、ぼくは当時小遣いを一日百円貰《もら》っていた。一週間分として父親から五百円、母親から二百円貰うだけだった。ところが油絵具はチューブ一本が二、三百円もする。色によっては千円近いのもあり、ブラックなどは千円以上する。ぼくは絵画部に入るのをあきらめてしまった。黒い絵具が買えないのでは、とても絵など描けないと思ったからである。

それでも比較的安い絵具だけを少し買い、二、三枚描いてみた。わりあい面白い絵ができた。だがやはり、鞍馬画会へ入会することにはためらいがあった。連中の描いた絵を見ると、高価な色を惜しげもなく使い、しかも一枚の絵に何十色もの色を使っていたからである。写実的な絵が多かったからである。

こっちは顫《ふる》えながら絵具のチューブを五本ばかり買い、簡単な抽象画だけしか描いていなかったからだ。たった五色だから、描くものは抽象画に決っている。

よく映画などに貧乏な絵描きというのが出てくるが、あれは嘘《うそ》だ、と、ぼくは思った。油絵には金がかかるのだ、連中は金持なのだ、あるいは家が金持なのだ、と、そう思った。

絵具を惜しみながら描くのがいやで、油絵はすぐにやめてしまった。

その後、自分でデザイン・スタジオを開き、デザイン画を描いたりしたが、これはポスター・カラーだったから絵具はさほど高価ではない。この頃もずっと、本格的に油絵を描きたいという夢は持ち続けていた。

絵に限ってのことだが、ぼくは強烈な色彩が好きだ。ぼくのいちばん下の弟も、ポスター・カラーで絵を描いていたが、やはり強烈な色彩ばかり使っていた。強烈な色彩の絵にはポスター・カラーがいいようである。

小説を書きはじめ、作家として独立しようと東京へやってきたばかりの頃、思いがけずテレビのアニメーションの著作権料が百万円ほどころがりこんできた時は嬉《うれ》しかった。これで油絵が描けると思った。

さっそく画材店へ出かけ、絵具をしこたま買いこんだ。今度こそ、絵具を思いっきりぜいたくに使って描いてやるぞと思い、さっそく大作にとりかかった。アパートの屋上から原宿駅附近の写生をした。そうである。写実である。

これは失敗した。

買ってきた絵具すべてを使って描いたものだから、絢爛《けんらん》たる絵ができてしまった。どの色も、どの色も、強烈な色彩ばかりである。見ていると眼がちかちかしてくる、というような絵になってしまったのだ。以前、五本のチューブで描いた抽象画の方がずっと出来がよかった。

生島治郎氏がやってきて、ぼくのこの絵を見るなり大声で言った。「へただねえ」

それ以後油絵は一枚も描いていない。

だが、面白いからこの絵はまだ東京の家の壁にかけてある。ぼくの絵具コンプレックスの産物として、また、ぼくの絵具コンプレックスを解消させてくれた作品として、ぼく自身の記念碑的な価値を持っていると思うからである。

会　話

外国を二、三カ国まわってこようという時、たいていの人は「日常会話手帳」「ポケット会話」といった類《たぐい》のものを持って行く。

ぼくも去年、ソ連・東欧・西欧七カ国をまわってきた時は、ずっとポケットにこの本を入れていた。日、英、仏、露、独、伊の各国語が配列してあって、これらの国を全部まわったから、ある程度は重宝したのであるが、まだまだ役に立たない場合が多い。ソ連と東欧は招待されて行ったわけで、招待されていながら悪口を書くのは気がひけるが、これらの国では左記のようなことばが喋《しゃべ》れなくて困った。

「水洗便所の水が出ません。修理にきてください」

「部屋の電気がつきません」

「風呂の湯が出ません。水しか出ない」

「まだ寝ているのです。部屋に入ってこないでください」

「壁が割れて、水が噴きだしました」

「隣室の女の人が、遊ぼうといって、壁をどんどん叩《たた》くので眠れません。静かにしろといってください」

いずれも本当にあったことなのである。招待だから、もちろん一流のホテルに泊ったわけだが、一流のホテルでもソ連・東欧の場合はこんな有様である。不都合なことは他にもいろいろとあったが、最低、右に書いたようなことばだけは「ポケット会話」につけ加える必要があるのではあるまいか。ふつうの観光客とか、経費を節約して旅行して

いる人たちの場合は、もっともっと設備の悪いホテルに泊ることがあるだろうからだ。

マネー・エクスチェンジをする場合は、次のようなことばも喋らなくてはならない。

「どうしてもっとたくさん、小銭に替えてくれないんだ」

「だってそこに、小銭がいっぱいあるじゃないか」

ご承知のように外国ではチップ用の小銭がたくさん要る。ところが両替所ではなぜか面倒臭がって、でかい札ばかりしかくれないのである。これには腹が立つ。

ぼくはまだアメリカへは行っていないが、英語を喋れない人のためには次のようなことばの喋りかたも加えておく必要があるだろう。

「わたしはお金を持っていませんから、おどかしても無駄です」

「お金は全部あげますから、そのピストル（刃物）をしまってください」

「わたしを暴行しないでください」

「わたしを強姦《ごうかん》してもいいから、切ったり刺したりしないでください」

「おとなしく言うことを聞きますから、どうか殺さないでください。女房や子供がいるのです」

「わたしには主人がいます。わたしは今、妊娠しています。それだけは許してください」

時にはひどい飛行機に乗せられることもある。

「どうしてファースト・クラスにだけ食事が出て、エコノミイ・クラスには出ないのですか」

「どうして水をくれないのですか」

「なぜこんなに寒いのですか」

「顔が凍《こお》りつきました」

「こっち側の窓ガラスがわれています」

「こっち側のプロペラが停《とま》っていますが、どうしてですか」

「なぜパイロットだけ、先にパラシュートでとび降りましたか」

「もしかすると、今、墜落しているのではありませんか」

まさか、そんなことはないだろうが。

狂　気

ぼくが「23時ショー」の司会をやっていた時の話である。

テレビ局から帰ってくると電話が鳴った。その夜のぼくの司会ぶりが気にくわないという男からであった。

「あなた、狂気というものをどう思いますか」などと訊《たず》ね、ぼくが返事もしないうちに、狂気に対する自分の考えを喋りはじめた。

この男はぼくの読者ではないな、そうであればぼくに狂気についての説教などしない筈《はず》だ、そんなことを思いながら聞いているうちに、だんだん退屈になってきた。この男のあこがれているものは「芸術的狂気」などではなく、単なる「出たらめ」なのである。

「ところで」と、ぼくは彼の話の途中で口をはさんだ。「これは悪口の電話なのかい」

「もちろん、そうだよ」

「そうかい。じゃあ、切るよ」がちゃん、と電話を切ってしまった。

ぼくは常識的な人間である。だからこそ狂気にあこがれている。これは星新一氏から指摘された通りである。ぼくの小説を読み、こんな気ちがいじみたことを書く人間は、きっと気ちがいじみた男であろうと想像する人がいたら、それは間違いである。

気ちがいじみたことにあこがれ、気ちがいじみたことを小説に書くことはあっても、現実に気ちがいじみた振舞いをすることはない。ましてテレビの司会と狂気とは無縁のものである。おわかりになると思う。

そんなぼくではあるが、時どきは、小説に書くだけではもの足りず、親しい友達と気

・雀百まで わしゃ九十九まで
・ほとけの顔も三度笠
・暑さ寒さも胃癌まで
・正直のコウベに都落ち
「狂気講」に入りたくて見本を作ってきました……

最後のヤツが一気にくわんから入れてやらない!!

YAMAFUJI

ちがいじみた言動のやりとりをしたくなる時だってある。むろん、あくまで非公式の場においてである。それが、ぼくの、人間としては誰にでもある潜在的狂気を発掘してくれるからだ。

数年前までは、ぼくの狂気を喚起してくれたのはやはり星新一、小松左京両氏であった。途方もないナンセンスな会話を楽しませてもらった。そのことを書けば一冊の本になるくらいだ。

他のところにも書いたが、ある時、星さんが諺《ことわざ》の合成というのをやり出した。

「命短し、タスキに長し」

「涙かくして、尻かくさず」

負けてはいられない。ぼくもけんめいに考えた。その結果生まれたのがこの随筆のタイトルになっている文句だ。

「狂気の沙汰も金次第」

他にも「一姫二太郎三ナスビ」というのができたが、これはまだどこにも使っていない。

そうこうするうち、モダン・ジャズの山下洋輔トリオとつきあいができた。こっちはことば遊びだけではなく、音の世界におけるナンセンス、行為・行動のナンセンスでぼくの眼を見はらせてくれた。むろんことば遊びでも「そこのけ山の手電車が通る」とか

「親子三人猫いらず」「短小包茎夜河を渡る」などの傑作もあるが、やはり彼らの本領は音と、そして行為・行動の狂気であった。これは文章では書けない種類に属するナンセンスである。

そして、ぼくの言いたいことは、星さん、小松さんにしろ、また山下洋輔氏にしろ、いずれも偉大なる常識人であるということだ。

ときどき、われわれの狂気グループの面白さに牽《ひ》かれて仲間入りしてくる人間のうちで、狂気と非常識をとりちがえ、無礼な言動をとりはじめるやつがいる。仲間意識による馴《な》れなれしさと甘えで自分の無礼には気がつかないのだが、こうなってしまったやつはもうもとには戻らないから、敬遠するしかない。

最近神戸に引っ越してしまったので、こういったグループから遠ざかってしまった。今のところこちらではまだ、狂気をもてあそぶことのできる常識人にはお目にかかっていない。

コメント

東京から、ここ、神戸へ引っ越してきた理由のひとつは、週刊誌の記者がかけてくる、コメントを求める電話から逃がれるためであった。

週刊誌はよく、コメントだけをつなぎあわせて記事を構成している。記事を面白くするためには、さまざまな立場から、いろんな人が発言していた方が面白いわけである。中にはひとつふたつ、気ちがいじみたコメントもあった方がいい。

ぼくは、気ちがいじみた小説を書いている関係上、この、気ちがいじみたコメンテーターとして期待される場合が多い。電話がかかってくる。この問題についてどう思いますかという質問をされる。ぼくはそれに返事をする。ぼく自身の正直な意見である。ごく常識的なものである。すると先方は、なんとなくつまらなそうな声を出し、もっと面白いことを言ってくださいという。いつもあなたの書いているような、ギャグの多い、ドタバタみたいなことを喋ってくださいと言う。これが困るのである。

もしその問題について、すぐにギャグが浮かぶくらいなら、ぼくはそれを小説に書いている。電話で急に訊ねられたって、そんなに急にギャグが浮かぶわけはないのである。

苦労して気ちがいじみたことを喋ったとしてみよう。ぼくのそのコメントは、記事の中で、いちばん風変りな気ちがいじみたコメントとして紹介されるわけである。「また、中には『……』といったような、筒井康隆センセイのような極論もあり」という具合に紹介されてしまう。「こんな馬鹿なことをいう人もいるのです」といったニュアンスである。こっちは苦労して考えたのに、馬鹿の代表例にされたのでは浮かばれない。

コメントとコメントをつなぎあわせる部分の、編集者の見解というのも困る。「この筒井センセイの変った意見よりも、もっと現実的な意見としては『……』といったものがある」

つまり記者がコメントを批評しているわけだ。さまざまなプロのコメントをかき集めておいて、それを並べて見せ、これよりはこっちの方が、などと、つまり記者自身が最高のコメンテーターであるという立場で発言しているのである。コメントを求められた方は馬鹿をみる。記者の方はいい気分であろう。九割がた他人の意見で記事を構成しておきながら、自分の意見は最高の意見として、ぱらりぱらり、あちこちにばら撒《ま》けばいいのだから。

いちばん困るのはコメントの内容をねじ曲げられることである。

五木寛之氏が休筆宣言をし、梶山季之《としゆき》氏や山田風太郎氏が執筆制限を宣言したところの話である。こんな電話がかかってきた。

「神戸へ引っ越されるそうですが、それは仕事を制限なさるためですか」

コメントを求めてきている電話に対して、コメントを逃がれるためですとは言いにくいから、ぼくはそうですと答えておいた。

しばらくしたらこんな記事が出た。

「文壇は休筆や執筆制限大流行」

そしてぼくの名前まで出ているのである。

ぼくはとびあがるほど驚いた。他の各氏はみんな大流行作家ばかりである。だがぼくなどは諸氏に比べれば軽輩である上、作品数もさほど多くない。こんな記事が出れば皆から馬鹿にされる上、ほんとに小説のいい注文を失いかねない。

この記事をそのまま流用する週刊誌もあったりして、ぼくは頭をかかえこんでしまった。もし原稿依頼がばったりなくなったら食うに困るのだ。こういう記事は営業妨害になるのではないだろうか。

この際、この場所を借りて、コメントおことわり宣言というのをしておくことにする。

浴場

大阪・千里山の親の家にまだいたころ、近所に、われわれが「ワッハッハのおっさん」と呼んでいる人物がいた。いつも酒を飲んでいて、常に風呂からあがったばかりのように禿《は》げあがった額や肉づきのいい頬をてらてら光らせ、頭には折りたたんだ手拭《てぬぐ》いをのせている。そして何が面白いのか、ときどき「ワッハッハ」と笑うのである。

家のすぐ近くに公衆浴場があり、ぼくはよくここへ出かけていった。

浴場の中でも、この「ワッハッハのおっさん」にはときどき出会った。

ぼくは洗い場でからだを洗う時、ワッハッハのおっさんの近くにはなるべく行かないようにした。ワッハッハのおっさんが、誰かれなしに冷たい水を頭からぶっかけるという悪い癖を持っていたからだ。冬など、これをやられると心臓がとまりそうになる。

それを知らないで、ワッハッハのおっさんの隣でからだを洗っているやつがいたとする。

「今にやられるぞ」と思いながら、ぼくは様子をうかがう。

ワッハッハのおっさんが立ちあがり、桶《おけ》にいっぱい水を汲《く》んで戻ってくる。

「あ。やられる。やられる」

犠牲者の頭の上へ、ザボーッと冷水がぶちまけられる。

やられた男は仰天して「うほほほほほほ」などと奇妙な悲鳴をあげ、たいていはとびあがる。その様子を見てワッハッハのおっさんは、突き出た腹をかかえ、心からおかしそうに「ワッハッハッハッハ」と笑うのである。

踊りのお師匠さんがいた。男性である。

この人が昼間、よく銭湯へ出かけていった。背が高く、色が黒く、縁なし眼鏡をかけている。この人が洗い桶を和服の袖《そで》で隠すように持ち、なよなよとした女のような色っぽい歩きかたで銭湯まで歩いていくのを見て、母親はいつも面白がっていた。

「あのひといったい、お風呂屋さんで、どんなからだの洗いかた、するんやろね」

いくら身ぶりだけ女っぽくても、外見は男性的すぎるほどであるから、まさか女湯には入れない。とすると男湯で、どんな女っぽい、恥かしそうな仕草でからだを洗っているのか、母親はそれをいろいろと想像して興味を持ったのであろう。

弟たちが銭湯でこの人物の入浴ぶりをつくづく観察して戻ってきて、母親に報告した。洗い場の隅で前を隠し、恥しそうにあたりをうかがいながら、糠袋《ぬかぶくろ》を使ってこちこちとからだを洗っているというのである。

この「こちこち」という表現がよほど気に入ったのであろう、母親は大喜び、その後しばらくは近所の人にその話ばかりしていたようである。

以前はこの公衆浴場のすぐ裏に関西大学の寮があり、よく学生たちが団体で入浴しにきた。いちど、この連中の中の誰かが「聖者の行進」を歌いはじめ、皆がそれに加わって男湯全体がジャズ・ソングの大合唱になったこともある。

ぼくは銭湯の脱衣場を裸のままでぶらぶらするのが好きである。庭の植木などを眺めながら外気でからだをかわかしていても、塀《へい》が高いから外から見られる心配もない。

今は家に風呂があるから銭湯へは行かないが、裸で外気にあたることができないのでもの足りない。見晴らしがいいかわりに、こちらが見られるおそれもあるのだ。

銭湯のあの気分を味わわせてやろうと思い、一年ほど前、三つになった長男を近くの公衆浴場へつれて行ったことがある。しかし、あまり喜ばなかった。

「お湯に浮かべて遊ぶいろんなおもちゃが、ひとつもないから」ということであった。

自慢

桂米朝師匠の持ちネタで「軒づけ」というのがある。浄瑠璃《じょうるり》を語るのが自慢の素人《しろうと》衆が、町内の家家の軒下に立ち、うなってまわる話である。

こんな近所迷惑なことが昔は流行したのだろうか。今なら騒音防止条例にひっかかってしまう。

もう十年以上前になるが、大阪の賑橋《にぎわいばし》に小さなパチンコ屋があり、ぼくは会社の帰りによくここへ行った。時には会社をサボって行ったこともある。

ところがここのパチンコ屋の親爺《おやじ》というのがヴァイオリン自慢。あろうことかあるまいことか、自分のヴァイオリンをテープに吹き込み、これを店内放送で流しはじめた。聞かされる客の方はいい迷惑である。

どうせどこかでレッスンをうけていて、シューマンとかメンデルスゾーンの小曲があがったばかりで、他人に聞かせたくてしかたがなくなってきたのだろう。

さすがに最後の常識は残っているとみえて、パチンコ屋でクラシックをやってはまずいと考えたらしく、流行歌ばかり吹きこんでいる。

自慢するだけあって一応の音は出ているのだが、クラシックばかりやっていたためか、悲しいかな弾いている流行歌はどれもこれもリズムにのっていない。ただただ楽譜に忠実に弾いていて、小節もなければシンコペーションもなく、坊主頭の歌謡曲、のっぺらぼうの艶歌《えんか》調、聞いているうちにいらいらしてきて、玉を全部スッてしまう。

ピアノ伴奏たるや、これまたクラシック畑のチェルニー級をどこかからひっぱってき

天「テーンツテンテン」
B「……けったいな三味線やな、ゴホン、ウォンゴホーッ（咳払いする）」
O「丁稚、表へ出てみなはれ、誰か門口でヘドついてなはるさかい」
A「けったいな咳しなはんなや、あんた、ヘドとまちがわれてまんのやで」
天「テーンツテンテン」
A「もう三味線ひかいでよろしい」
甲「あの、鰻でお茶漬は出まへんか」
A「出るわけないやろ 次へいこ、次へ」
C「こんどは私がやります 天さん、お願いしまっさ」
天「よろしおま、テーンツテンテン」
C〽ちょっと、お門を拝借いたします
△「何でやす」
C〽素人がなぐさみに浄瑠璃を語らして貰います
△「うち、病人がいてまんねん」
△「お断りします」
C〽決してお金はいただきません
軒づけ
米朝

ていて、どんちゃん、どんちゃんの足踏み調、時には曲の途中で、間のびしたヴァイオリンにテンポを合わせてやったりするため、どしゃ、というズッコケが入る。ヴァイオリンがあせってキーなどという音を出す。玉を全部スってしまう。

これを二、三度聞かされてからは、玉をスるばかりなので行かなくなったが、友人に聞いたところでは店員が全員半狂乱になってこの店をやめると言い出したため、またもとの有線放送に戻したそうだ。

誰しも自慢したいことを持っている。自分の自慢のネタがない場合は家族の自慢、それもない場合は親戚《しんせき》に有名な人がいるという自慢、何もない場合は貧乏を自慢するといった具合である。自慢するだけならいいのだが、芸ごとの自慢は時には近所迷惑である。聞かせよう、見せようということになってくるから、あいづちばかり打ってもいられない。

芸ごとをやっている人に気に入られようとして、やたら褒《ほ》める人がいる。あれは考えものである。ただ褒めればいいというものではない。本人がその芸ごとに挫折してやめてしまっているのを知らずに褒めたりすると、かえって傷つけてしまう。

ぼくもずいぶんいろんなことをして、熱中している間はそれが自慢だった。ところが自分で見限ってやめてしまっているのに「マンガがお上手で」とか「ギターを弾かれるそうで」などと言われると、いやな気分になる。当時自分がそれを自慢していたことを思い出して恥しくなるからである。

芸ごとに限らない。相手を褒めようとする時、本人が現在いちばん自慢しているのは何かというのをよく調べてかからないと逆効果になる。

まるで駈け出しの勧誘員やセールスマンみたいに、なんでもかんでも褒めるという人がいる。家を褒め、奥さんや子供を褒め、しまいにその人のお父さんを褒めてしまい、これで相手を傷つけてしまう。たいていの男は、自分の父親を褒められるといやな顔をするものである。有名人の息子であれば尚《なお》さらだ。褒めるのはむずかしい。

批評

批評家といっても、人間である以上は、独断と偏見がつきまとう。

仮に、前衛的なものしか認めないという批評家がいたとしよう。

ひと昔前、マルクス思想の見出《みいだ》せない小説は、すべて糞味噌《くそみそ》にやっつけるという批評家がいたそうだが、これもそれと同様、相手がたとえ娯楽小説であっても、前衛的なものを見出せない限り、滅茶苦茶にこきおろす。

前衛的でない小説の傑作があらわれても、これを褒めたらおれの批評の方法の独自性が失われるとばかり、やたらに貶《けな》す。どうも困るのである。

娯楽小説は商品である。独断と偏見でもって、商品を公開の誌上でこきおろして営業妨害罪に問われないのは批評だけである。

書いている方も人間である。自分の作品はできるだけこきおろされたくはない。どんなに独断と偏見に満ちた批評であることがわかっていても、完全に無視してしまうことはできない。

そこで、たまにはその批評家に褒められるものを書こうというので、多少、収入が減るのを犠牲にしてでも、たとえば前衛的、実験的な小説を書く。プロであるから、ある程度はどんな小説でも書けるわけである。

すると案の定、その批評家はこの小説を褒めるのである。

だが、こんなことになんの意味があるのか。考えてみれば馬鹿ばかしい話である。娯楽小説は、読者が楽しむ以上に作者が楽しんでいては書けない種類の生産品である。

批評家にもいろいろあって……
クリティック
コリティック
（質は悪くないのだが、もうひとヒネリこってほしかった……というのが口ぐせ）
ホリティック
（一緒に寝た作家だけをほめる男色家）
ムリティック
（純文学なのに鞍馬天狗が出てこないのが欠点だ……などムリばかりいう）
フリティック
（やきもちやきで、本の売れ行きに不利になることを見つけるのが得意）
ウリティック
（ほかの批評家と瓜二つの発言ばかりして、バカにされている）
YAMA FUJI '73

だが中には、自分が楽しくない限り、絶対に書けないという作家がいたとする。もしこの人に前衛的な小説が書けなかった場合はどうなるか。前述の、前衛的な小説しか褒めない批評家は、この作家を、そしてこの作家の書くあらゆる作品を全部こきおろす。可哀想《かわいそう》に、この作家はおろおろする。そして、無理をしてでも前衛的な作品を書こうとする。たいていは失敗する。しかし前述の批評家はこう言うであろう。

「失敗作ではあるが、意欲的な作品である。あと一段の飛躍が待たれる」

かくしてその作家は、自分の資質とはまったく正反対の方向へ、どんどん走っていってしまうのである。

娯楽小説にはさまざまなジャンルがある。

ジャンルごとに批評家がいる。

そしてジャンルごとに異った批評の方法が流行している。

それを知らない批評家が、違ったジャンルの小説を批評する。するとそのジャンルの批評家から猛反撃を食う。こわくて手が出せないと思い、以後、そのジャンルに属する小説は批評しないことにきめてしまう。かくてそのジャンルの批評は、ますます片寄った、いびつな批評方法に支配されることになる。

こうなってくるとそのジャンルでは、たとえば前衛的・実験的な手法で小説を書く新人しか登場できないということになってしまうのである。

ぼくは商売柄、いろんな人の書いた娯楽小説を読む。勉強になるからだし、好きだからでもある。時には海外のものも読む。

うわあ、これはすごい、この小説だけは、あの批評家に批評してもらいたくはないなあ、と、そう思う小説にも、ときどきお目にかかる。

ところが批評家の方では、この小説を見逃してくれない。あいかわらず彼一流の方法で批評している。糞味噌にやっつけているわけである。ぼくは非常に悲しくなる。大多数の読者が、批評に無関心であることは知っているが、中にはこの批評をまともに信じて、その小説を読まない人もいるのではないかと思うからである。

着想

ものすごい夢を見ることがある。

波瀾《はらん》万丈、そのまま小説に書けば伝奇的大ロマンになるという夢もあれば、奇想天外、滑稽《こっけい》ドタバタ大ナンセンスという夢もあり、時には残虐《ざんぎゃく》無比、貪虐《どんぎゃく》兇穢《きょうあい》眼をおおわしむる如き夢もある。

眼を醒《さ》まし、大いに喜ぶ。これはいい小説のアイデアを得たと思うのである。

ところが朝になればけろりと忘れている。はて、昨夜の夢はどんな夢、といくら考えても思い出せない。

夢でなくとも、深夜ふと眼醒め、いいアイデアを思いつくことがある。これも、いったん眠るとだめである。朝になれば忘れている。

そこで枕《まくら》もとにメモ用紙を置き、アイデアを記すことにした。ところがこれも、あまり役に立たない。

「コロラチュラ・ソプラノ。バテレン。展翅板《てんしばん》」などと書いてあっても、首をひねるばかりだ。いったいどうつながるのか。

喫茶店で「幽霊の就職」というアイデアを思いつき、これは大変なアイデアだ、家へ帰るまでに忘れないようにしなくてはと思い、「幽霊の就職、幽霊の就職」とつぶやき続けながら、傍《かたわ》らに置いたレコードと本をどっこいしょと持ちあげ、そのまま家まで「どっこいしょ、どっこいしょ」。

この「幽霊の就職」という話、今になってもまだ思い出せないでいる。

着想というのはすぐに逃げていく。逃げていくような着想は、どうせたいしたものじゃなかったのだからと思いこもうとしても、どうしてもあきらめきれない。着想の段階ではどれもこれも、みんなたいしたものではないのだ。いじりまわしているうちに面白くなっていくのである。

映画を見ていて思いついた場合は困る。そのまま出るわけにはいかない。面白くない映画ならともかく、ぼくはたいていの映画は夢中になって見るからだ。映画が終れば思いついたことを忘れてしまっている。じつに困る。

いちばん困るのは、いざ何か書こうとして白紙の原稿用紙を前にしても、絶対に何も思い浮かばないということである。

とにかくなんでもいいから書き出す、という作家がいるが、あれは偉いと思う。ぼくは何らかのアイデアをもとに、一応話が最後までできていないと書き出せない。もしそんなことをして、小説を書き綴《つづ》っていくうち、話のいきがかり上、集めるのに何日もかかるような膨大な資料が必要になってきたらどうするつもりか。

いったん得た着想がどうして頭から逃げて行くのか、その原因がわかれば少しは忘れなくてすむと思うのだが。もしかするとこれもＣＩＡの陰謀ではないか。

「テーマは何でもいいから」といって頼まれたエッセイも、やはり書きたいことがなくて困ることがある。

陳舜臣氏が何かにこんなことを書いていた。「書きたいことがない場合は、自分と意見の違うひとのエッセイを読めばよい。それと反対のことが書きたくなるから」

ところがぼくは、よほどのことがない限り、誰の書いたエッセイでも「なるほど。そんなものか」と思って感心してしまうのでどうも困る。もし自分と意見が違っていたとしても「この人の立場になれば、こういう具合に考えるのも当然だ」と思い、むきになって反論する気にならない。善良といおうか、気が弱いといおうか、バカといおうか。

商品のアイデア会議、宣伝のアイデア会議で、ブレーン・ストーミングというのをやっているが、まことに羨《うらや》ましい。作家はひとりだからである。

まう。

伝　染

天然痘《てんねんとう》騒ぎやコレラ騒ぎがあるたびに、伝染のしかたや経路など、あれこれ考えてしまう。

なぜ考えるかというと、これははなはだ作家として興味を覚える問題であるし、不謹慎ではあるが、はっきりいって面白いからだ。不謹慎だといって怒る人も、伝染のしかたや経路を面白半分に考えたことが一度もないとは言えない筈《はず》である。

病気が伝染していく過程をストーリイにした映画や小説だってある。面白いからである。スリルがあるからである。そして、映画や小説で見たり読んだりしている限りでは、こっちは第三者であるから、滑稽を感じたりもできるのである。

ところが現実に伝染しはじめると、滑稽感はちょいと薄らぐ。もちろん遠くの方で流行している場合は、多少なりとも面白がっていられる。この面白さは鬼ごっこの面白さ、つまり遠くの方に、今にも鬼につかまりそうになってあわてふためいているやつがいるのを離れた場所から眺めている場合の面白さに通じるものがある。たとえその病気が死にいたる病であって、へたをすれば自分も死ぬかもしれないとわかっている場合でもだ。

人間の心理とは妙なもので、それだからこそよけい面白さが加わるのだ。一種のスリルである。

だがそのうちに自分の身近な場所で患者が出てきたりすると、これはもうスリルどころの騒ぎではない。恐怖であり、おそれおののくわけで、こうなってもまだ面白がっていられるやつは、常識的に表現すればバカである。

出馬を噂されていた珍太郎氏は、メメ病の保菌容疑が強まり、例の握手作戦により大量伝染のおそれがあるとして出馬を断念することになりました……
厚生省の圧力により
MHK……
珍太
YAMAFUJI '73

　ところが、これがもし映画や小説であると、自分が伝染病の保菌者でありながらそれに気づいていないという人物が出てきて行動をしはじめる。または接触している相手が現在伝染病の潜伏期間にある人物だということを知らない人物が登場したりする。これが滑稽に見えるわけである。現実には、これらの人物やその行動を、われわれは直接そいいいの気になって見ることはできない。それを知っていればわれわれは当然、この人物にそのことを教えてやるか、警察に電話してとり押えてもらうか、悲鳴をあげて逃げるかするわけで、そうしなくていいというところが小説や映画独特の面白さなのである。

　人間には想像力があり、現実に伝染病が発生すると、そうした映画や小説から得た面白さをもとにして、いろいろなことを想像しようとする。

「保菌容疑者19人、全国に散らばる！」

　新聞にこんな見出しを書いてスリルを煽《あお》り立てようとする記者なども、映画や小説のストーリイをヒントに、たぶんいろんなことを想像しているに違いないのである。

「保菌者が、おさわりバーへ行ったらどうなるか」

「保菌者が女で、おスペ専門のトルコ嬢ならどうなるか」

「保菌者が乱交パーティに出席したらどうなるか」

　さいわい日本人には握手する習慣がないからいいが、それでも他人のからだに直接手を触れなければならない商売は、ダンス教師や医者などいろいろある。むろん娼婦《しょうふ》もだ。

行方の知れぬ保菌容疑者、というのも記事になった。係官が自宅へ行ったら本人は留守、しかも当人は自分が保菌者であることを知らないというケース。これは読者にある種の興奮、前述の映画や小説のそれに類似した興奮をあたえた筈である。本人は知らないが、他の多くの人は新聞で読んで知っているというスリルである。

この記事を読んだ人のほとんどは、不謹慎にも鬼ごっこ同様の面白さを、内心ひそかに味わったに、まず、違いなかろう。

落語

米朝師匠の「地獄八景」が大好きである。

レコードで出るそうだが、これがLPになると、片面三十分、両面一時間という、大長篇落語になるのだそうで、今から楽しみにしている。

東京の落語家でいちばん好きな人は、文治師匠。風格があり、枯れていて、しかもブラックなところがなんともいえない。この人はテレビに出ると、時間を気にして駄目になってしまう。客席の反応がないために、あせるということもあるのだろう。この人の芸だけは寄席で見なければいけない。寄席で見た方が面白いというのが本もの、テレビで見た方がいいなどという落語家はにせものだと、ぼくは思っている。

志ん生師匠も好きだ。三、四年前にイイノホールで聞いた時は、もう話の三分の一ぐらいは何を言っているのかわからず、聞きとりにくかったが、そのせいでもあるのだろう、この時に聞いた「本所七不思議」は尚さら物凄《ものすご》かった。

こう書いてみるとブラックなものばかりが好きなようだが、実際このブラック・ユーモアの落語だけは、若い人がやるとなまなましくなっていけない。むろんそれはそれで残酷さが強調されて面白いのだが、そういうのは落語本来の面白さとは違うのだろう。枯れたとぼけ味や、暗さ明るさを自由自在に出せるのは、やはり円熟した人である。

ぼくの短篇も、いくつか落語になっている。「産気」というのを、森乃福郎が「妊娠」と改題してやっているのをはじめ、三、四篇ある。もっともたいていは、手紙か電話で、演《や》りたいと言ってくるのにＯＫの返事を出すだけだから、誰がどの話をどんな具合にや

ブラックな落語といえば、明治時代、その名も
快楽亭ブラックという、英国人の噺家がいたそうな……
「本名ヘンリー・ブラック。のち帰化して石井ブラック。
寄席へ出たのが、外人と聞いただけでも珍しい明治
十三年春。しかも流暢な日本語だから当時の世
人はビックリした。物見高いは人の常で、たち
まち満都の人気をさらった。二十年も続い
たというから筆舌の沙汰ではない。（中略）
ドサ回りの果て、大正のはじめ、大阪にいたよ
という噂を最後に、明治の異色芸人ブラックの
消息は、今に至るも分らない。」
——キングレコード〈日本落語大全集〉室町京之介氏の解説より——
快樂亭ブラック
'73 YAMA FUJI

ってくれているのか、さっぱりわからなくなってしまっている。

中には無断で演《や》る場合もあるらしい。

K書店でぼくの短篇集が次つぎと文庫で出はじめた時、若手の落語家数人から電話があったそうだ。

「マクラで使うのに便利だから、この作家のほかの短篇を全部読みたい。書名を教えてくれ」

こういうの、著作権の方はどうなっているのかと思うのだが、こっちもちょいちょい落語からアイデアを得ているので、あまり強くは文句も言えない。

モダン・ジャズをやっている連中で、落語の好きなミュージシャンは多いそうだ。山下洋輔のグループなども好きな人ばかりである。特にテナー・サックスの中村誠一などは、自分でも落語家の物真似《ものまね》をやる。

この中村誠一が、ある時「フリー落語」というのを演《や》りはじめた。あらゆる落語の、代表的な部分や仕草をぶつ切りにし、ごちゃ混ぜにして演《や》るわけであるが、これがとてつもなくおかしい。こんな具合である。

「二階へトントントン。若旦那！　んっ、んっ、んっ（酒を飲む仕草）。一八《いっぱち》い。へーい。どんどん（戸を叩《たた》き）ごんべ、権兵衛。ドンツクめ。テンツクめ。のんこの茶碗黄《ちゃわんおう》檗《ばく》山金明竹《きんめいちく》ずんどの花活《い》け。いつ、むゥ、なな、やァ、なんどきだ？　九つで。石川……石川五右衛門……うっ、うっ、うへっへっへっへっ（灸《きゅう》の熱さに泣き笑いしながら）。八百屋お七……うわっ（もぐさをはらい落す）。これはまた結構な、ずるっ（そばを食う）やはりこの、ずるっ、ん、そばってえやつは、ずるずるっ。ぷっ、よっ！　ぷっ、よっ！（ご存じ愛宕山《あたごやま》で土器《かわらけ》をとばしているところ）おや、これがあんたのお子さんで。表は唐草《からくさ》、裏は花色木綿。腕をニューッ、もう半分」

これを猛烈なスピードでやる。山下洋輔の表現によれば「白いむく犬が自分の尻尾《しっぽ》にじゃれながらキャンキャンないている感じ」で、見ている方は腹をかかえてのたうちまわるというわけである。

調　査

妻の実家へ遊びに行った時のことである。

ぼんやりしていると、妻がくすくす笑いながら、書類らしいものを奥から持って出てきた。

「あなた。いいもの見せてあげましょうか」

見ると、妻がぼくと結婚する前に、ぼくの素行や、勤め先での勤務ぶりや、ぼくの家庭の近所での評判などを、興信所に頼んで調査してもらった、その報告書である。

どうせいい評判などあるわけはなかったが、とにかく読んでみた。

驚いたことに、ぼくが以前いた会社でつきあっていた、いちばん仲のよかった友達までが、こんなひどいことを言っている。

「え。筒井君ですか。ああ、筒井君ねえ。彼はまず、非常に好男子ですねえ」

最初はとにかく、褒めているわけだ。しかしそんなことはあたり前のことであって、見合いなり面接なりして本人を見ればたちまちわかることだ。つまり、どうでもいいところを褒めているわけである。その次がいけない。

「え。仕事ぶりですか。仕事ぶりねえ。（複雑な笑い）まあ、あたえられた仕事はやっていたようですねえ」

あたり前だ。あたえられた仕事をやらなかったらクビになるではないか。つまりこの男は、筒井は自分からすすんで仕事をしようとはしなかった、と、言外に匂《にお》わせているのである。

「え。仕事の上でのミスですか。そうねえ。そりゃまあ、人間ですから誰でもミスはねえ。ま、二、三度はね。もちろん、ぼくの知っている限りではですが」

ずいぶん、ひどいものである。

「え。女性関係ですか。女性関係は、もう、筒井君はねえ。(苦笑してみせる) 好男子ですからねえ」

ここで最初の褒めことばが悪口に転化される。

「あったんじゃないんですか。ええ。単なるガール・フレンドも二、三人はいましたねえ」

「単なるガール・フレンドが二、三人」というなら、その「あった」というのは、いったい何が「あった」というのか。そんなこと、見たわけでもあるまいし、わかるわけはないのに。まったく無責任なものである。

妻と見合いしたところ、ぼくはその会社をやめて自分で事務所を持っていた。自分が現在まだ勤めている会社を見限ってやめていった同僚に対しては、誰しも好感を持たぬものらしい。特にその男が独立しているとなると、男同士の嫉妬《しっと》が出てくるわけだろう。

おそらくこの男は、興信所が調べにくるぐらいだから、再就職先か取引先の調査であるとすれば、よほど大きな会社であろうし、縁談であればよほど大きな家であろうと想像して嫉妬したのである。いちばん仲のよかった奴でさえこんなことをいうくらいだから、他はご想像願いたい。いや、まったくひどいものだった。

家の近所での評判もひどく悪い。

「そうねえ。あそこのご兄弟は、皆さんよくお出来になるんだけど、ご長男だけがちょっとねえ。気ちがいじみたところがおありのようですねえ」

長男というのが、ぼくのことである。

父親や母親の悪い評判もあり、弟たちだって無疵《むきず》ではすまない。こういう悪口をいう人が、ふだん母親が仲良くしている奥さんだったりするから面白い。よく新聞記事などで、「近所の評判もよく」などと書いてあるのを見かけるが、信じられない気持だ。ぼくの家庭はよほど評判が悪いらしい。それにしても妻は、いったいどんな考えでぼくと結婚したのだろうか。

パーティ

「筒井家の者はみな、口がいやしい」

両親や叔母の誰かれが自嘲《じちょう》的にそう言うのを、ぼくはよく聞かされた。みんな、そう言いながらも自分だけは違うと思っているようだが、ほんとは例外なしに口がいやしい。親戚《しんせき》の集りの席上で伯父が、出されてきたミカンに狙《ねら》いをつけ、矢庭に鷲《わし》づかみにしてむさぼり食う様子を、従姉《いとこ》が巧妙に演じてくれたこともある。

話によると船場《せんば》の商家というのは、ぼくの父親の生家のようにたとえ女中や番頭や丁稚《でっち》を何人も使っている大きな家であっても、食生活は非常に質素だったらしく、父親によればひと口に「のきしのぶに、ややのとと」といったそうだ。のきしのぶが大根の葉、ややのととがだしジャコ。そんなものを食べていたのだ。口がいやしくもなろう。

おかげでぼくも口がいやしい。小さい時からよく盗み食いをしたし、今でもつまみ食いが好きだ。

東京へ出てきてからは、よくパーティに招待されるようになった。ところがパーティで並べられているあのオードブル、あれがどうもいけない。

パーティというのは、つまみ食い大会だ、最初にパーティに出た時、あのオードブルを見て、ぼくはそう思った。

ぼくは空腹で酒を飲むとすぐ酔いがまわる。パーティで酔っぱらってはいけないので、パーティ出席前には、必ず食事をして行く。ところが育ちのせいで、どうしてもオードブルに眼が行く。むさぼり食う。食べ過ぎる、というわけである。

モノ覚えの悪いことでは天才的な僕は名刺を貰ったら、裏に似顔と印象メモをかくことにしている。
ただし、当人には見せられないものが多い。
土方焼け。悪徳不動産屋風
蛮声。訛りアリ
いなかの中学の理科の先生風
阪神ファンで意気投合せり
どうみても編集者には見えない
キャバレー〈チャイナタウン〉あけみにそっくり
男性用カツラ使用前のモデルにいい。下戸で、呑べの悪口を話し合い愉快。
YAMAFUJI '73
★下のサンプルはフィクションです。念の為夢中で食べていると、誰かからぽんと肩を叩かれる。食いものがのどにつまって眼を白黒させる。あわてて振り返る。知りあいの人である。ところがあわてているものだから、どうしても名前が思い出せない。名前だけならいいが、何をしている人かわからないという時もある。相手はこっちが、当然自分を知っているものとして話しかけてくる。なま返事をしているうちに、相手にもそのことがわかってくる。シラける。相手は不機嫌になって、あっちへ行ってしまうというわけである。どうも具合が悪い。

これは記憶力のせいもあるし、ぼくがあまり人づきあいのいい方ではないためでもある。さっき会って別れた人の名前はもちろん、顔まで忘れてしまっていたりするぐらいだ。ところが、いくらこっちが忘れっぽく、人づきあいが悪くても、東京にながく住んでいるうちには勝手に顔が広くなってしまっている。ますますいろんな人が話しかけてくる。これが具合が悪い。

「やあ、どうもどうも」などと言いながら、パーティ会場を泳ぎまわっている人がいるが、あの真似はできない。

グラスを片手にぼんやり立っていると、いろんな人と眼を合わせてしまう。それがおそろしいから、しかたなくまたオードブルに夢中になる。食べ過ぎる、というわけだ。

とうとう胃炎になってしまった。

むろんパーティのせいだけではない。酒やコーヒーの飲みすぎ、タバコの喫《す》いすぎのせいもある。いささかは、他の作家なみに神経性胃炎の傾向もあるだろう。しかしパーティで神経を使いながらむさぼり食ったオードブルが、いちばんいけなかったのではないかと思うのだ。

もちろん他の人には、ぼくがずいぶん無神経に見えるだろう。時にはその日のパーティの主賓にも挨拶《あいさつ》せずに帰ったりするぐらいだから。

失礼なことになってはいけないので、胃炎になったのを機会に、パーティへは出席しない方針を貫くことにした。よほどのっぴきならぬパーティ以外は。

浣《かん》腸《ちょう》

浣腸には性的な快感がある。

特に、肛門《こうもん》へ挿入《そうにゅう》する際には、ホモ気のあるなしにかかわらず、男性でも性的快感を覚える。

息子がまだ二歳ぐらいの時、便秘になったので浣腸してやったことがあるが、小児用イチジク浣腸の先端を肛門へ突っこみ、あたたかくした薬液を注入してやると、青唐辛子のようなペニスに血管を浮かせて勃起《ぼっき》させた。子供でも感じるのだ。

小児性欲と、肛門愛リビドーというふたつのことばは意味が同じだったかどうか忘れてしまったが、子供の時は、男の子の場合、女性性器とか性行為とかよりも、むしろ肛門に興味を持つ。

性行為などは、あきらかに浣腸と混同している。

これはコンドームとイチジク浣腸とが、同じようなゴム製品であるところから生まれる錯覚もあるのだろうが、もともと肛門愛リビドーの段階にいる子供たちにとっては、何よりも肛門が、最も大きな性的興味の対象なのである。

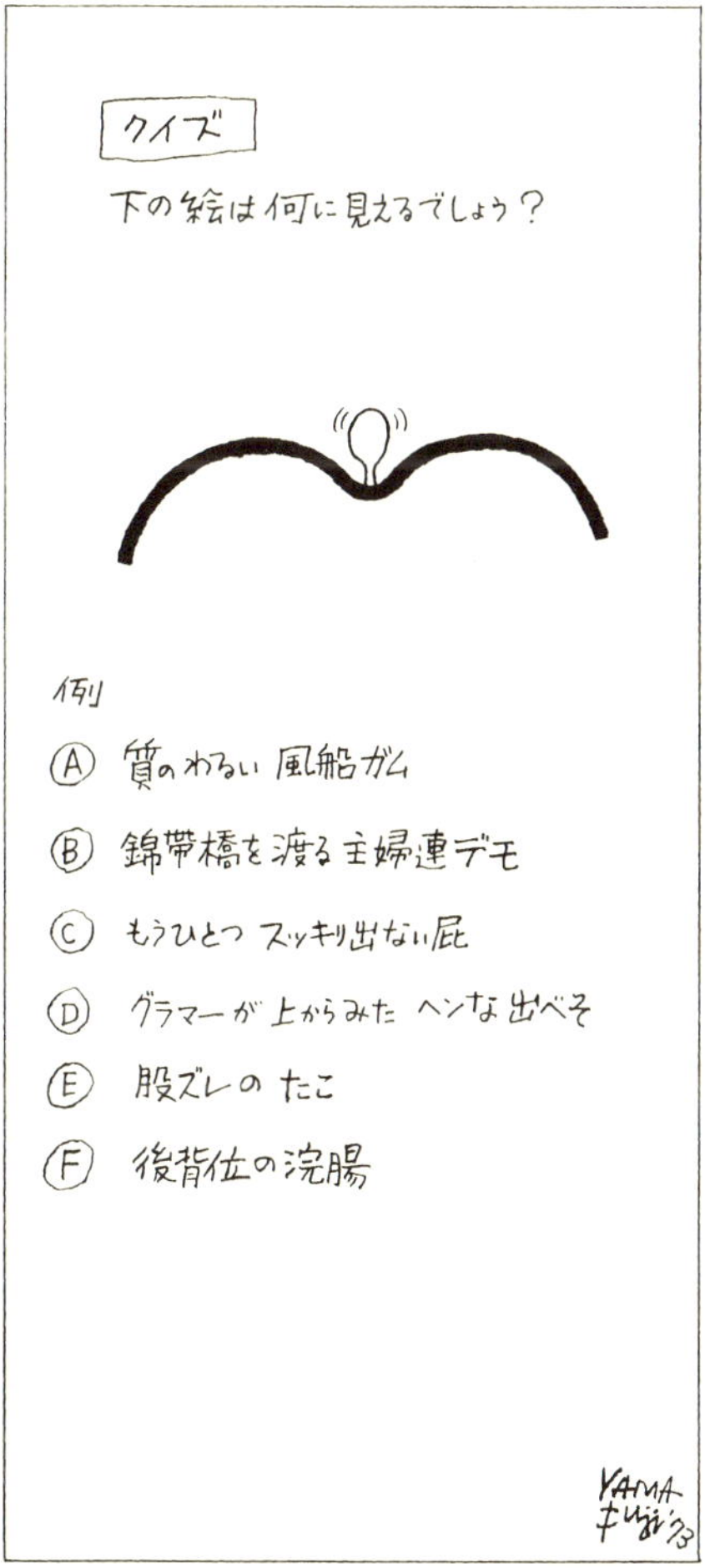
クイズ
下の絵は何に見えるでしょう？
例
Ⓐ 質のわるい 風船ガム
Ⓑ 錦帯橋を渡る主婦連デモ
Ⓒ もうひとつ スッキリ出ない屁
Ⓓ グラマーが 上からみた ヘンな 出べそ
Ⓔ 股ズレの たこ
Ⓕ 後背位の浣腸
YAMA

男の子たちが浣腸、浣腸といって騒いだり、はやし立てたり、誰それさんと誰それさんが浣腸ごっこをやって、などというデマをとばしたりするのも、肛門愛リビドーのためだろう。

幼い時には、男の子の場合、性の対象が混沌《こんとん》としていて、男性でもなければ女性でもない。幼児期には誰にでもホモ気があるものらしい。性欲そのものが肛門愛リビドーだから、相手は男でも女でもいいわけである。

女性性器は女にしかないが、肛門は男女どちらにもある。

大人がこそこそと秘密にする性行為を、「アレハ、カンチョーヲ、ヤッテイルノダ」と誤解するのも無理はない。

性行為のことがわかってきた年頃になっても、肛門に対する興味が完全に失われることはない。

ぼくのすぐ下の弟が、真夏のことで全裸になって寝ていたいちばん下の弟の尻《しり》を指さして、ぼくにこう言ったことがある。

「なあ兄貴。あいつのあの尻へペニスを突っ込んだら、ペニスは間違うて、精液出しよるんと違うやろか」

ぼくが高校生、次の弟が中学生の時だったが、ぼくはとびあがるほど驚き、ものすごいことをいうやつだと思ってあきれたものだ。おカマを掘る、という俗な言いかたは、そのころまだ流行《はや》っていなかったが、もし本当にそれをやったら、近親相姦おカマということになっていた。

中年になっても、いや、初老といわれる歳《とし》になっても、まだ浣腸に興味を持っている人だっている。興味どころか、それを性的興奮を高める役に立てている人だっている。

肛門愛リビドーが失われずに発達してきているのか、それとも老年期に入ったため、幼児期への退行現象でそうなったのか。

浣腸の薬液を注入した後、はげしく便意をもよおしている何分かの間、身もだえして我慢するが、あれはたしかに性的興奮を呼び醒《さ》ますものがある。

ある初老の作家と、名前を聞けば誰でも知っているある有名な女流評論家は、ホテルの一室で情事を行う。

全裸となり、互いに浣腸しあうのだそうである。そして便意をこらえながら、バス・ルームの中で、はげしく愛しあうのだそうである。

ひとから聞いた話だから、真偽のほどは確かでない。ボーイがあとで彼らの泊った部屋へ行き、バス・ルームを見て驚き、喋《しゃべ》りまわったのだろうといわれている。

天井といわず壁といわず、バス・ルームいちめんに大便がとび散り、へばりついているのだそうだ。

文壇では有名な話である。

絶食

ここのところずっと、絶食している。

胃炎を治《なお》すためと、肥満を避けるためである。

今のところ、さほど肥《ふと》っているわけではないが、成人病のほとんどの原因が肥満であることを知り、肥りかたに加速度がつかないうちと思い、今のうちにもとへ戻すことにしたのだ。

胃炎の方は神経性のものだから、仕事さえしなければ治るのだが、急に仕事をやめて義理を欠くわけにはいかない。さいわい家の外へ出る仕事ではないので、絶食していくぶんふらふらしていても、なんとか仕事はできるのである。

腹が減っていると怒りっぽくなるというのは本当だ。といってもぼくの場合は、ふだんから楽天的でのんびりした性格なので、いらいらする、怒鳴り散らす、喧嘩《けんか》をする、といったことはない。やたらに猜疑心《さいぎしん》が湧《わ》き、他人の言動を悪く解釈するのである。

「あっ、そうか。あいつあの時おれに、あんなことを言いやがったのは、当てこすりだったのだな」

「あっ。あれは厭味《いやみ》だったのか。ではあの男はおれに、悪意を持っているのだ」

以前のことを思い出して怒るわけだ。そして、なぜそんなことぐらい今まで気がつかなかったのかと、自分の馬鹿さ加減を呪《のろ》ったりもする。

絶食すると頭が良くなるのだろうか、などとも思ってみたりする。

してみると、衣食足りて礼節を知るというのは嘘《うそ》で、あれは実は腹がいっぱいなもの

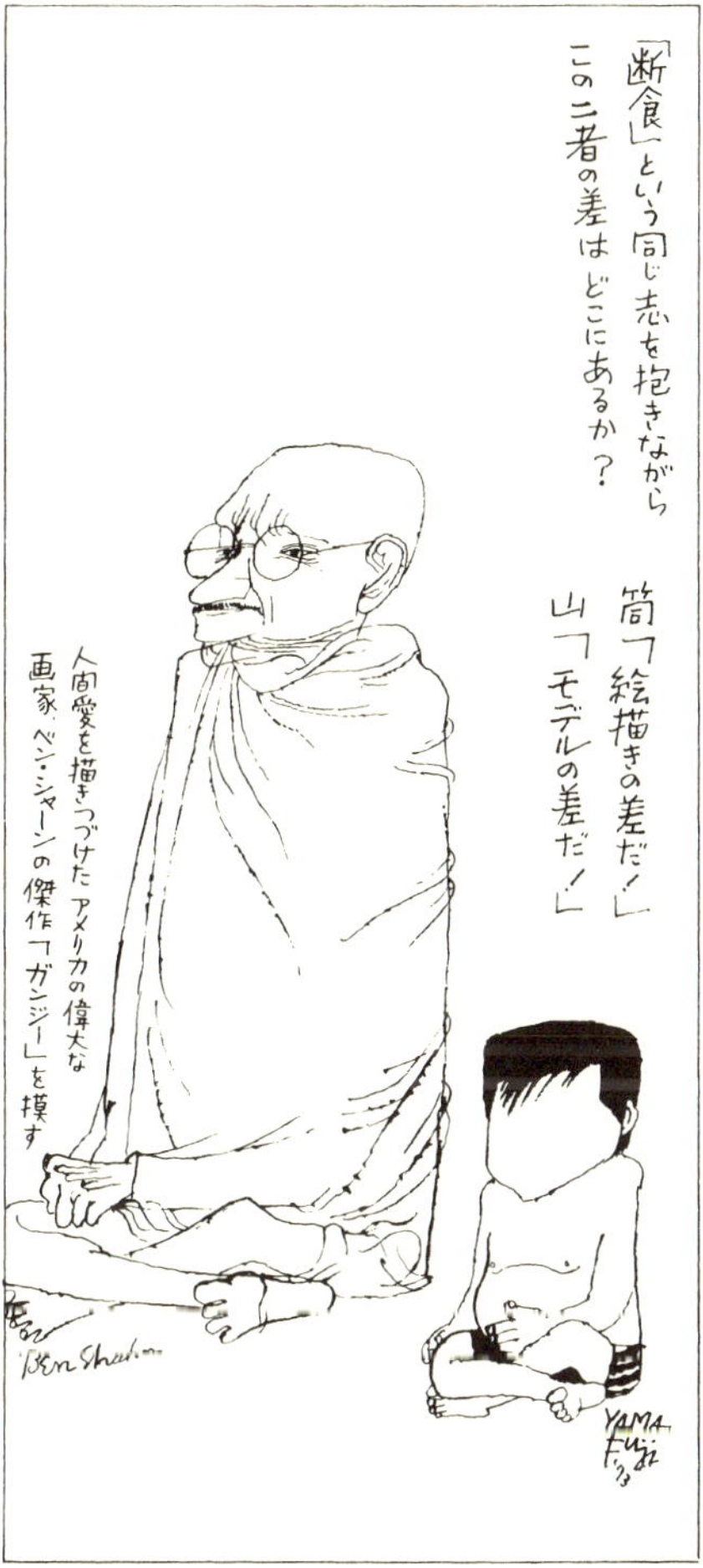
「断食」という同じ志を抱きながら
この二者の差はどこにあるか？
筒「絵描きの差だ！」
山「モデルの差だ！」
人間愛を描きつづけたアメリカの偉大な
画家・ベン・シャーンの傑作「ガンジー」を模す
Ben Shahn
YAMA FUJI

だから頭がぼんやりし、他人の悪意に気がつかないという状態なのではないか、空腹になってはじめて頭が冴《さ》えるのであって、腹いっぱいという状態はいわば馬鹿とか阿呆とかいったものに近い状態なのではないか、そんなことを考える。

他人のいったこと、したことをねちねち考えているうち、不思議なことに、世の中に善い人間はひとりもいなくなってしまう。どんなことばだって、悪意に解釈しようとすればいくらでもできるのである。

「くそ。あの野郎。やっとわかったぞ」

歯をぎりぎりと嚙《か》み、腹立ちで眠れなくなってしまう。絶食というのは、どうも精神衛生上よくないようである。

絶食をしていると、変な夢を見る。

食いものの夢、これはもちろん見る。

といっても、ヨーロッパへ行った時に食べたイタリア料理とかフランス料理とか、または神戸中山手通りの「鼃皮《あらかわ》」のステーキとか、料理学校をしている辻さんのお宅でいただいたうずらの料理であるとか、ぼくが一生のうちにもう一度食いたいと思っているような高級な食いものの夢は一度も見ないのである。

夢に出てくるのは、なさけないことに餡《あん》パンである、ジャムパンである、握り飯である、ラーメンである、育ちの悪さがわかろうというものである。

悪夢も見る。実に恐ろしい夢だ。

ちょうど小説新潮から恐怖小説を依頼されているので、いいネタがあるかもしれないと思い、見たばかりの悪夢をしきりに思い返し、ひねくりまわすのだが、あいにくぼくが書くものとはちょっと種類の違う恐ろしさの悪夢ばかりだ。

空腹なせいであろう。終戦直後の夢を見るのである。盗み食いをして殴られている夢、農家の庭へ柿を盗みに行って追いかけられている夢などである。とりわけ、疎開《そかい》先の百姓の餓鬼どもにいじめられた記憶が、しつこく夢になってあらわれる。

焼跡闇市派の作家諸氏は、ネタに窮したら絶食されるといいと思うがどうだろうか。

銀座

もし銀座のバーやクラブが、ある日突然だしぬけに、暴力バーや暴力クラブに変身したら面白いと思う。

「つけといてくれ」

そういって帰ろうとすると、その日に限り帰してもらえない。

「だめだめ。うちはね、今日から現金でいただくことになったのよ」

いつもよりもひと桁《けた》多い請求書をつきつけられる。銀座は高価《たか》いから、それのひと桁多い数字を見せられたら、誰でもびっくりする。

「や。や。や。なんだこれは、こんな金額がどこから出てきた。どういう計算をしたのだ」

「なに言ってるの。こんなお勘定で眼を白黒させるくらいなら、最初から銀座へなんか、こなけりゃいいのよ」

「そ、そ、それにしても、文化人割引とか、作家割引とかいうものがある筈《はず》だ。それを忘れていやしないか。それなら安くなるんだろう」

「いいえ。これでちゃんと安くしてあるの」

「こんな金、持ってないよ」

「まあ。これっぽっちのお金も持たずに来たの。よくまあ大きな顔で飲み食いできたものね。さ、ありったけ出してごらんなさい。いやだっていうんなら、わたしとホテルへ泊ったこと、『ナモール』のお菊ちゃんと寝たこと、『不寄屋橋』の麻美子とも一年ほど

続いてたこと、全部喋《しゃべ》りまくってやるわよ」

「ひゃーっ。ま、待ってくれ。払うよ。払う払う」無理やり払わされてしまう。

へたに楯《たて》ついたりすると、なにしろ最近の銀座のママ連中はマスコミからなになに先生と呼ばれるくらいの発言力を持っているから、週刊誌に「衝撃の告白」をされたり、雑誌や本に書かれたり、テレビで喋られたりするおそれもある。しかたなく泣き寝入り。

これに懲《こ》りて銀座から足が遠のく。ところがあっちは見限ってくれない。電話がかかってくる。

「もしもし。このごろ来てくれないのね」

「いや。何しろ銀座は高価《たか》くてね。ぼくみたいな貧乏人はとても。は。ははは。はは」

「まあ。来ないっていうの。ようし、そんならそっちへ出かけていって、あんたの奥さんに洗いざらい、わたしとホテルへ泊ったこと、『ナモール』のお菊ちゃんと寝たこと、『不寄屋橋』の麻美子……」

「ひゃーっ。待ってくれ。行きますよ。行きますよ」

「きっとよ。今夜来ないとひどいから」

全財産を失い、乞食になるまで許してくれない。

ぼくは銀座のバーやクラブに対して、常にこのような恐怖心を持っている。きっと昔、あまり金を持っていなかった頃、勘定書の金額が所持金を上回るのではないかとびくびくしながら飲んでいたため、その気持が今に続いているのではないかと思うのだ。もっともぼくは銀座ホステスの誰とも寝ていないから、脅迫されるネタなどないのであるが。

もしほんとにこんな事態になれば、実業家や社用族も困るだろう。作家なら女性関係が多くても世間からは許してもらえるが、堅気の人たちだと大変なスキャンダルになるし、会社の総務部へ電話をかけられたら一巻の終りである。クビになってしまう。

こんな話を聞いた。ある土地成金が、いちど銀座の一流クラブで飲みたいと思い、人に紹介してもらい、二人連れで出かけた。ぼくの想像では、金を持っていることをさんざん自慢してホステスやママの顰蹙《ひんしゅく》を買ったのだろうと思う。二時間ほどいただけで、二百八十万円の請求書をつきつけられた。しかたなく払ったそうである。こういう話を聞くと、また恐怖心が蘇《よみがえ》るのである。

証拠

昔、ぼくが営業マンだった時代のお得意先の近鉄百貨店の宣伝係に、Yさんという人がいて、この人は前の晩に情事をすると、次の朝必ず眼のまわりに黝《あおぐろ》い隈《くま》どりができた。

「あ、Yさんだ」

「また眼のまわりに隈ができてるぞ」

Yさんが出社してくると、みんな下を向いてくすくす笑いをこらえる。Yさんご本人も自分でそれを知っているから、照れ臭そうな顔で、や、おはよう、や、や、などといいながら、伏し目勝ちに自分のデスクについて、そそくさと仕事にかかる。こういう体質の人であるから、浮気などすればいっぺんにばれるだろうと思っていたのだが、あいにくちゃんと浮気をしていた。百貨店の宣伝係というのは、徹夜仕事が多い。この人はそれを利用して、奥さんには今夜は徹夜だと言っておき、アルサロとかキャバレーのホステスなどとホテルに泊る。翌朝はホテルからご出勤である。眼に隈どりができている。皆がくすくす笑う。帰る間際《まぎわ》になってまだ隈が残っている場合は、百貨店の近くの店で一杯やる。すると眼もとがほんのり赤くなり、隈どりを消してしまう。そこで悠ゆうとご帰館になるといった按配《あんばい》。ところがある日、浮気した翌日の昼過ぎに奥さんが店へやってきた。Yさんは大あわてで便所へとびこみ、水で眼のまわりをごしごし。隈はとれない。

奥さんが隈に気づいたかどうか、家庭争議があったかどうか、そこまでは知らない。

このYさんのように、人間だれでも、男女を問わず、情事をした痕跡《こんせき》が残ったらさぞ

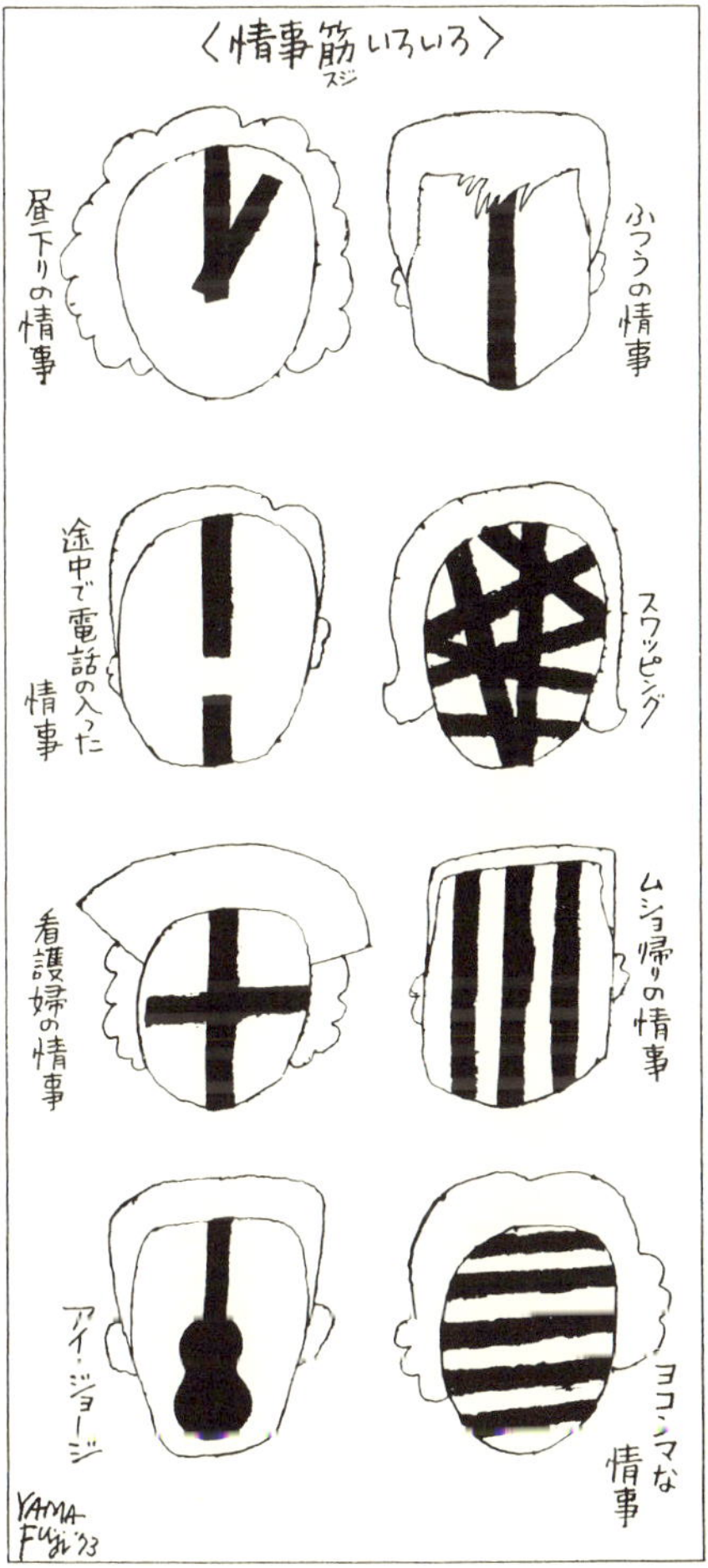
〈情事筋《スジ》いろいろ〉
ふつうの情事
昼下りの情事
スワッピング
途中で電話の入った情事
ムショ帰りの情事
看護婦の情事
ヨコシマな情事
アイ・ジョージ
YAMA FUJI '73

世の中、おかしいだろうと思う。

たとえば前夜情事を一回したら、顔のまん中へ赤い筋がくっきりと一本浮き出る、ということになったらさぞかし面白いことだろう。二回すれば二本出るわけだし、三回したら三本出る。五回も六回もやれば紅白幕みたいなお目出たい顔になってしまう。外へ出歩けない。

だが、情事のたびに家へ一日閉じこもっているわけにはいかないから、見っともないのはお互いさまと思い、出勤する。独身の娘までが赤い筋をぺったりくっつけていて、誰かにやられたこと一目瞭然《りょうぜん》である。

会社で社員に訓示をする社長の顔にも赤い筋がついているから、あまり偉そうなことを言うと笑われてしまう。

警官の顔にも赤い筋。ちっともいかめしくない。

道ばたを走るワン公まで、昨夜交尾したと見えて赤い筋を顔につけている。

交通事故で死んだ運転士の顔に赤い筋が五本。事故の原因は房事過多ということになり、以後赤筋三本以上は運転できないことになる。電車の運転手やパイロットも同様。

皺《しわ》だらけの爺《じい》さん婆《ばあ》さんが房事に耽《ふけ》ると、黒い横皺に赤のタテ筋で赤と黒の碁盤《ごばん》目《め》模様になる。

妾《めかけ》の家で死んだ政治家の顔に赤い筋三本。腹上死であることがすぐわかってしまう。

ご主人が一本しかつけていなくて、奥さんが三本も四本もつけている場合がある。その逆の場合もある。どう解釈すべきか。

ニキビ面《づら》の中学生までが生意気にも赤い筋を一本。オナニーをしたらしい。坊主の場合は商売柄黒い筋が出る。何本も出ると黒と白の幕みたいになってまるで葬式。

屍姦《しかん》の場合も、もちろん黒い筋が出る。

「和尚さん。何だすねん、その黒白幕は」

「いやあ。昨夜運びこまれてきた仏が若い娘でのう。つい抱いてしもうて。いや面目ない」

浮気したことが女房にばれるといけないと思い、酒を飲んでまっ赤な顔になり、胡魔《ごま》化《か》そうとしていたら白い筋が五本出た。赤白が反転して同じことである。

「しまった。昨夜の女はかわらけだった」

タクシー

タクシーの運転手で、だんだん気ちがいじみたやつがふえてきた。行先も聞かずに、だしぬけに車を走らせはじめるから、こっちは、おや、もう行先を言ったのかなと思い、黙っていると、どんどん真っすぐに走って行く。

「おいおい。そっちは違うよ。右へ曲るんだよ」

「右へ曲るも左へ曲るもあるか。行先を言わなきゃだめじゃないか」

「あんた、行先も聞かないで走ってるのか」

「行先も言わずに黙ってるやつがあるか」

こっちも意地である。「さっき言ったじゃないか」

「言ってないじゃないか」

「言ったよ、聞こえなかったんだろう」

車を停《と》めた。「おりてくれ」指がぶるぶる顫《ふる》えている。

こんな車に乗っていて事故でも起されては大変と思い、あわててとびおりたりする。

タバコを喫《す》おうとすると怒鳴る運転手がいる。「タバコを喫わないでくれ」

「どうしてだい」

「迷惑だ」

「灰皿がついてるじゃないか。おれ、タバコ喫わないじゃいられないんだよ」

「煙が眼にしみるんだ。事故を起してもいいのかよ」指さきがぶるぶる顫えている。

あわててとびおりる。

個人タクシーってのは乗り心地いいねェ
まるで飛んでるみたい…
故人
'73 YAMAFUJI

やたら「禁煙」の貼《は》り紙を車内へべたべた貼りまくっている運転手もいる。客とさんざん言い争いをしたあげく、ヒステリックになっているのだろう。

最近タクシーに乗る客が少なくなり、空車が目立つ。原因は値上げが半分、運転手の態度の悪さが半分、といったところだろう。いい気味だと思い、少しは運転手の態度が改まるかと思っていたが、いっこうに良くならない。ますます悪くなる一方である。いい気味だと思っているこっちの気持がむこうにも通じるらしく、ますますひねくれた運転手がふえるばかりである。

「どこに行くの。銀座、そう。飲みに行くの。いいね。金のあるやつはね。おれなんか行けないね。まともに働いてる人間は、銀座なんかじゃ飲めないよ。うん。おれたちゃ、堅気《かたぎ》だものね。銀座で飲むような人種は、おそらく、ちょっと、ま、いいけどね」何がいいのかわからない。

ひと月に一度ぐらいは、やたらにぶっとばす運転手に出会ってしまう。こんな車に乗ると生きた心地がしない。

「おいっ。もうちょっとゆっくり走ってくれよ」

「うるさい」

「すみません。あの、ゆっくりやってください」

「大丈夫。まかしとけって。えい。この野郎。ふふふ。追い抜いてやった、ひひ、ひひ

ひひ、ひひひひひひひ、ひひ」眼が吊《つ》りあがっている。完全な気ちがいである。

ぼくは歳《とし》よりも若く見えるので、年輩の運転手から説教されたりする。殊《こと》に個人タクシーの運転手には重役タイプのやつが多く、社会現象を批判し、政見をぶつ。だいたいにおいてがりがりの保守派である。そしてぼくに説教をしはじめる。「あんたあ、こんな遅くから飲みに行くのかね。銀座なんて、高価《たか》いんだろ。そんな金があったら貯金しなさいよ。うん。若いうちからそんなに遊びまわっちゃいけないよ。うん。歳とってから苦労するよ。うん」

どうやら自分のことを言っているらしい。まったくだ。ぼくもタクシーの運転手にだけは、なりたくないもんな。うん。

信用

ある程度人間というものがわかりはじめ、自分自身の心理をある程度掘り返して眺めることのできる人間なら、人間が他人を信用するということが、どんな大冒険であるかわかる筈《はず》だ。

やたらに誰でもかれでも信用し、その相手が自分の思い通りに振舞ってくれないと、すぐ大袈裟《おおげさ》にしょげ返るやつがいる。

「ひとが信用できない世の中になった」

こういうやつは、ぼくだってだましてやりたい気持になる。信じている、信じているといいながら、じつは相手が自分に都合よく振舞ってくれるように甘えているわけである。けしからん話である。

だからぼくも、ひとから信用されるのが嫌いである。自分の思い通りの行動がとれなくなってしまうからだ。

まだしも暴力でもってああしろこうしろと命じてくる方が気持がいい。反抗できるからである。こういうところから、やたら自分を信用してくれる相手をだましてやりたくなり、飼い主の手に嚙みつきたくなり、三尺さがって師の頭をぶん殴り、父母から受けた身体髪膚《はっぷ》を敢《あ》えて毀傷《きしょう》したくなるのではないかと思うのだが、あなた、そんなことはないか。

人間だれでも自分の行動体系を持っている。それを阻《はば》まれることを嫌う。ところが、他人のそれが自分のそれと一緒のように見えると、つまり利害を同じゅうすると早合点

作家と絵描きの間も
一見
うまくいってるようだが
「利害対立」の
例外ではないのです。
変にヒネくらずに
素直なサシエをかけ!!
……
……!!
'73 YAMAFUJI
これを書くと
ケンカになり
連載中止という事態を招くので
書かない!

してしまうと、たちまち喜ぶ。

「一緒や。一緒や」

　そして信用してしまう。なにが一緒なものか。人間同士は必ずどこかで利害相反するのである。たとえば愛している女に対してだって、その女に愛情をあたえる時間と仕事に費す時間は一方が多くなれば一方が少なくなり、全面的に愛すれば文字通り利はゼロである。父親と息子は母親の愛情を奪いあい、兄弟は親の財産を奪いあう。これを今さらのように嘆くのはおかしい。人間が始まった時からある現象だ。

「あんたを信用してるからね」

　そんなことばひとつで、人間の行動を左右できるなどと考えるやつの思いあがりは、まさにニワトリが高下駄履《は》くのに等しい。甘えるのもいい加減にしろといいたくなる。

　信用されて喜ぶやつもいる。

　こういうのがまた、困るのである。義理立てして痩《や》せ我慢をはって、信用してくれた相手と共倒れになってしまってから、血相を変えて相手に食ってかかる。信用が介在したためにより悪い状況となり、地獄の如《ごと》き事態となる。そして迷惑は第三者にまで及ぶ。

　人間同士、利害の一致する局面はたしかにある。ここで結ぶべきは信用ではなくて取引だと思う。ぼくなんか「愛情」ということばは経済用語だと思っている。

　ところがその経済用語の中で、なんと「信用」のついたことばが多いことか。

いわく「信用貸」、いわく「信用貨幣」、いわく「信用機関」、いわく「信用組合」とか「信用協同組合」、いわく「信用金庫」、いわく「信用経済」、いわく「信用出資」、いわく「信用状」、いわく「信用証券」とか「信用券」、いわく「信用調査」、いわく「信用手形」、いわく「信用取引」、いわく「信用保険」、いわく「信用循環説」。

いずれも救い難いほどのでたらめなことばである。特に「信用組合」「信用金庫」などという組織など、まったく信用できない気分になる。信用できる経済用語は「信用恐慌《きょうこう》」ということばだけだ。これは信用取引が決済不能になることで、手形は不払いになるわ、破産は起るわ、銀行はつぶれるわ、紙幣は使えなくなるわといった、ぼくにいわせれば、信用しすぎたために起ったいちばんまともな状態を指すことばだからである。

偏見

作家に、独断と偏見はつきものである。

ことあるごとに作家の悪口をいう、ある評論家が、海外旅行をしてきた作家の旅行記や印象記が、いかに独断と偏見に満ち、ものごとを一面的にしか見ていず、無知無教養をさらけ出しているかを、口を極めて罵《ののし》っていた。

これはまったくその通りである。

今の流行作家の年齢は、だいたい四十代である。

この四十代というのは戦争中に教育を受けた関係上、語学力がなく、海外に関する知識もあまりない。それが一度か二度の外遊で、旅行記や印象記を、書くというよりはむしろ無理やり書かされるわけであるから、ものの見かたが独断と偏見に満ち、一面的になり、無知無教養があふれ出てしまうのもしかたのないことである。

ある女性月刊誌で、昭和ひと桁《けた》生まれの男性をとりあげ、その特徴を面白おかしく書いていた。まず、「歌がへたくそ」なのだそうである。それから「ダンスができない」のだそうである。このあたり、流行作家の中にもだいぶ、あてはまる人がいる。

その中に「舌が汚い」というのがある。

これは食糧が不足していた時代の記憶がいまだに残っていて、出されたものは全部食い、はなはだしい時は他人の残したものにまで箸《はし》をつけたりするため、胃がやられてこうなったのだという。「今食っておかなければ、いつ食えるかわからない」という意地汚さが、腹をこわすまでのどか食いを強制し、もったいないと思う気持が他人の残りも

のに手を出させるわけである。

当然舌は荒れ、味蕾《みらい》はぼろぼろである。たまに海外旅行をしてうまいものを食ったところで、微妙な味がわかるわけはない。

しかも作家というのは、金ができてからはともかく、若いうちはたいてい貧乏し、苦労していて、うまいものなど食っていないのだ。もともと味蕾が発達していないのに、たまに海外旅行でうまいものを食い、さあその味を書けといわれたところで、ろくに表現できないのがあたり前だ。

ここいらあたり、教養人である評論家某氏などから見れば、まさに噴飯ものであろうことは想像できる。

もし、たまたまうまそうに書かれていた場合でも、それはその作家の味蕾がすぐれているのではなく、文章力がすぐれているせいだろう。

前述の女性月刊誌には、昭和ひと桁の特徴として、他に基礎的知識がないことをあげ、こういった人間が成功できる職業として、作家、ジャーナリストをあげていた。なるほどどちらも、基礎的知識はさほどなくても、その場その場で調べればなんとか書けるという性質のものを書いているわけである。特に作家の場合、特別に資料や辞典を漁《あさ》らなくても自己の独断と偏見だけでも書いて行けるという強味がある。

ところがここいらあたりがまた、さきの評論家某氏にはお気に召さないのであろう。

いつも独断と偏見で小説を書いているものだから、外国のことについても誤りだらけの独断と偏見でその印象を書き、平然としている、まことにけしからんと、こういうわけだ。

しかし、強いていうならば読者はその独断と偏見を喜ぶわけである。心の広い読者は、それが作家の独断と偏見であろうことをうすうす知っていても、面白がり、文句を言わない。つまり作家を甘やかしているわけだ。作家は、甘やかした方が、おいしいものを書くようになることを知っているのだろう。この辺がまた評論家某氏には気に食わないのかもしれない。どうやら作家に対して、いささか劣等感を持っているらしい。実際、この評論家某氏から悪口をとりあげたら何も残らないが、作家から、独断と偏見に満ちた海外旅行記をとりあげても、あとに小説が残るのである。

スピーチ

「えーと。あの、井口君、そして由紀さん、本日はお目出とうございます。あの、わたしは井口君と由紀さんの、あの、いわばまあ、共通の友人として、あの、本日ここに出席させていただいたようなわけでありますが、あの、なぜわたしがその、あの、わたしのようなものに、友人代表として、あの挨拶《あいさつ》しろとおっしゃったのか、ちょっと理解に苦しむ、あの、というより、身にあまる光栄であの、あのあの、光栄に、あの思うわけでありますが、えと、あの、まず最初にあの、井口君の方でありますが、あの、この井口君は、まことに真面目《まじめ》な男で、あの、男らしく、あの、あの、非常にあの、無口な男でありまして、あの、余計なことは絶対に口にしないという、あの、いわゆる、男で、あの、それどころかあの、時には、あの、あのあの、必要なことも口にしない、いや、あの、それもちょっと程度の問題なのですが、決してあの、絶対にあの、唖《おし》というわけでは、えと、あの、ないのですが、まあ、その、いろいろとわけがあって、井口君があの、少しあの、吃《ども》るからでありますが、それもまあ、たいしたことはないので、決してあの、あの片輪というわけでは、あの、それに、実際、ここまでよく、あの、吃りという難病を背負いながら、いや、あのあの、克服してこられて、あの、事実三発商事という大会社に入社されたのがあの、不思議なくらいの、あの、いや、われわれ、彼はあの、サラリーマンにはどうかとあの言っていたのでありますが、あの就職なさった時にはあの、あっと驚いた、とあのまあ、いうほどのことはありませんが、えと、あの、でも、決してこれはあの、井口君が会社の中で、あの、今後出世しないだろうということでは

＊ 当人と、その家族以外は、メデタクも オモシロくもないのが披露宴。 そこで、本当に オモシロイやつを 一発 ぶちかまちましょう!!
せんえつながらサンプルを……
Ⓐ ただいま 電話がありまして、この会場に仕掛けておいた時限爆弾が そろそろ……
Ⓑ 私は、避妊具のセールスマンでして、新婦さまには毎月 10ダースづつ お買い上げ戴いており……
Ⓒ 当ホテルのコックが 天然痘と、ただいま判明し…
Ⓓ 突然ですが、このパーティーを 会費制にすることに、今決まりました……
!

ないのでありまして、とにかく、井口君は真面目ですから、それはもう、話していて面白くないほど、というより、あの、屁《へ》のような、あのあの、とにかく真面目でありますから、努力してあの、課長さん、はまあ、ちょっとあの無理としても、まあ、係長さんも、ちょっと、あのやっぱり無理ですから、せめてあの、主任さんに、まああの、努力すれば、あの、なれないことも、あの、まあ、そんなことはどうでもいいことでありますが、あの、えと、井口君とぼくはあの、あの、高校時代からの友達であの、男同士のあの純粋なあの、あの愛情関係にあの、あのあったわけで、それはあの、由紀さんがあらわれるまであの、あの続いたのですが、あの由紀さんがあらわれてから彼はあの、ぼくなんかにはもうあの、あの、見向きもあの、それでぼくはあの怒ってあの、井口君にあの、裏切り行為だといったのですがあの、しかしまあ、あの考えて見れば、あの男女の関係の方が、男同士の関係よりも、セックスの点ではあの、あのあの、正常なので、まあ、あきらめようとしたのですが、あの、あきらめられなくて、あの、由紀さんに会って、あの文句を、あの言いましたら、あの、由紀さんとぼくとはその時以来の関係なのですが、あの、由紀さんがあの、あのぼくを、なぐさめてくれて、じつはあの、ぼくはあの、その時以来由紀さんが、あのあの、少し好きになって、あの、とにかく、女のひととは初めての経験であの、それまでは男ばかりを相手にしてあの、あの、わたしは喋《しゃべ》るのが下手であの、これ以上喋るとあの、もっと悪いことを言ってしまいそうで、いや、いやあの、これ以上悪いことはもうあの、ないのですが、いえあの、だいたいあの、悪いことなんか何もないのですが、あの、誤解をあの招くといけませんからあの、ですからスピーチはあの、これぐらいであの、歌をうたいます。えへん。〽お前とおれとは同期の桜、同じ学校の庭に咲く、咲いた花なら、散るのは、えへん、えへん、散るのは覚悟、えへん、どうも。みごと死にましょ、国のため。あの、どうもちょっと、歌っている途中で気がつきましたが、あの、結婚式にはちょっと、あのあの、適当でない歌だったようで、あの、失礼しました。あのあの、簡単ですがあの、これで挨拶を終らせていただきます」

家路

わが家への道をいそぐ心情をうたった歌は「マイ・ブルー・ヘヴン」とか、ライオネル・ハンプトンの演奏で有名な「フライング・ホーム」とか、いろいろあるが、アメリカの歌が多い。もっとも最近のアメリカの大衆は工場労働者でさえ車を持っているので、こういった歌からは遠い気持であろう。

日本ではほとんどの人が鉄道の駅から、たいていは団地アパートのわが家まで歩いて帰るわけだが、不思議に家路をうたった歌は少なくて、たいていは恋愛や別れや義理人情、たまにゲテモノが出ても「スーダラ節」や「老人と子供」など、ひねったものが多く、家路の喜びをすなおにうたったものがない。

相当数の人が駅からわが家までの、決して近くない道程をテクっているのに、どうして家路をうたう歌がないのだろう。足どりにあわせてうたう歌がないと、困るのではないかと思うのだが。これだけマイ・ホーム思想が蔓延《まんえん》したのだから、家路をたどる歌ができてもいい筈なのだが、まだ抵抗があるのだろうか。

夜、駅から吐き出されてくる退勤客の表情を見ていると、どうもわが家に思いをはせているように見える人は少ない。

だいたい、仕事から解放されてほっとしているように見える人がいない。ではどういうふうに見えるかというと、人によって違うが、たとえばこれらの人びとの頭の上へマンガの吹き出しのような雲を突き出させ、そこへ文字を入れるとしたらこのようなことばになる。

このスピーカーは 何と云ってるのでしょうか
Ⓐ ただいまから 国鉄総裁が おわびを申し上げます……
Ⓑ 胃腸障害のみなさん、レントゲン室に ならんで お入り下さい……
Ⓒ ただいまのレースの 払戻し金、単勝 4番で 100円……
Ⓓ 実技試験の結果、本日の合格者は ありません……
YAMAFUJI '73

「くそ。あの課長め、皆の前でおれを怒鳴りつけやがって」

「あの得意先の若僧。なんとかして厭《いや》がらせしてやろう」

「考課表に悪い点つけやがった。復讐《ふくしゅう》してやるぞ」

「ばれねえかなあ。帳簿、胡魔《ごま》化して金ちょろまかしたの」

「えらいこっちゃあ。北海道へ転勤やあ。どないしょう」

「えらいこっちゃあ。クビや。どないしょう」

「パチンコですった。この駅前でもう一回やろうか。どうしようか」

「あと千円しかない。給料日まで、どうしよう」

「胃が痛いけど、タクシー代がもったいないから歩こう」

実際このように見える表情の人ばかりなのだからしかたがない。あんな顔をして歩いていてはちっとも楽しくないだろうし、健康にも悪いと思うのだが。

たまに、にこにこ顔で帰っていく人も見かける。そんな人には、こんな吹き出しをつけたくなる。

「今夜はイイダコの筈や。一杯飲めるぞ」

「今夜うちのおばはん、どないして喜ばしたろ。あ、あの体位でいこう」

むろんこういうのは少数派である。

せまい団地アパートのわが家のことは考えるのもいやだ、という人が多いようだ。

家にいても女房からは稼《かせ》ぎの悪さを責められ、母親がいれば嫁の悪口を告げ口され、子供からは馬鹿にされ、食いものはまずく、酒も飲ましてもらえないというのでは、考える気にならないのがあたり前だろう。

だからといって仕事のことばかり考えていてはストレスが積み重なっていくばかりである。

家路をたどる時、ぼくは英語の歌を憶《おぼ》えることにしている。バカラックの曲などは、足並みによく合う。手帳に歌詞を控えておき、忘れたら立止まって見るわけである。これは昔、つらい勤めをしていた時からやっていたことで、だから呑気《のんき》な顔で家路をたどることができたのである。

睡眠

一日十四時間眠っていた時期がある。

妻が心配して「あなた、眠り病じゃないの」といったものだ。

これは結婚後二、三年の間だったと思う。

朝寝坊だったので、早朝に起床して会社へ出勤するのがつらくてしかたがなかった。

ところが作家として独立して、結婚して上京して以来、朝早く布団の中で眼が醒《さ》めても、すぐ起きる必要はない。これが嬉《うれ》しくてしかたがなかった。

「あっ。おれはもう作家になってイルノダ。会社へ行かなくてもイイノダ。いつまでも寝ていらレルノダ」

嬉しさのあまり、布団の中で足をばたばたさせたりしたものである。そして、ここを先途《せんど》と眠りに眠った。

ぼくの勤めていた会社というのはデパートや見本市や商店などの展示装飾をデザインし、施工する会社で、ぼくはデパートを担当させられていたから、家に帰ってもゆっくりと寝ている暇がなかった。デパートというのは昼間は開店しているので工事ができない。毎晩閉店後に入館して工事をするわけである。それで徹夜になる時がよくある。デパートの休日には、週ごとに変る催物のため、催場の工事がある。閉店したその晩は徹夜、次の日一日工事を続けてその晩もまた徹夜、そして週あけの開店時間ぎりぎりにやっと完成するといったことの連続だった。

それなら昼間寝かせてくれるかというと、ちっともそんなことはない。昼間は昼間で、

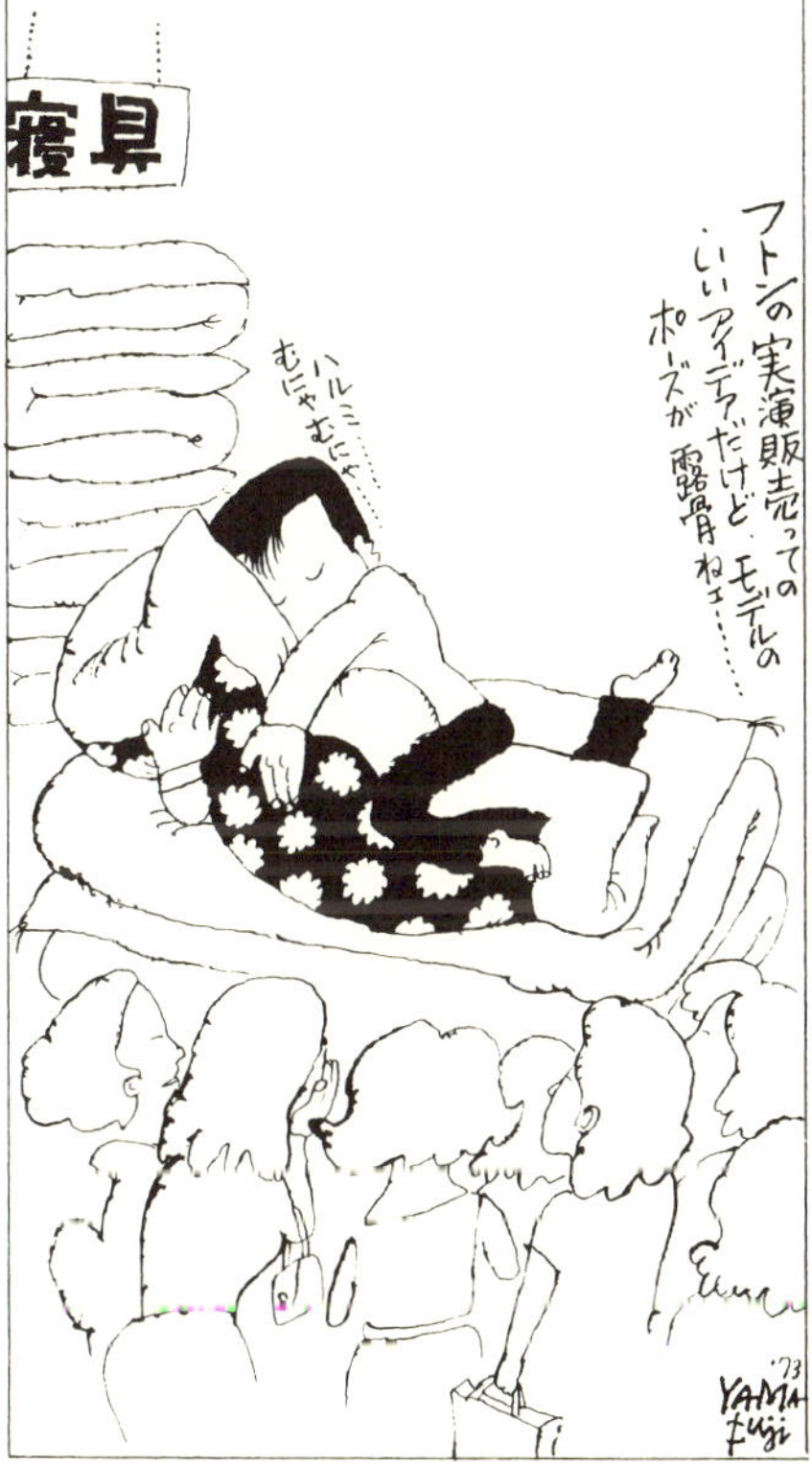

得意先との折衝があるので、寝てはいられないのである。

深夜、眠い眼をこすりながらデパートの布団売場などで工事をしていると、さまざまな柄と色あいのふかふかした布団が、いかに魅力的に見えたことであろう。事実、あまりの眠さに耐えきれず、仕事をサボッてこの布団の中へもぐりこんだ同僚がいる。この男、そのまま朝まで眠り続け、ふと気がつくととっくに開店していて、客が眼の前をぞろぞろ歩いていたのでとびあがったそうだ。

ぼくも工事現場で寝たことはある。新聞紙をかぶって寝ると暖かいということを知ったのもこの時のことである。

こういう苦労をしているから、眠りたいだけ自由に眠れるということが、よけい嬉しかったのであろう。

今は当時のような喜びこそないが、もともとの朝寝坊はそのままで、あいかわらずよく眠る。昼夜かまわず、ちょっと眠くなるとすぐにベッドにもぐりこむ。そのため編集者諸氏に迷惑をおかけしている。

眠りたいだけたっぷりと眠ることは、いやしいことと見なされているようだ。惰眠をむさぼる、だとか、寝穢《いぎたな》い、などという言いかたもある。ぼくはこれが気に食わない。いったい誰が言いはじめたことだろう。古くからあることばらしいので、日本国民を働き蜂に仕立て、エコノミック・アニマルにして孤立させようというＣＩＡの陰謀でないことは確かである。

思うにこれは、若い者を働かせようというので、老人たちがひねり出した考えかたではないだろうか。老人どもは、だいたいにおいて早起きである。働いていないため、眠る必要がない。朝早くに眼が醒めてしまうのである。自分だけが眠れず、他人がぐっすり寝ているると、何となく腹が立ち、揺すり起したくなるものである。

「腹八分目」にしたってそうだ。歯や胃が悪かったりして、うまいものを充分食えない老人どもの僻《ひが》みから出たことばであろう。

ぼくの場合は、惰眠をむさぼることによって見る悪夢を、小説のアイデアに使うわけだから、睡眠だっていわば仕事のうちなのである。

国鉄

国鉄駅員の無礼な態度に、はらわたが煮えくり返る時がしばしばある。

もう六、七年前になるだろうか、原宿駅で初老の駅員から泥棒扱いされた時があった。

あの駅員も、もう退職していることだろう。

もっともあの時はこちらも、頭はばさばさ、不精髭《ぶしょうひげ》をはやし、ひどい服を着て出かけて行き、新幹線のグリーン券や指定席券を出して払い戻してくれといったのだから、多少疑いの目で見られてもしかたがなかったが、それにしてもあの駅員はひどかった。

「あんた、この切符どうしたの」最初から、拾ったか盗んだかどちらかだろうといわんばかりの口ぶりである。「だいたいこんな切符、国鉄じゃ売ってないよ」

「神戸で買ったんですが」

「神戸で新幹線の切符、買えるわけないだろ」当時の新幹線は新大阪止りである。

「だって、買ったんだからしかたがない」

押し問答したあげくの果て、ここじゃ払い戻しできないから新宿駅か渋谷駅へ行ってくれと言い出した。それなら早くそう言えばいいのにと思い、ぼくはむかむかした。

「あなたのお名前、聞かしてもらえませんか」
とたんに駅員の眼に脅えと警戒の色が浮かび、彼は早口でまくし立てはじめた。「ここじゃ払い戻しできないといってるだろ。よその駅へ行きなさい。よその駅へ」
少し可哀想《かわいそう》になり、ぼくはそれ以上何も言わず引きさがったが、おそらくあの駅員は他の乗客に対してもあの調子だろうし、あんな駅員は国鉄にいっぱいいる筈《はず》だ。

国鉄の駅員の言動に腹を立てたことはこれにとどまらない。こっちの身だしなみが悪い時など、泥棒はおろか犬猫並みに扱われたことだってある。そのたびに、給料が安くて教養がなければ、ああもなるだろうと思い、また逆に、あんなに無礼で無教養な連中なのだから、給料が安いのはあたり前だと思ったりもする。

だからストがあったりすると、よけい腹が立つ。「自分たちの客扱いの悪さのために給料が安いのではないか。そのお返しをしてまたもや客に迷惑をかけるとは何ごとか」

こうなってくると理屈もへったくれもない。ストにはそれなりの理由があるとわかっていても、行動の自由を束縛される怒りは動物的なものであるから、その怒りはまず第一にふだんから客を虐待《ぎゃくたい》する駅員や乗務員に向けられるのである。

「ストのため、まことにご迷惑をおかけしています」

そらぞらしいそんなアナウンスを聞くと、何を畜生、ふだん泥棒扱いしておきながらと思い、はらわたが煮えくり返る。

乗客が暴動を起す。その新聞記事を読み、面白い、いい気味だ、もっとやれ、もっとやれと思うのだが、よく考えてみれば駅を丸ごと破壊したところで、駅員や乗務員はちっとも困らず、国鉄当局だって電車が動かない理由ができたわけで喜ぶのだし、困るのはまたもや乗客なのである。

おそらくいちばん喜び、もっとやれ、もっとやれと思っているのは内閣の閣僚であろう。

単に破壊衝動を満足させているだけの暴動乗客にしたって、駅舎の机や切符販売機を叩《たた》き壊しながら、まさかそのために駅員が困るだろうとは思っているまい。単に机や切符販売機を擬人化して、駅員や乗務員のように思って壊しているわけである。壊しながら、むなしさを感じているに違いない。

それでも壊さずにいられないのは、やはり幾分かはふだんの駅員の横柄《おうへい》な態度に対する怒りのやり場が、他にないからであろうと思うのだが。

触覚

自分の子供を抱きしめると、たとえそれが男の子であっても、一種の官能的な快感を覚える。あれは動物的なものなのだそうだ。自分の子供の肌に肌をこすりあわせたいという本能なのだそうである。もっともこれも、子供がある程度大きくなるまでの話であって、大学生の息子と初老の親父とがひしと抱きあい、頰をこすりあわせているなんていうのは見ていて気持のいいものではない。不精髯《ぶしょうひげ》がこすれあって、じゃりじゃりじゃりなどという音を立てる。こういうのは親子の愛情というより、どちらかといえばむしろ男色に近いものであって、こういうのが昂《こう》ずると近親相おカマということになる。

我が子に限らず、愛しているものに自分の皮膚をこすりつけたいというのは人間の情である。たとえばペットにしている犬とか猫。綺麗なよその奥さん。大切にしているギター。手をつけた女中。高価な毛皮のコート。可愛《かわい》いセーラー服の少女。盗んできたばかりの札束。白衣の美人看護婦。そのほかにまだ忘れているものもあるだろうが、まあ、いろいろとある。

つまり性感帯というのは皮膚全体に拡《ひろ》がっているといえる。もっとも、性器そのものほど敏感ではない。もしも皮膚全体に、性器と同じくらい敏感な性感があれば、これはえらいことになる。今の程度でちょうどよい。

全身の肌が性感帯になってしまったら、どうなるか。

まず、相撲取りが困る。がっぷり四つに組むたびに感じてしまうからである。取り組むたびによがっていては勝負にならない。

＊熊の毛皮をいじっていた男、急に
「ア、そうそう、女房がよろしくと申しておりました……」という江戸小噺があります。
＊アレの現代版を……
Ⓐボーリング場にて
Ⓑゴルフ場にて
Ⓒ太平洋にて
YAMA FUJI '73

柔道もそうだ。寝わざのたびに両者鼻息を荒くし、熱い吐息を投げかけあうわけだ。もっともこっちの方は全裸ではなく、直接肌と肌をこすりつけあうわけではないから、さほど感じなくてすむだろう。

いちばん困るのはレスリングである。相手を押えこんでいるうちに感じてきて、眼がくらみ、リングの上だかベッドの上だか区別がつかないという状態になり、あろうことかあるまいことか、腰を使いはじめる。押えこまれている方も下から抱きついたりなどして、こうなるともう両方とも夢見心地であって、レフェリーがひきわけようとしてもひっしと抱きあったまま、てこでも離れないということになる。

握手の習慣のある国でも、いろいろと厄介なことになる。ぐいと握りしめられたら、感じやすくて早漏気味の男などは、ひっ、とひと声叫んで眼を吊《っ》りあげ、オーガズムに達してしまう。握手されるたびに気をやってその場にへなへなとへたりこんでいたのでは、満足に社会生活が営めない。

満員電車の中はさながら公衆乱交パーティの会場。

「あへ、あへ、あへ、あへ」

「いやっ。押さないで。押さないでったら。あ、い、い、痛いわ。いや、いや、うふん。そんなにお押しにならないで。あっ、あっ、乱暴にしないで。やさしくして。ああ、ああ、ああ、もっと、もっと押して」

「ふーん。ふーん。ふふふふーん」

「駄目。駄目。許して。わたしには主人がいるのよ。ああ、どうしましょう。感じてきたわ。ああ。ああああああっ。ご免なさいあなた、許してっ」

「死ぬ。死ぬ。死ぬ」

毎日満員電車で通勤しているBGなど、妊娠してしまうおそれもある。

坊主はお経をあげながら、数珠《じゅず》をまさぐっているうちによがり出し、警官と泥棒は組み打ちしているうちに深い仲となり、板前は寿司を握りながらうわごとを言いはじめ、屋根屋は瓦《かわら》を抱きしめたまま屋根からころげ落ちるといった按配《あんばい》である。

勅語

国民学校へ入るなり教育勅語を暗唱させられ、今でもまだ全文記憶しているのが、自分でも腹立たしい。

同世代の人が酔っぱらって、これを暗唱しているのを今でも耳にするが、そのたびにいやな気持になる。人権などこれっぽっちも認めず、皇室のために死ぬのが国民の存在理由であり、男尊女卑はまだいいとしても、家長専制思想だけはどうにも我慢ならない。

むろん当時は内容の意味をひとことも理解してはいなかったが、その頃からパロディ精神はあったらしく、この教育勅語を勝手に作り変え、得意になって友人の前で弁じていた。もし教師に聞かれていたら大変な目にあわされていたところだ。

さいわい世の中が変り、勅語のパロディをやってもぶん殴られることはなくなった。ありがたいことである。

さっそく一席、うかがわせていただく。

もっとも、子供の頃にどんなパロディをやったか忘れてしまっているので、大部分は新作である。

狆《チン》思ウニ、ワガコソコソ肉食イハジメルコト公園ニ、徳利立ツルコト深酷ナリ。ワガジンマシン、ヨク中風、ヨク荒淫《コウイン》、奥サン行李《コウリ》ヲ質ニシテ、ヨヨト泣キ伏スハ、コレワガ極道ノ成果ニシテ、兇悪《キヨウアク》ノ円タクマタ故障デ損ス。

ナンジ貧民、父母ヲ絞殺《コウサツ》、刑法デ有罪、夫婦ハイワシ、抱擁大珍事、狂犬オノレヲ噛《カ》

チンオモウニ ヘヲタレテ
ナンジシンミン クサカロウ
コッカノタメナラ ガマンセヨ
*
* 昭和十八年、
東京、下目黒国民学校一年生の
あいだでは、こんな 替え語が はやっていました。
みんなーッ どうしてるー？

ミ、迫害周囲ニ及ボシ、悪ヲオサメ、狂ヲナライ、モッテ陰嚢《インノウ》ガ爆発シ、突起ヲ享受《キョウジュ》シ、ススンデ精液ヲブチマケ、性夢ヲヒラキ、圭子《ケイコ》ノ夢モ夜ヒラキ、常ニ特権ト利権ヲ重ンジ、無法ニシタガイ、イッタン姦通《カンツウ》スレバ妓夫モ強姦シ、モッテ天井ノ電球ヲ見テ興奮ヲ抑スベシ。

カクノ如《ゴト》キハヒトリ家賃ノハライガ不良ノ貧民タルノミナラズ、マタモッテ汝下賤《ナンジゲセン》ノ衣服ヲ献上シテモ足ラン。

血ノ道ハ実ニワガ構造広壮ノ陰唇《インシン》ニシテ、子孫貧民ノトモニ挿入《ソウニュウ》スベキトコロ、コレヲ間男ニ通ジテ亭主ニアヤマラズ、コレヲ外人ニホドコシテ、ズタズタニサレタラ、モトヘモドラズ。エライコトヤト医者ヘ行ケバ医者ハオラズ。

狆ナンジ貧民トトモニ、ケンケンシテヒックリカエリ、アタマヲウッテ薬ヲ服用シ、医者ヘ行ケバ医者ハオラズ、病院デ手術受ケレバ途中デ停電シ、ミナソノママ悪ノムクイヲイッニセンコトヲ乞《コ》イネガウ。午前五時。

もう十二年ほど昔になるが、このネタを漫才にして「教育勅語」というのを書き、あるラジオ放送局の「漫才台本コンクール」に応募したところ、二席で入選した。一席が一篇、二席が三篇あり、この四篇はすべて放送されるというので楽しみにしていたところ、他の三篇はすべて放送されたのに、ぼくのだけは放送されなかった。放送局が自粛したか、プロデューサーがこわがったたか、漫才師たちが嫌ったたか、理由はわからない。他の三篇はすべて面白くなかった。ぼくのがいちばん面白かったのにと、今になっても残念でならない。誰か勇気のある漫才師か落語家が復活させてくれないものかと思っている。

昔は勇気のある芸人がたくさんいたそうだ。官憲の眼が客席で光っている時代だというのに、高座で堂堂と政策の批判をやった芸人もいると聞く。もっとも、堂堂といっても芸人の場合は、オブラートでくるみ、批判を話に混えて笑いとばしたわけだろうが、それこそが芸人の堂堂たる批判のやりかただったわけである。

ドタバタ

ローレル&ハーディの「極楽闘牛士」が封切られたのはぼくが中学一年の時だった。

この映画のラスト・シーンは、ローレルとハーディが悪漢に全身の皮を剝《は》がれてしまい、骸骨《がいこつ》になってしまうという場面だった。頭部だけはそのままで、あとは全身骸骨になったローレルとハーディが、「故郷へ帰ろう」といって、ゆらりゆらり歩き出すところで終りなのである。喜劇は必ずハッピー・エンドに終ると思っていたぼくは、この洒落《しゃれ》た結末に驚き、鮮烈な感銘を受けた。

そしてこれ以後、ぼくはアメリカ製ドタバタ喜劇に夢中になってしまった。

ローレル&ハーディは、すでに無声映画時代のバイタリティを失っていたようだが、それでもぼくには面白かった。

後年、彼らの無声映画を数本見たが、長尺物のトーキーから味わうことのできたハリウッド製喜劇の明るさや映画音楽のすばらしさがなく、やや物足りなかった。

これ以前にチャップリンの「黄金狂時代」やロイドの「巨人征服」も見ていたが、どちらも戦争前の古いプリントで、ブッ切れ上映だったと思う。

ローレル＆ハーディの喜劇映画はその後も「極楽捕物帖《ちょう》」「極楽ブギウギ」など、封切られたものを全部見た。

特に「極楽ブギウギ」などは、ちょうどその頃トミー・ドーシイやテディ・ウィルソンの「ブギウギ」に夢中になっていたので、さほど面白いギャグのあるドタバタではな

ドタバタ・コンビ
10年に一度出るか出ないかのコメディアンたち、と、毎日一度出てる迷コンビ
日曜を除く
ローレル＆ハーディ
アボット＆コステロ
マーチン＆ルイス
ヤスタカ＆ショージ
YAMA FUJI '73

かったにもかかわらず数回見た。たったふたりで数十の楽器を演奏する場面が面白かったためである。

アボット&コステロの「凸凹お化け騒動」「凸凹宝島騒動」をはじめとする喜劇も、封切られたものはすべて見た。コステロのちょこまかと走りまわるバイタリティには感心したが、ローレル&ハーディに比べて演技が駄目だったし、決定的なギャグも少なかったので、あまり好きではなかった。比較的面白かったのは「凸凹宝島騒動」で、これは四、五回見に行った筈《はず》だ。

このアボット&コステロは、それ以前のローレル&ハーディなどの無声映画時代から生き残っている喜劇役者と、さらに後期のボッブ・ホープやダニイ・ケイといった都会的に洗練された喜劇役者などの間にはさまった、いわば過渡的な時代の喜劇役者だったと思う。

ビング・クロスビイとボッブ・ホープの「モロッコへの道」をはじめとする珍道中ものは、ドタバタというよりはむしろパロディだった。彼らがネタにしたのは同時代の映画やスターなのだが、悲しいかな戦争のため原典を知らぬぼくは彼らの演ずるギャグが理解できず、歯噛みするほど口惜しい思いをしたものである。

それでも「アラスカ珍道中」「南米珍道中」と回を重ねるにつれ、いわば楽屋落ち、馴《な》れあいギャグめいた、珍道中もののパロディがあらわれたり、その頃になるともうアメリカ映画は手あたり次第に見ていたから、ぼくにもわかるパロディが出てきたりして、おおいに楽しんだ。初期の珍道中もののドロシイ・ラムーアはまだ若く、ほんとに綺麗《きれい》だった。

ディーン・マーチン&ジェリー・ルイスの底抜けコンビが出てきた時は、歌や踊りの要素が多過ぎるのと、ジェリー・ルイスの精薄的な演技が嫌いで、あまり感心しなかった。

チャップリンがこの二人を評して、「十年に一度出るか出ないかの喜劇役者だ」といったそうである。十年に一度なら、ごくふつうの喜劇役者といえる。

チャップリンは、自分が百年に一度の喜劇役者であるという自負のもとに、そんなことを言ったのだろう。

子供

仕事をしている足もとへ、ころころころ、と、でかい乾電池がころがってきた。

おや、と思って拾いあげ、あたりを見まわすと、隣室の襖《ふすま》の蔭《かげ》で、子供が、耳を押えてうずくまっている。手榴弾《しゅりゅうだん》のつもりらしい。親父を爆死させるつもりなのだ。テレビの戦争映画の影響であろう。遊びとわかっていても、ときどきぎょっとする。身の伏せかた、頭のかかえかたが真に迫っているからである。

飯を食べていると、横の座布団の上へ、ぽとり、と乾電池が落ちる。はっとして顔をあげると、子供が障子の蔭へさっと隠れて頭をかかえている。飯がのどにつまる。

まったく子供というのは、変な遊びを考えつく。だからといって、やめろと一喝するわけにもいかない。親父にかまってもらいたくてやっているのだろうし、ぼく自身、子供のころ、よくそういったひとり遊びをしていたからだ。

浴槽の中で浮かべて遊ぶ舟の玩具《おもちゃ》をいくら買ってやっても、すぐ中に水を入れてモーターを駄目にしてしまう。ある晩たまたま一緒に風呂に入って見ていたら、ありったけの舟を浮かべ、全部顚覆《てんぷく》させてしまい、舟底を水面に出して喜んでいる。

「なんだ、それは」

「ポセイドン・アドベンチャー」

四歳になる息子は、ひとりっ子である。奇妙なひとり遊びをやるのは、ひとりっ子だとか、兄弟がいても年齢が離れている子供に多いようだ。ぼくも弟と年齢が開いていたため、よくひとり遊びをした。それとまったく同じことを、今、息子がやっている。

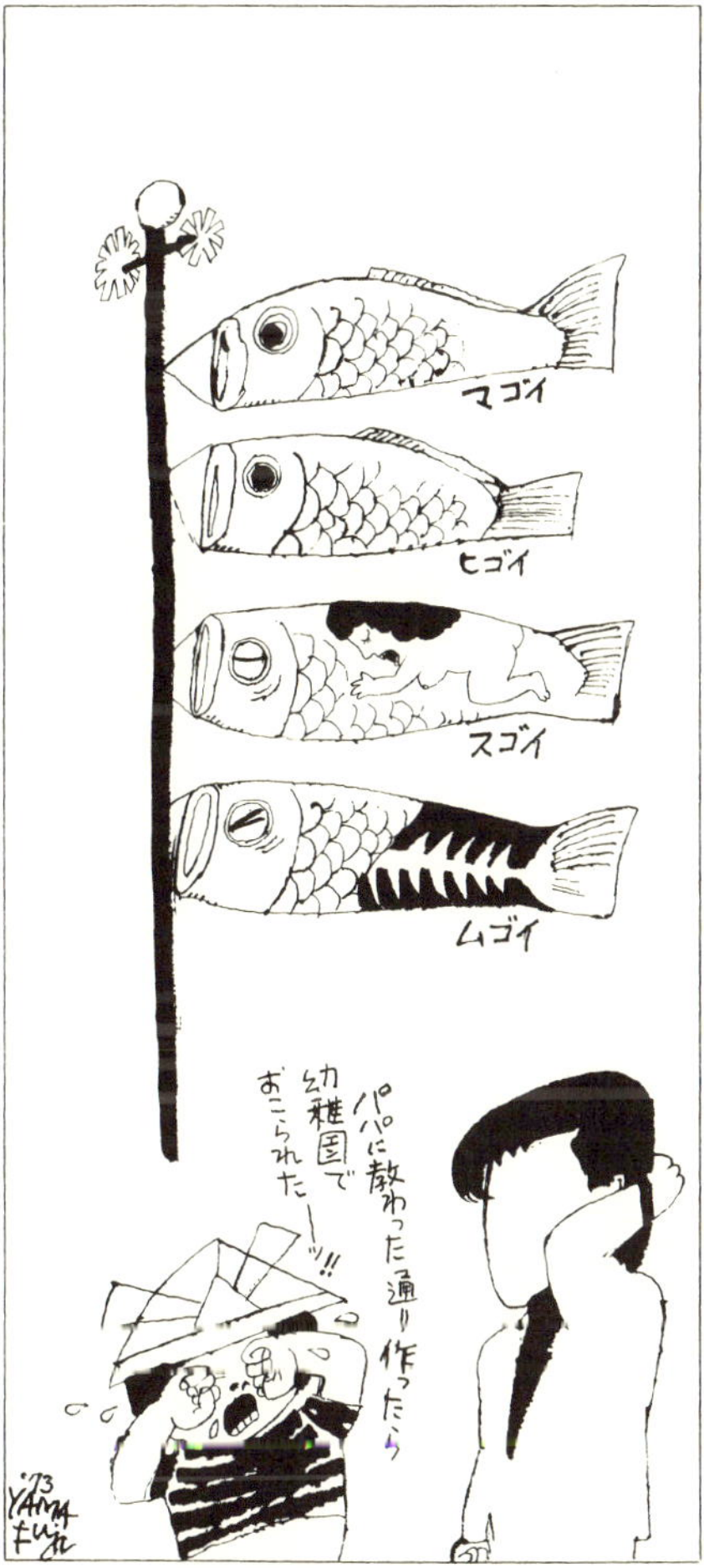

兵隊の人形や、戦車やジープの玩具を並べ、ひとりで戦争をやらせている。

「おいっ。早くしろ」

「わかりました」

「どかーん。どかーん。どかーん」

「うわーっ。助けてくれえ」

「そっちは大丈夫ですか。そうですか。すぐに行きます」

ぼくがやっていたのとまったく同じである。

こういうひとり遊びによって想像力、創造力、あるいはまた人を楽しませることのできる能力が身についたのだとぼくは思っているから、子供にやめろとは言わない。だが、女房は心配する。

「あんなひとりごとを、ほっといてもいいの。気ちがいみたいだわ」

「厳密に言えば、あれはひとりごとと違うんや。心配するな。小さい時、ぼくもやった」

「そんならやっぱり、気ちがいみたいになるわ」なかばあきらめている。

よく見ていると、将棋の駒《こま》のように兵隊の人形を動かしながらも、人形のそれぞれに性格をあたえているから面白い。もっとも今のところはまだ、士官は士官らしく、兵隊は兵隊らしくといった程度で、ときどきは勇敢なやつと臆病《おくびょう》なやつを登場させたりもしている。なかなかのストーリイ・テラーでもある。

自分がどんな歌を歌えば、大人が喜ぶか知っていて、そればかり歌うのもぼくの子供時代と似ている。だが、ときどき困ることもある。デパートを歩いている時に変な歌を歌い出すからである。

「アンネがね、アンネがね、アンネがなければできちゃった。できちゃった」

歌いながら、わけもわからずに自分で笑い、ぼくが笑うのを期待してこっちを見あげる。いくら他に気をそらせようとしても駄目で、くり返し歌い続ける。顔から火が出る。

ふつうの大人ならこんな時、そんな歌うたっちゃいけないといってたしなめるのだろうが、悲しいかな、ぼくにはそれができないのである。

匿《とく》　名《めい》

人間にはひとり残らず名前がある。

「無名の新人」などというやらしい言いかたもあるが、実際に無名ではなく、単に名が知られていないというだけである。

名前のない人間はいない。記憶喪失症患者にしろ、狼《おおかみ》少年にしろ、本人が自分の名を知らないだけであって、やはり固有の名前を持っているのである。

名前はその人間に一生つきまとう。これを、わずらわしく感じている人間も、中にはいる。犯罪者などがそうである。ひと口に犯罪者といってもいろいろなのがいて、多くの人から尊敬されている偉大な犯罪者もいれば、自分の犯した罪を自慢したがる犯罪者もいる。

こういった犯罪者たちは、自分の名前をさほどわずらわしく感じてはいないだろう。

しかし、多くの人に侮蔑《ぶべつ》の視線を向けられる犯罪者、たとえば破廉恥犯などは、あきらかに自分の名前を隠したがるであろう。自分の行為を恥じているからである。

ところで「言論の自由」といわれているこの世の中に、匿名でものを書く人間がいる。

あたりさわりのないことを書くなら許せるが、他人の悪口を匿名で書くやつがいるのである。しかもそれを印刷物として発表するやつがいる。

まことにもって言語道断歩行者横断、頭部切断お医者の診断、脳にうず巻き鉄火巻、簀《す》巻《ま》き腹巻き腰巻き寝間着というべきであろう。

文章というのは書いた人間の精神財である。著者の財産なのである。

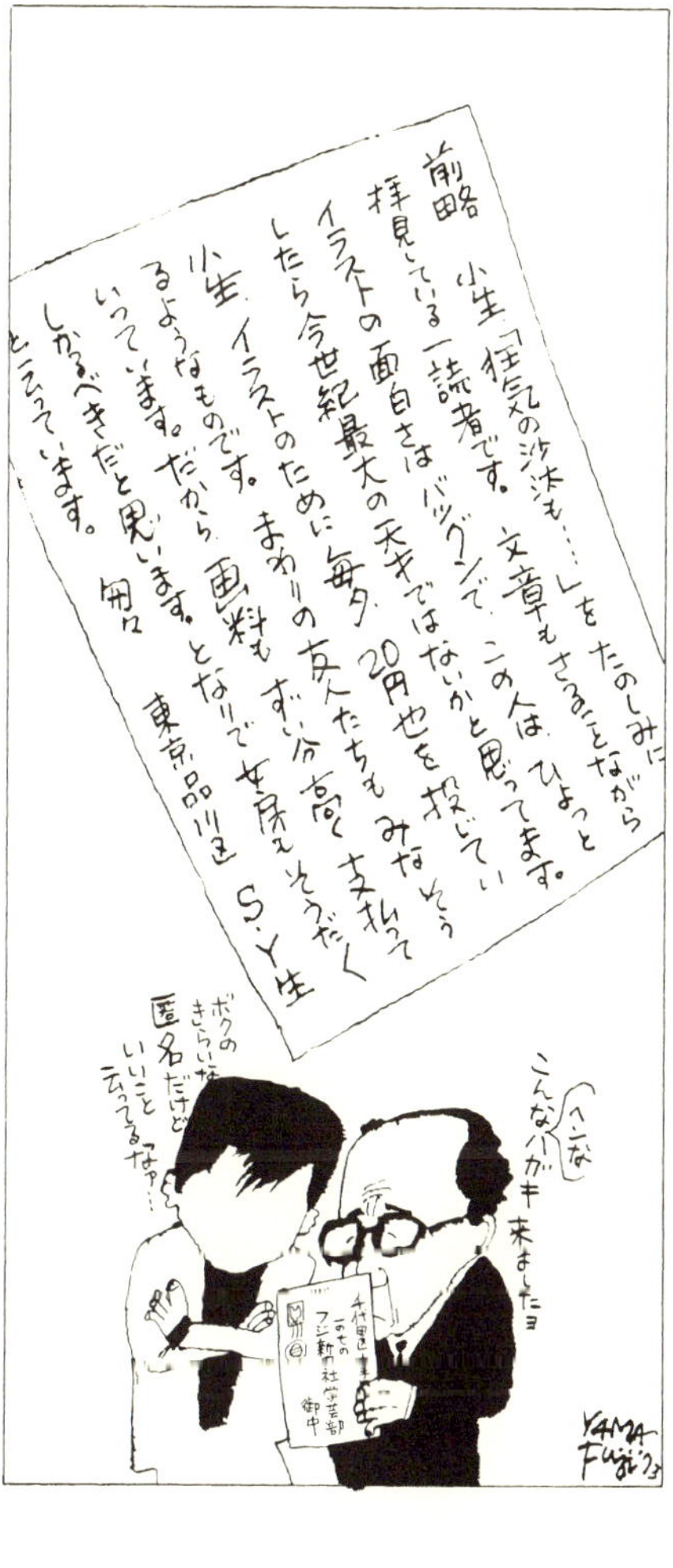

あたり前の人間なら自分の書いた文章には署名をする。ところが署名しない人間がいる。あたりさわりのないことを書いて署名しないのなら許せるが、他人の悪口を書いて署名しないやつがいるのである。

なぜ署名しないか。それは自分の書いたものが、精神財としての価値のないものであることを知っている上、それが自分にとって恥かしい文章であると思っているからである。

いうなれば匿名で他人の悪口を書くやつは、破廉恥犯と同じ心理でもって自分の名前を隠したがるのである。

匿名で他人の悪口を書くことが恥かしいことであると知っているからこそ、それを匿名で発表するのである。顔を隠して女を強姦したからこそ、顔を見られるのをおそれるのである。少し文章が乱れたが、ぼくはこれが正しいと思って書いているから、多少文章が乱れたって恥かしくないのである。

さすがに大新聞、大雑誌に載っている匿名コラムには、他人の悪口というのはあまり見あたらない。これは即《すなわ》ち、匿名のコラムの文責はその新聞社、出版社にあるということをよく認識しているためである。つまり読者に対して、匿名コラムに載った意見は即ちこの新聞、この雑誌の意見であると思ってもらってもかまいませんという態度で載せているわけである。

これが無責任な出版社となるとそうではない。匿名コラムで悪口を書いておき、一方では平然として原稿を依頼してくる。

「おたくはぼくの悪口を匿名で書いたから、おたくには書きません」

そういって断ると、心外そうな声を出す。「だってあれは依頼原稿だったんですよ」

無責任きわまる。

たとえば、まっとうな批評であるか単なる悪罵《あくば》であるか、この区別は大変むずかしい。しかしぼくは、まっとうな批評であれば堂堂と署名入りで発表すべきであると思うから、もしそれが悪い批評であった場合、匿名で書かれたものはすべて悪口であると判断する。

以後、よほどのことがない限りその新聞、その雑誌は読む気にもならなければ、原稿を書く気にもならないのである。

水泳

水泳なら自信がある。

といっても、早く泳げるというわけではない。飛び込みもへたくそだ。長距離を長時間かかって、のんびり泳ぎ続けることなら、誰にもひけをとらないと思っている。途中で飯を食ったり水面に浮かんで休憩したりしてもいいのなら、ドーヴァー海峡だって渡ってみせる。ただし、荒れてさえいなければの話であるが。

泳げるようになったのは比較的遅くて、小学校五年生の時だ。それまでは大阪市内の学校にいたので、プールでしか練習していなかった。顔を水に浸して両手をまっすぐのばし、バタ足でほんの三、四メートル前進できるだけだった。

小学校五年の時に縁故疎開《そかい》で千里山にやってきた。千里山の山奥に、それが正式の名称かどうかは知らないが、われわれが「古池」と呼んでいた汚ない池があり、ここで泳いだ。菱《ひし》がはえていたり、底の砂泥の中にドブ貝がうようよしている汚ない池で、泳ぎながら水をだいぶ飲んでいる筈《はず》だが、なんともなかったのは、最近のような化学廃棄物などがなかったからであろう。

ぼくはここで一度溺《おぼ》れた。

岸から四メートルほど離れたところに樋《ひ》の楔《くさび》が立っていて、あそこまで泳いでやろうかどうしようかと考えている時、誰かにうしろから背中をどんと押され、しかたなく例のバタ足で泳ぎはじめたのだが、途中で息が続かなくなってアップアップしはじめたのである。

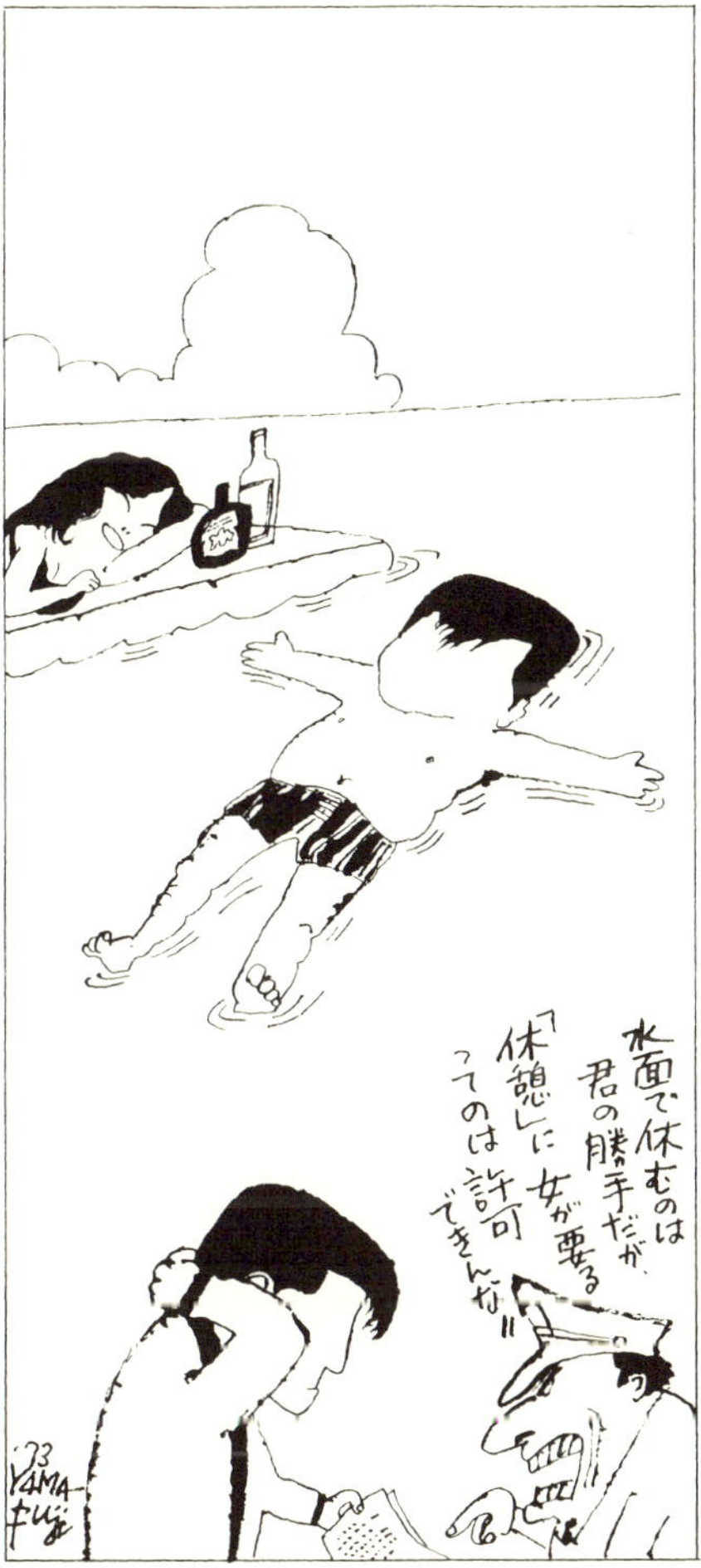

ぼくの背中を押したやつが岸で眼を丸くし、「や、しまった。あいつよう泳がへんのか」と叫んでいるのを溺れながら見ていた記憶がある。

たしか一年上級の生徒だったと思う。そいつが責任を感じたらしくすぐにとび込み、ぼくのからだをどーんと突いて樋の楔まで押しやってくれたので死なずにすんだ。だからまだ生きている。

それから泳げるようになった。

中学生の時、海水浴に行き、伝馬船に乗って五、六人で沖へ出た。船から海へとびこんであたりを泳ぎまわっているうち、ぼくを忘れて伝馬船が岸へ帰ってしまった。海岸ははるか彼方、ぼうとかすんで見えるほどの遠方だ。

この時は自分の能力を知っていたのでさほどあわてず、ゆっくり泳いで帰ってきた。岸へついたらもう夕方だった。

泳げるようになって以来、海水浴に行くとぼくは気分が落ちつく。やはり海は生物の故郷だなあ、などと思う。泳いでいると、風呂に入っているよりも気が休まるくらいである。
三、四年前、劇団「発見の会」の連中と西伊豆へ行った。
この時、台風が来ているのに乱暴にもボートで湾から出た。ボートから海へとびこみ、あたりを泳ぎまわった。海面から岩が出ていたので、その岩の上へよじ登った。岩には無数の貝殻がこびりついている。

その時、大波がやってきた。ぼくは足をさらわれ、岩からすべり落ちた。鑢《やすり》の板で全身をこすったみたいなものである。ぎざぎざに尖《とが》った貝殻のため、全身血まみれになり、この時の傷は一年間残っていた。

京王プラザ・ホテルに泊って屋上プールで泳いだ時も猛烈な台風だった。係員が無理ですといってとめるのを、きかずにとび出していってとびこんだが、水面に顔を出しても水しぶきで息ができない。しかたなくあきらめた。

垂水《たるみ》に引っ越してからは、海岸が近くにあるので嬉《うれ》しい。毎日のように泳ぎに行く。海岸までは歩いて二十分である。

また、思う存分泳げる夏がやってくる。

金　魚

一年前の夏、子供が幼稚園から金魚を一匹だけ貰《もら》ってきた。

洗面台に水を張って入れておいたが、いつまでもそのままではいずれ死んでしまうし、こっちは顔が洗えない。

「子供の、生きものを可愛《かわい》がる心を育てるため」という幼稚園の意図だったらしいが、たった一匹ではどうしようもない。金魚屋まで出かけていって小さな水槽を買い、ついでによく似たような金魚を四匹買って帰った。

五匹の金魚は見るみるうちに大きくなり、一年経《た》った今ではもとの四倍くらいの身体《からだ》になってしまった。

餌《えさ》をやり、水を替え、水槽を洗ってやったのはずっとぼくで、女房は何もしなかった。生きものには興味がないらしい。

「大きくなったわねえ」それでもときどき金魚を見てそういう。「あなた、金魚屋さんになれるわ」褒めているのか茶化しているのか、よくわからない。

身体が四倍になったのだから、この水槽では小さかろうと思い、ほぼ四倍の水槽を買ってきて移してやった。

春の初めごろ、動物学者の父が遊びにやってきて、金魚をひと目見るなりこういった。

「これは金魚じゃない。鮒《ふな》の種類だ」

金魚もどきに身体の赤い、鮒の幼魚を買ってきていたのである。育つのは当然だ。

せっかくのでかい水槽で、鮒を飼っているのでは癪《しゃく》だから、おととい、これははっき

り金魚とわかるやつを五匹買ってきて、同じ水槽に入れてやった。なるほど比較してみると、鮒の方は赤い色がやや黄色みがかっていて橙色《だいだいいろ》に近く、金魚の方は赤が鮮明で、尾鰭《おひれ》も花のように開いて華麗である。

ところが悪いことに鮒の一族、ちょうどさかりがついている最中だった。今までは仲間同士で近親相姦《そうかん》もどきにいちゃいちゃしていたのだが、やはり魚は魚なりに美醜の区別がつくのであろう。たちまち、新しい仲間のうちでも特に華麗な一匹を、寄ってたかって追いまわし、犯しはじめた。

新しい水槽に移ってまだ西も東もわからない金魚のお嬢さんは、おどろいて逃げまわるのだが何しろ敵は多数である。ほんの一昼夜で鱗《うろこ》が半分かた剝《は》げ落ち、見るも哀れな様子となり、気息奄奄《えんえん》としはじめた。ぐったりとなってしまい、ともすれば失神しそうになって水面に浮かびあがろうとするのを、無神経な鮒の野郎どもはかまわず追いまわし、花のように開いた尾鰭の中心部めがけて猥褻《わいせつ》にも鼻づらを突っこんではこねまわす。

見ている方では気が気でない。

「こら、こら。なんということをする。あっ、よくもそんな不作法なことを。こら。この成りあがり者め。平民め。相手は華族の令嬢なのだぞ。もっと丁重に扱ってさしあげろ。お前ら、あたり前なら同じ水槽になど入れては貰えないのだぞ」

一年間飼ってきた愛情などけしとんでしまい、やたらに鮒一族が憎にくしい。

「こら。やめろというのに。お姫様は気絶状態ではないか。ええい、この鈍感な雑種め。品性下劣な車夫馬丁の輩《やから》め。相手をわきまえろ。相手を」

見ていていらいらする。こんな気持になったのは、以前、野坂昭如《あきゆき》が酔っぱらって安達瞳子《とうこ》を押し倒し、無理やりキスするのを見た時以来である。

そのままにしておいては遠からず金魚姫は死んでしまうと思ったので、その一匹だけを別にしてやり、元気を回復させてやることにした。以前の小さい方の水槽は捨ててしまっているため、またまた洗面台に水を張って入れてやった。おかげで今朝も台所で顔を洗わなければならない。

雑草

敗戦直後の戦災にあった焼跡に繁茂していた雑草で、ヒユというのがある。他の雑草よりも丈が高く、群生していたから、昭和一桁《ひとけた》以前の人ならすぐ、ああ、あいつかと思い出されることであろう。

当時、このヒユの若芽が食べられるというので摘《つ》んで帰り、湯掻《ゆが》いて食べた記憶がある。

父親が動物学者なので、食べられる小動物を捕えたり、食べられる雑草を摘んだりすることを教えてもらい、あの猛烈な食糧難の時代に、やっと餓《う》えをしのいでいた。

最近、このヒユが庭に生えはじめた。

庭は一面芝生にしたのだが、全部芝生では寒ざむしいと思い、隅にマキを一本植え、その周囲に三、四株のサツキや、その他の草花を植えていた。

ところがサツキのすぐ横からヒユが生えはじめ、これが身の丈七、八十センチにもなって、サツキが完全に隠れてしまった。

実のところ、ヒユがよく繁《しげ》っているのでサツキが見えず、去年そこにサツキが植わっていたことを忘れてしまっていたくらいだ。ヒユを引っこ抜いてやろうと庭におり立ち、近くで見てはじめてサツキに気がついたのである。

「や。これは何てことだ。サツキが難儀しておる。待っておれ。今、厄介者を引き抜いてやるぞ」

さっそくヒユの茎をつかみ、抜こうとした。

ヒユは、アオビユだとか、秋にヒッツキムシをつけるイノコズチなどの仲間で、茎はまっすぐで太い。ところが太いくせに、この茎がたいへん弱いのである。五、六本束にして持ち、えいと引き抜こうとすると、握った部分からすぐに、ぽきり、というよりは、ぐずり、といった感じで折れてしまう。直径一センチぐらいもある太い茎なのに、じつに脆《もろ》い。そこで折れた部分のさらに下を持ち、根こそぎ抜こうとすると、また、ぐずり、と折れてしまう。

サツキの枝を持たないように注意しながら、今度はヒユの根もとをつかみ、ぐいと抜こうとした。するとまた、ぐずり。とうとう地面の下に根だけが残ってしまった。

このしぶとさには腹が立った。

「うぬ。ここな下賤《げせん》の雑草め。お前のような車夫馬丁の輩がはびこることのできる庭とは庭がちがうのだ。これ以上に卑怯《ひきょう》未練な執着は許さぬ。観念しろ」

昔、空腹をいささかなりとも満たしてくれた恩などどこへやら、サツキ可愛さのあまりやたらに憎にくしく、図太さが腹立たしい。土の中へ手をつっこみ、ヒユの茎数本が集まっている地下の根の部分をぐいとつかみ、引っこ抜いた。と、何ということか。サツキまでが一緒になって抜けてしまった。サツキの根に、自分の根をからみつかせていたのである。死なば諸共《もろとも》という、実にいさぎよくない根性だ。

「雑草のような生きかた」とは、まことによく言ったものだと改めて感心した。今まではこのたとえを、踏みにじられてもまた立ちなおる生命力の頑健さと解釈していたのだが、どうやらそれだけではなかったらしい。権力や暴力に対しては媚《こ》びへつらって、わたしたちはまことに脆いのですといった様子をして見せる。その犠牲は最小限度に食いとめようとし、どうせ最後には全財産を奪われて殺されることがわかっていながら、はかない望みにすがりついて抵抗もせず、思い切りが悪く、ちびりちびりと小出しにする。そしていよいよ生命を奪われるという土たん場になるとまことに往生ぎわが悪く、誰かれかまわず傍らの者に抱きつき、今まで世話になっていた者まで地獄への道づれにしようとするのである。ぼくのいちばん嫌いな生きかたである。ぼくが権力や暴力に屈服するときは、案外この雑草みたいな往生ぎわを見せるかもしれないが、そう思うとますますいやになる。

悪《あく》　食《じき》

戦争中、「エレテキ事件」というのがあった。

宝塚動物園の象が死に、その肉を食おうと言い出したやつがいて、何人かが食べた。

動物学者であったぼくの父は当時、大阪市立天王寺動物園で技師をしていたのだが、その関係でこの象肉のおすそわけにあずかり、家へ持って帰ってきた。おすそわけといっても象の肉だから量は多く、竹の皮の包みでいくつかあったらしい。父はそれが象の肉であるということを言わず、それをさらに近隣や親戚《しんせき》に配った。肉不足だったため、皆喜んで食べたらしい。

その直後、象肉から病原菌が発見されて大騒ぎになった。父にだまされて象の肉を食わされた連中が、おそるおそるやってきて父に訊《たず》ねたそうだ。

「あのう、今、エレテキ事件がえらい騒ぎになっとりますけど、この間貰《もろ》うた肉、あれ、もしかしたら鼻のながい肉と違いますやろか」

この騒ぎは、のち、松竹映画が吉村公三郎監督で「象を喰った連中」という映画にした。

ぼくの知る限りでは、父の悪食はそのころから始まっている。食糧不足が深刻になり、育ちざかり食べざかりの男の子をぼくを頭に四人かかえた父は、動物性蛋白質《たんぱくしつ》の補給に困り、ちょうどその頃は動物園長をやっていたが、だからといって動物園の動物たちを殺して食うわけにはいかず、しかたなしに蛙《かえる》、蛇などを見つけてきて料理し、食べさせてくれた。これは意外にうまかった。

ところが食糧が豊富になっても父の悪食はおさまらない。それどころか同好の仲間を集めて次第にエスカレートした。台湾ハブ、ナメクジ、毛虫、セミ、タヌキといったものを次つぎに食べ、評判になった。そんなものがうまいわけはないので、当時新しく自然科学博物館ができ、そこの館長におさまったばかりだったから、その宣伝とか売名とかの意図もあったのだろう。テレビにも出た。

「なぜ悪食をなさるのですか」

そんなアナウンサーの質問に、父は答えた。「わたしたちが悪食しているのではない。世間の人が偏食しているのです」

迷惑はわれわれ息子にまで及んだ。筒井の家ではナメクジや毛虫を食っているという評判が立ち、弟たちが学校で弁当の蓋《ふた》をとると級友たちが集まってきたという。

「筒井。今日の弁当、おかずは何や」

だから弟たちは父がテレビや新聞で悪食の話をするのを喜ばない。

台湾ハブの肉を食った時は、ぼくも悪食会に列席して少しだけ食べた。たいしてうまいものではなかった。

ハブの頭を切り落し、塩水の中に浸しておいてから、その塩水を飲んでいる人がいた。牙《きば》から毒が出て、その毒を飲めば胃が丈夫になるからということであった。ただし、もし胃が荒れていたりすると毒が全身にまわってイチコロだそうだ。

父は変な肉をときどき持って帰ってきた。だから何を食わされるかわからない。ある時、冷蔵庫の中に肉の料理があったので食べると、あとで父と母がにやにや笑いながら訊ねた。「冷蔵庫の肉食ったの、お前かい」

「そうです」いやな予感がした。「あれは、な、な、なんの肉だったのですか」

父と母が声をあわせて歌いはじめた。「もしもし亀よ、亀さんよ」石亀の肉だったのだ。

橿原《かしはら》神宮の松に毛虫が大量発生したというので、悪食会の連中、すぐ食べに出かけた。まず毛焼きをしてから、天ぷら、あるいは醤油のつけ焼きにして食べたそうだ。歯で嚙《か》むと、毛虫を踏んづけた時に頭と尻《しり》から出るあの青い汁がぷちゅ、ととび出し、口の中いっぱいに松葉の香りがひろがり、うまかったそうだ。真似《まね》をして毛虫を食べた人がいて、よく毛焼きしなかったために毛がのどに刺さり、たいへん苦しんだという話も聞いた。

喧《けん》嘩《か》

腕力沙汰の喧嘩というのは、もう十年以上やっていない。

会社にいた頃は同僚と盛り場を飲み歩き、アルサロだとか路上だとかでよその酔っぱらいとよく喧嘩をした。負けた時もあるし勝った時もあるが、負けて殴られたことの方が多い。勝った時だって、たいていは一緒にいる同僚が強かったから勝てたわけである。

いちど、ひとりで歩いている時に酔っぱらいが路上でからんできた。相手の酔いっぷりを見て、これなら勝てるだろうと思い、一発見舞ってやろうとしたら、あべこべにすごい力で殴り倒され、歩道ぎわのコンクリートのゴミ箱で頭を強打したという苦《にが》い経験がある。酔っぱらいというのは、どうやら常以上の馬鹿力を出すものらしいということがわかり、それ以後は酔っぱらいといえども見くびらないことにしている。

こういった他愛のない喧嘩と違い、最近の喧嘩は陰にこもった喧嘩ばかりなので、ほんとは思い返すのもいやなのだ。もっとも、口喧嘩をはなばなしくやった、というわけでもなく、「お前とはこれから喧嘩だ」と宣言したわけでもないから、ぼくが自分勝手に、「あいつとは今、喧嘩中だ」と思っているだけなのであるが。

ぼくは口喧嘩が下手だ。厭味《いやみ》、悪口、雑言を投げつけられても、ある種の女性たちのようにそれ以上の鋭いことばでお返しをする、ということができないのである。まず最初に、茫然《ぼうぜん》としてしまうのである。なぜこいつはぼくに悪意をもっているのか、ぼくのどこがこの男の気にさわったのだろうか、と、そんなことを考えているうちに相手は、言いたいだけのことを言ってしまい、あっちへ行ってしまうとか、他に人がいる座談の

Ⓐ「オレが相手になってやる」といって、ブン殴る
Ⓑ「オモテへ出ろ」といって、ホームへ降り、ドアの閉まる寸前にとび乗って、アカンベエをする
Ⓒ他の乗客に「みんなで協力してやっつけよう」と呼びかける
Ⓓ酔漢といっしょになってイタズラする
●それぞれがウラ目に出ると……
Ⓐ相手は空手五段でヤラレル
Ⓑホームへ出たら時間調整でドアがなかなか閉まらないでメタメタにヤラレル
Ⓒあたりを見廻すと誰もいなくてヤラレル
Ⓓ実は彼女は婦人警官で共犯でツカマル
YAMAFUJI

席上だと話をそらせたりする。つまりこっちが、悪口を言い返す機会を逃がしてしまうわけである。言い返したところで口下手だから、女同士の喧嘩みたいにうまくは言い返せないに決っている。

そもそも、ぼくに理解できないことがある。なぜ、悪意を持っている相手に対して、その悪意を面罵《めんば》とか厭味、あてこすりといったつまらない形で露骨に表明してしまうのであろうか。損ではないかと思うのだ。なぜなら相手に恨《うら》まれるだけだからである。相手に恨まれず、仕返しをされる心配もなく、そいつの社会的生命を葬ってしまう手段はいくらでもあるのに。だから、恨まれても仕返しをされてもいい、という決意で悪口という単純な伝達手段をとっているとすれば、これは相当大きな悪意だということになる。ぼくはいつもそれで、ひるんでしまうのである。こいつは相当はげしくおれを憎んでいるな、と思ってしまうのだ。

こっちにも怒りの感情はある。面と向かって悪口を言われた以上は、先方があやまらぬ限り許す気にはならない。では、あいつとは喧嘩だ、と、単純にそう思ってしまう。あっちだって、ぼくに悪意を示して見せた以上はそう思っているだろうから、と考えるわけである。

と、何かの機会に、たまたまその相手と顔をあわせることがある。ぼくは知らん顔をする。もし同じ悪口を投げかけてきたら、今度こそははっきり、お前とは口をききたくないという意志を表明してやろうと思っている。すると、ここでまたぼくに理解不可能なことが起る。相手はぼくに、まるで自分の表明した悪意のことなどけろりと忘れたようなにこにこ顔で、親しげに話しかけてくるのである。ぼくはとまどう。そして、以前その男がぼくに言ったことばは、ぼくの聞き違いか、前後の話をよく聞いていなかった為《ため》の勘違いではなかったか、とまで思ってしまうのである。もしそうなら喧嘩しなくてすみ、これに越したことはないわけだから、ぼくもにこにこ顔で応対する。と、そいつはぼくの油断を見すまして、また悪口を言いはじめるのだ。時には媚《こ》びへつらうようなにこにこ顔のままで悪口を言ったりもする。嬲《なぶ》られているようなものである。

この種の陰険な人間が世の中には実に多い。どういう精神状態なのか、人種の違うぼくには、さっぱり理解できないのである。

カースト

インドの階級というのは何段階にも、何十段階にもわかれていて、たいへんややこしいという。

インドのホテルへ泊り、部屋の電球が切れたのでつけ替えてくれというと、電球を持ったボーイと、梯子《はしご》を持ったボーイと、手ぶらで、ただ電球をとりかえるというだけの役のボーイの、三人が来たそうだ。むろんこの中では手ぶらのボーイがいちばん偉く、梯子のボーイの身分がいちばん低いわけである。客は三人のボーイの、それぞれの身分に応じた額のチップをやらなければならない。

このあいだ日本へやってきたラビ・シャンカールのメンバーは皆、婆羅門《ばらもん》という貴族階級だというが、メンバーの中にさえ、演じる楽器によって階級があるのだという話だ。彼らはだいたい聴衆には不愛想だが、それもその筈《はず》、彼らにとって日本の聴衆など、すべて賤民《せんみん》なのである。

カースト制のない国民だって、いやしい職業というのをちゃんと決めていて差別している。そして自分の職業に誇りを持ち、優越感を持とうとする。そのため、各職業には、その職業についている人間特有の性格的欠陥がつきまとう。散髪屋の主人は自分を物知りだと思い込み、寿司屋の主人は頑固になり、タクシーの運転手は乱暴になり、教師は好色になり、家庭の主婦は馬鹿になる。

ジョージ・マイクスが「偽善の季節」の中で、職業的欠陥について書いている。

たとえば裁判官は、自分の口から出ることば次第で人びとの運命を変えられるから、

おあいにくさまッ!
ウチは
地(主)農(協)公(人)商(社)
しか入れませんのッ!

神様のような気分になってしまうというのだ。

医者も同様である。自分は人間を生かしも殺しもできると思ってしまう。

タレントは、いつも自分の一挙手一投足を皆が注視し、ほめてくれるものだから、自己中心的になってしまう。

職業的欠陥が特にひどいのは弁護士で、依頼人次第で自己の信念をどうにでも変える訓練ができているから、個人的な善悪の判断のつかない人間になってしまう。

自動車産業の労働者は、一本のボルトをゆるめることによって乗客の生命を奪う権利を持つと錯覚する。これは実際に「山猫ストライキ」でやる方法なのだそうだ。

郵便局の窓口係は、客を不必要なまでに待たせることによって自分の重要性を示そうとする。ごみ集めのトラックが道をふさいで通行を妨げるのは、自分たちが道路の主人であることを示すためである、というわけだ。

こういう場合に、それぞれの人間が自分の職業を至上のように思いはじめ、それが通用しないとすぐかんかんに怒ってストライキなどを始めたりするものだから、収拾のつかないことになってしまうのである。それならいっそのこと、インドみたいに、はっきりとカースト制を作ってしまえばいいと思うのだ。

自己の職業に優越感を持っていないのは、SF作家ぐらいではないだろうか。僻《ひが》んでいるのではなく、文壇でSF作家ぐらい差別されている人種はいない。士農工商犬SF

というぐらいなのである。だからせめて、はっきりしたカースト制によって、少くとも獣医よりは階級的に上位である、といった風に、世間から認められさえすれば安心できるのだが。

会社での階級、これは最近、必ずしも社長がいちばん偉いというわけではないから、作るのが難しいだろう。労組委員、経理の窓口担当者あたりが最上位にくるのではないか。

同様に、総理大臣が国民中最上位ということにもならないだろう。堂堂と悪口を言ってもよい存在なのだから、新人タレントよりも格がひとつ上か、下か、といったところである。

現在の日本に最もぴったりしたカースト制を作るのは難かしいが、これをいざ作るための座談会を公開でやったら面白いことになるよ。いひひひひひ。

土地

昔、「屋根」というイタリア映画があった。家がないため、よその空地へ自分の家を建てる話である。

そのころのイタリアの法律で、たとえよその土地であっても、発見されるまでに家を建ててしまっていたなら、そこに居住してもよいというのがあったらしい。

そこで貧乏な一家が、仲間たちの協力を求め、よその空地にひと晩で家をぶっ建ててしまおうとする。朝になったら警官が見まわりにくるから、それまでに屋根を作ってしまわなければならないというので、大いそぎで建てる。つまりその法律では、その家がすでに建ってしまっているか建築中であるかの判断は、屋根が出来ているかどうかによったわけだ。

ところが屋根が半分ぐらい出来たところで朝になってしまう。警官がやってくる。この警官、出来かけの屋根を見て、いったんは立ちのきを命じるのだが、乳呑児《ちのみご》をかかえた若い母親を見て同情し、屋根がすでに出来てしまっているものと認め、立ち去ってしまうのである。戦後のイタリアン・リアリズム映画の、いちばん最後の傑作ではなかっ

たかと記憶している。

終戦直後の混乱期で、土地の所有権が乱れている異常な時代だったればこそ、こういう面白い法律があったのであろう。

片方で土地成金が高額所得番付の上位百人中九十五人を占め、他方で大多数の国民が家を建てる土地がなくて困っているという異常な時代にある今の日本に、この「屋根」

という映画は充分通用し、共感を呼ぶことだろう。

そんな法律を日本でも採用すればどうだろうか。少くとも土地に関してだけは、日本は現在、今までにない異常な時代であるといえるのだから。

家を切実に欲している人の中には、建築費ぐらいならあるが、土地を買う金がないという人が多い。貯金のスピードが土地の値あがりに追いつかないという人もいる。みんな、家を建てるぐらいの金ならあるのだ。

そこでこの法律を実施すると、皆がわっと、いっせいに空地に家を建てはじめる。大騒ぎになるだろう。

建てているところを見つかってはいけないので、皆、闇夜をえらんで建てはじめる。ひと晩で建てなければいけないのだから大変だが、最近では組立て住宅という便利なものがあり、これが多く活用されるだろう。

誰もこないようなところなら、二、三週間かかっても大丈夫だから、相当でかい家が建てられる。そんな眼の届かないところに土地を買って値上りを待っているやつの方が悪いわけである。

といっても、あまり山の中だと通勤に不便だから、町に近い空地をえらんで建てようとするのだが、そういうところは監視の眼が行き届いているし、そこへ建てようとする競争相手も多い。ここいらあたりの按配《あんばい》がなかなかむずかしい。

地主の方はおちおち寝ていられない。大地主ほど被害が大きいわけで、心配のあまり瘦《や》せ細る。土地の番人を置いたりもするが、そんなものにはなり手がなく、あっても袖《そで》の下を貰って逃げたり、自分が家を建てたりする。

行きあたりばったりの空地に大あわてで建てたものの、朝になって気がついたら、完成したばかりのダムの底だったり、小学校の校庭だったり、飛行場の滑走路だったりする悲喜劇も起るだろう。

そんな法律はどうせ実施されまいというのなら、日を決めていっせいに全国でやりはじめたらどうか。米騒動ならぬ土地騒動である。そうなれば政府も眼をつぶるだろう。立ちのきを命じたりすれば、それこそ大暴動になるに決っているからである。

免許

免許なしでもできる職業は、たくさんある。

たとえば魚屋に免許はいらない。無免許魚屋だからといって警察に捕ったりすることはない。

しかし、長年魚屋をやっているうちには、魚屋をやるのに必要な技能に次第に磨きがかかってくる。ひと目魚を見ただけで、それが古いか新しいか、いつ頃とれた魚かがわかるようになってくる。

だが、そういう鑑識眼がなくても、魚屋をやることはできる。

知っていて客に古い魚を売りつけたなら良心が痛むが、知らないのなら古い魚を売っても平気である。新鮮な魚の味を知らない客ばかりを相手にしている魚屋であれば、自分も魚の古さを知らぬ方が良心は痛まずにすむ。

長年同じ職業についていると、眼のつけどころや能力に偏《かたよ》りが出てくる。目さきの取引に心を奪われて基本的なことを忘れてしまうのである。また、新しい状況の変化を無視しようとしたりする。これは、いったん免許をとった人間にも言えることである。

馴《な》れの上に安住してしまうというのはありがちなことだ。だからこそ、医師会の役員をして走りまわっているうちに医学の基本的知識を忘れてしまう医者、町内会の役員をして走りまわっていて店では腐った魚を売っている魚屋、同僚を蹴落《けおと》そうと陰謀をたくらんでいるうち取扱商品の知識をなくしてしまう商社マンなども出てくる。世の中が乱れる。

そうならないために、あらゆる職業を免許制にすればよい。免許制度になっている職業は、免許の書きかえを三年に一度やるべきである。

これをやると、長年外科病院の院長をやっていながら選挙運動ばかりやっていたため人体解剖図の書けぬ医師、元素周期律表を書けぬ薬剤師、違法建築しかできない建築士、タイとヒラメの味を判別できない板前などが出る。

新しく免許が必要になった職業では落伍者が続出する。単語を百ぐらいしか知らぬ通訳、楽譜を読めぬ歌手、字を知らぬ作家、その他評論家と呼ばれている人物の中からは、自分が現在評論している対象の知識が皆無であるというのがわんさと出る。

特に接客、サービス業の従業員ほとんどがアウトになる。これらはそれぞれの職業の基本的知識とは別に、客扱いのよさという才能を求められるわけだから、不愛想であることは根本的な欠陥となる。「ありがとうございます」といえないタクシーの運転手、身振りでしか客に指示できない国鉄の駅員、敬語をひとつも知らないウェイトレスやボーイを全部クビにしてしまうわけだ。

さて、家庭の主婦に免許が必要かどうかの問題である。ぼくは必要だと思う。亭主の職業に免許が必要なのだから、女房どもも免許制にしないと不公平である。

味噌汁を作れぬ女、ほころびを繕《つくろ》えない女、丹前のたたみかたを知らぬ女、子供の育てかたを知らぬ女、すべて主婦免許が貰えないわけで、こういうのは全部家庭から抛《ほう》り出される。バンザイと叫んで喜ぶ亭主がだいぶいるだろう。

「わたしは主人に愛されているから」

そんなことを言っても駄目である。せいぜい妾《めかけ》にしてもらえるぐらいだ。しかも子供を無免許で生んだら刑務所行きになる。

全国で、家庭から抛り出された主婦の数はムリョ数百万となり、こういうのが食うに困って街頭に立ちはじめる。顔や肉体に自信がない女は、接客業従業員の免許をとり、大量がクビになって穴のあいた食堂や喫茶店のウェイトレスの人手不足を補うわけである。

世の中は実に住みやすくなる。

願　望

男の子なら誰でも持つ願望はスーパーマン願望であろう。腕力とか超能力とかいったものを持てば、誰にも負けることはない。両親や先生に叱《しか》られている最中だって、どろんと消えることができる。自分を苛《いじ》めた悪童たちにも復讐《ふくしゅう》してやることができる。ああ、スーパーマンになりたい、と、切実に願う。

女の子の場合は美女願望であろう。誰もが羨《うらや》む美しい女の子になりたいというのは、ものごころついた女の子すべてが切実に望むことだ。これはある程度美しい女の子だって望むことで、より以上美しくなりたいと思うわけで、子供ながら人間の欲望には限りがない。

スーパーマン願望、美女願望、これらはどちらも変身願望の一種といえるだろう。この変身願望は、子供がやや現実的な考えかたをしはじめ、スーパーマン、美女、どちらも現実にはなり得ないことがわかってくると、男の子の場合はたとえば警官のように権力とか武器を持つ人物にあこがれるようになるし、女の子の場合はメークアップひとつで美女になれる学芸会の主役、バレエの主役にあこがれたり、美の附属品である装身具や衣服に興味を持ちはじめる。やはり変身願望の変型したものである。

　ぼくの場合の変身願望は少し変っている。ぼくは喜劇役者になりたかった。と言うよりは、喜劇役者が演じている喜劇の中の主人公になりたかった、と言った方が正確だろう。あんな馬鹿げたことをしていながら、とんとん拍子に物事が進行して丸くおさまるような世界に住む人物になりたい、あんな風に人に笑われ、人を笑わせ、みんなに好か

筒「わい、スーパーマンになりたい」
山「わては、透明人間や」
筒「ほいで、なったら何すんねん?」
山「スーッと女風呂へ入れるやろ」
筒「またつまらん望みやなァ」
山「ほな、あんたならスーパーマンになってどないするねン?」
筒「ピューッと空とんでな」
山「ふん、ふん」
筒「女風呂の天窓にとまってのぞくのや」
漫才
ヤスタカ
ショージ

れ、しかもたいした苦労もせず、おどけながら世の中を渡っていけたらどんなに呑気《のんき》で楽しいだろう、と、まあそういったようなところだ。このての三枚目願望を持った人物は比較的多い筈《はず》である。これはなまけものに多い。

それはともかく、大人になってしまうと、たいていの変身願望は金に対する欲望に変ってしまう。男性の場合、金があれば権力を持つことができるわけだし、女の子の場合も、金で美容術や整形手術ができ、宝石やドレスで身を美しく飾り立てることができる。だからたいていの人は、童話によく出てくる「願いごとをひとつだけかなえてあげよう」という局面に遭遇すれば、十中八、九現金をよこせという筈だ。

「権力をよこせ」という人もいようが、ぼくはいやだ。その権力を維持して行く苦労など、考えただけでうんざりである。

ぼくの場合は「もっといい小説を書けるような才能がほしい」という手もあろうが、今度はその才能を使って小説を書かなければならないわけで、それは面倒臭いから、現金を貰った方が手っとり早い。

「愛だけは、金では買えないよ」という人もあろうが、この言いかたは間違えている。正確には「金で買えない愛もある」というべきであって、現実にはたいていの愛は金で買える。金で買えない愛があっても、その愛を持続させるには金がかかる。同様にある程度の健康も金で買える。

アメリカの億万長者ハワード・ヒューズは、金にあかして多くのハリウッドの美女の愛を買ったが、ただひとり、まったくなびかずに彼を嘲笑《ちょうしょう》した女がいたという。エリザベス・テイラーである。もっとも彼女は、すでに自身の財産をたくさん持っていた上、いくら金があってもその頃の彼女以上に美しくなることは不可能だったであろうから、この話は例外である。

ぼくの場合は男の癖に権力への意志が欠乏しているので、正直の話、金はあまり欲しくない。もし今、「願いごとがひとつだけ」かなえられるものならば、最近それぞれ多忙になって滅多に会えなくなってしまった愉快な友人たちを集め、時間の制限なしにどんちゃん騒ぎをやりたいのである。

もっとも、これだって一週間ぐらいで飽きてしまうだろうが。

禁　忌

言論の自由だなんだかんだと言いながら、言ってはいけないことが多過ぎるようだ。たとえばの話、今、昭和四十八年五月において中国の悪口を言ったりしたらどんな目にあうか。

日中国交回復以来、新聞に出る中国関係の記事は、論説は、褒《ほ》めことばばかりである。中国の政策を貶《けな》している新聞はひとつもない。

そして中国からやってきたバレエは、いくら面白くなくても、いいのであり、中国製の品物はいくら安物ばかりでも、安物だからこそいいのだということになってしまう。中国へ行ってきた人は、自分がそこへ住みたいなどとはこれぽっちも思わぬ癖に、すばらしいところだ、などと言う。これでは、中国に関しては絶対に褒めなければいけないのかと誰でも思ってしまう。中国の悪口を言ってはいけないという法律はないのだが、今や誰でもが、中国の悪口は言ってはいけないのだ、と思いこんでいる。中国からやってきたパンダまで「可愛《かわい》い可愛い」と褒め、そうだそうだというので動物園前に行列ができる。

なぜアメリカの悪口なら、いくら言ってもよく、中国の悪口は絶対にいけないのか。誰かにのせられているような気がして反撥《はんぱつ》を感じる人はいないのだろうか。

　飛行機事故があって大量の死者が出ると、どの新聞もどの新聞も遺族の悲しみを大きく報道し、まるで新聞社までが遺族の一部ででもあるかのように、涙びたりのおろおろ声で航空会社を責める。なぜ、ひとつぐらい、ぼくが前からあちこちに書いているよう

な「飛行機は落ちてあたり前。飛んでいる方がおかしい。乗る人は決死の覚悟で乗れ」といったようなことを書かないのか。それがふざけすぎているというなら、空港周辺の住民で騒音に悩まされ、ふだんから「どうしてそんなにいそいで飛行機に乗る必要があるのか」という疑問を持っている人はいくらでもいるわけで、なぜそういう人たちの「いい気味だ」という本音をひとことでも取材しようという気にならないのだろうか。「遺族の立場になって考えろ」と言われそうだが、ぼくだって遺族の立場になれば悲しみで動顚《どうてん》し、正気を失い、そんな記事が出れば怒るだろう。だからといって新聞までが動顚し、正気を失うことはない。

法律で禁じることがはばかられるようなことを、暗黙のうちに社会の制約として国民に課する、いわゆる禁忌《タブー》の多い国ほど未開の国である。日本には、こういったその時その時の言論の禁忌以外に、ご存じ天皇禁忌その他の禁忌がたくさんある。

小さな集団の中にも禁忌がある。多数決にさからうことである。なぜ多数決にさからってはいけないのか。多数決が絶対のものだという幻想があるからだ。

大学時代、演劇部に入った。ここにいる部員たるや、お姫さま王子さまを演じたいという学芸会意識から一歩も出ていず、「第四の壁」ということばも知らなければ、スタニスラフスキーも読んだことのない連中ばかりで、新劇を見たことがないというやつまでいた。こういう連中が多数決でつまらないことばかり決め、ぼくは終始一貫これに反対し、とうとう総スカンを食っていびり出されてしまった。それ以来ぼくは多数決絶対反対である。

むろん、ぼくのいうことが正論なのだ、と言うつもりはない。だが新聞は、世論が一方へ偏《かたよ》りすぎた時、なぜその反論をぶつ少数者のことを報道しようとしないのか。なぜその少数者を無視しようとしたり嘲笑しようとしたりするのだろうか。

なぜ「労組は強し、経営者は弱し」と言ってはいけないのか。なぜ日本人が働きすぎてはいけないのか。なぜ外国人の、日本人に対する批判はすべて正しいのか。

その時その時の世論の大勢にすぐ付和雷同し、反対者がいなくなるという変り身の早さは、いつもぼくに終戦直後の小学校の、教師や教官の醜態を思い出させてくれる。

レジャー

最近よく「レジャー」について書いてくれと言われるのだが、そのどれもこれもがいわゆるレジャー産業のPR雑誌か、それに類した出版物。だからつい書きたいことも書けなかったのだが、今日は思いっきり書いてやるぞ。

だいたい最近のレジャー騒ぎ、あれはいったい何ごとであるか。

休日にどこかへ遊びに行かないと、死ぬとでも思っているのか。冗談ではない。レジャー地獄で死ぬやつの方が多いのだ。

だいたい週休二日制などを獲得したとかいって喜んでいるが、休日がないと死ぬのか。それほど働くのがつらいのか。そんなに働くのがいやなのか。働くのが罪悪だとでも思っているのか。

日本人は欧米人のことばですぐ自己批判し、反省する。「エコノミック・アニマル」と言われたことがよほどいやだったらしい。そして、あれが日本人にマーケットを荒らされて腹を立てた欧米人の、日本人に対する悪口だとは思ってもみないらしい。お目出たい話である。

「日本人 動かすに刃物はいらぬ
外国の評判 きかせりゃいい！」
次は海外の話題から……
最近の遊び呆けている日本人を評して
プレイ・アニマルという言葉がマスコミに……
"エコノミック"に続く
日本人の呼び名
きまる ——ロンドン

たしかに、外国旅行などをした限りでは、欧米人は日本人と比べて怠けものに見える。しかしそれは程度の低い連中の話であって、あっちの第一線企業のエリートなど、夜寝る時間さえないほど働きづめに働いているのである。それはもう、日本のちゃちな企業の中のエリートなどと呼ばれている連中とは段違いなくらい、働いているのである。「貧乏ひまなし」などと言ったのは昔のことで、今は貧乏人に暇があって、金持ちに暇がない時代である。日本人だってそうなりかけているのだ。一流企業のエリートはもちろん、医者、弁護士、大学教授などといった連中は眼がまわるほどいそがしく、儲《もう》けた金を遊んで使う暇がないのである。金のあるやつには暇がなく、金のないやつには暇があるという不均衡は、ますます大きくなるばかりである。

なけなしの金をはたき、余暇をけんめいに遊びまわろうとする人たちには、遊びは即《すなわ》ち金持ちのするぜいたくなのであるという考え方があり、だからこそくたくたに疲れてまで遊びまわって、ああ豪華に遊んだといって自己満足するのである。

つまり金持ちの真似《まね》をしたと思って喜んでいるわけだが、本当は違うのだ。最近の金持ちやエリート連中は、あまり遊んでいない。けんめいに遊んでいるのは金のない連中なのである。金持ちどもはそれを見て笑っているかもしれない。

たしかに、休日を何日もとりたくなるほどつらい肉体労働もあるだろう。機械にやらせた方がいいような単調な労働に従事している人も、休日は多くとりたいだろう。しかし、だからといって獲得した休日を死にもの狂いで遊びまわっていたのでは、仕事をする以上に疲れてしまう。金もなくなる。なぜ、その休日の二日間で他の仕事をしないのか。

肉体労働をしている人なら精神労働をしてみる、単調な仕事をしている人なら複雑な仕事とか人間相手の仕事とかをする、という具合にやれば、ストレスは解消し人格も円満になり、人間として成長すると思うのだが。

「そんなにまでして仕事をして」などと、仕事を罪悪視する馬鹿などはほっておけばよろしい。われわれには売るべき土地もなければ政治献金もない。貧乏なのだ。働かなければならない。そもそも人間は働く動物ではなかったか。働くことはいいことなのだ。

こんなことは昔から言われてきたことであって、そんなあたり前のことがなぜ忘れられてしまったのだろうか。

労働は尊い。そう思うからこそ、なまけもののぼくまでがけんめいに毎日書きまくっているのだ。

選　考

大学時代、日活のニューフェイス募集に応募したことがある。

関西での第一次テストには合格した。

第二次テストは東京の日活撮影所であり、東京までこいというので、しかたなく出かけていった。そして、その時の審査で落されてしまった。

演技のテストはまったくしなかったから、おそらく背が低いとか、そういった理由であろう。ぼくは一メートル六十六・五しかない。

ぼくと一緒に関西から応募したもうひとりの学生は、ちょうどその頃売り出しかけていた小林旭を下品にしたような顔で、しかも背が高かった。この男は最終審査もパスしたようだ。しかしその後どうしているのか、顔を何かで見たこともなければ噂《うわさ》を聞いたこともない。

あの時の審査員は社長の堀久作とか、水の江滝子とかいった連中である。俳優になりたくてしかたがなかった時だから恨《うら》み骨髄である。

今だって、原作を買いたいと言ってきたって日活にだけは売ってやるもんかと思っている。もっともぼくの小説、映画会社に売れたことはまだ一度もないのだが。

最近、選考委員になって何かの審査をやらされる機会が多いが、そのたびに昔落された口惜しさを思い出し、いやな気持がする。

審査といってもニューフェイスの試験ではない。作文コンクールとか、アイデア・コンテストの類である。ＳＦコンテストの審査員にもなっているし、「手塚賞」というマ

ンガのコンテストの審査員もやらされている。たまには水着美女コンテストなどの審査もやりたいと思っているが、まだそんな依頼はない。

いちばん面白いのは「手塚賞」の審査である。手塚治虫、馬場のぼる、赤塚不二夫、ジョージ秋山その他の人たちが審査委員なのだが、皆さんいずれも昔売り込みの苦労をしたり、でたらめな選考で落されたりした苦い経験をお持ちのせいか、真剣そのものである。こちらも真剣にならざるを得ない。

マンガの審査がニューフェイスの審査に似ている点は、年齢を考慮される点である。マンガのコンテストに応募してくる人の年齢は二十歳前後が圧倒的で、十五、六歳というのもいる。二十六歳とか二十八歳とかがたまにいると、「歳《とし》をとってるなあ」ということになる。

ところが逆に十七、八歳の少年を入選にすると、本人はプロになるというので学校や学業を抛り出してしまう心配がある。うまくプロになれればいいが、潰《つぶ》れたらそれまでである。そのあたりの責任も、いくぶんかは審査委員にかかってくるわけだ。真剣にならざるを得ない。

ところが真剣になればなるほど意見が対立する。みな個性の強烈な人ばかりだから好き嫌いもはげしく、評価が大きくわかれる。赤塚不二夫氏はギャグマンガにきびしく、ジョージ秋山氏は正攻法の力強いものを求める。馬場のぼる氏はペーソスやユーモアが好きといった按配《あんばい》である。ぼくの場合、前には赤塚氏と意見が対立したし、今回は秋山氏と真向から対立した。手塚治虫氏は委員長なのだが温厚すぎて独断裁決を嫌う。だからますます話がややこしくなるというわけで、結果はいつも幹事長のこういう発言で終る。

「ま、いろいろとご不満もおありと思いますが、これだけ錚錚《そうそう》たる先生がたが、こんなに長時間議論なさったわけでありますからして、落選と決った人たちも、ええ、まあ、もって瞑《めい》すべしではないかと」

「本当にそう思ってくれればいいのだが」と、いつもぼくは思う。「きっと、出たらめな審査しやがって、と、腹を立てるだろうなあ。日活の審査に落ちた時のぼくみたいに」

卒　論

ジャズ・ピアニストの山下洋輔から電話がかかってきて、ぼくのことを卒論のテーマにした馬鹿な学生がいて、その論文のコピーを持っているという。

昨夜、仕事の打ちあわせで会うついでに、その論文を見せてもらった。

書いたのは同志社大学文学部の学生で、つまりぼくの後輩にあたるわけである。

卒論のタイトルが「ミーちゃんハーちゃん的ファン意識を主とする筒井康隆ドタバタ作品群におけるサッカー状態心理のスラップスティックスの弁明」というので、これはつまり、ぼくの卒論のタイトル「心的自動法を主とするシュール・リアリズムにおける創作心理の精神分析的批判」というのをどこかで調べてきて、そのパロディをやっているのだ。

この卒論は八十六点だったという。

ぼくの卒論は六十九点だった。六十点以下が落第なのだから、これはたいへんきびしい点だったといえる。しかも卒論の内容は、この筒井康隆論などに比較すれば、ぐっと論文らしい形になっていた筈《はず》だ。大いに不満である。

ひと通り読んだのだが、まったくあきれてしまった。

「小説は筒井康隆にとどめをさす。他に小説はいらない。山下洋輔トリオの他にジャズを聴こうとは思わないし、赤塚不二夫の他のマンガ家は絞死《こうし》刑《けい》にすべきだ。同じように、筒井康隆の他の小説家は、さっそく殺人鬼になった永六輔に頼んで、さんざん犯したあとでズタズタに斬《き》りきざんでもらって、みんなまとめて洞《ほら》ヶ峠に埋めてもらおう。連合

赤軍の革命的バセドー氏病的戦士戦嬢諸兄を招いて、みんなでホルモン鍋《なべ》をつついて食おう。ひと口食べればほっぺが落ちる。ふた口食えば畜生道」と、まあ、最初からこういった調子で、これがえんえんと八十枚続く。

馬鹿なのかと思ったが、決して馬鹿ではなさそうだ。

小説は吉行淳之介、アリステア・マクリーン、ボリス・ヴィアン、ローラン・トポール、ギャビン・ライアル、ブルース・J・フリードマン、トルーマン・カポーティ、ジョーゼフ・ヘラーなどを読んでいるし、ジャズも、山下洋輔だけでなく、アルバート・アイラー、エリック・ドルフィ、セロニアス・モンクなどを聴いているし、マンガも赤塚不二夫だけでなく望月三起也、ちばてつやなども読んでいる。これはだいたい、ぼくの趣味と一致している。

そう、趣味なのである。すべて趣味だけで卒論を書いているのだ。

いったいいつから学問と趣味の区別がなくなってしまったのだろうか。まったく近頃の学生は羨《うらや》ましい。趣味だけで卒論を書いてもいいのなら、ぼくももっと面白く書け、もっといい点を貰《もら》えていた筈である。

いったいゼミの先生はどんな人なのかと思って聞いてみたら、本人が山下洋輔に語ったところでは、気ちがいじみたＳＦファンなのだそうである。まったく、世の中乱れとるよ。

ぼくがいくら狂気に走っても、母校だけはどっしりと正気でいてほしかったのだが、たいへん残念である。

文章はだいたい平岡正明調で、文学論らしいものはほんの二、三ページ程度しか出てこず、その部分もぼくにはよく理解できない。

「筒井において各作品の成立によりつむぎ出される狂気の質は、その量が筒井の意識内容の完全なプロダクツであるに反して、はなはだしく筒井の意識内容と没関与であり、没交渉でさえある。筒井の小説完成への意志の総体は、狂気の質を徹底させる技術的側面にこそ機能する」

いったいどういうことなのか、説明してほしいものだ。

ボサノバ

「ボサノバってのは、倦怠《けんたい》の音楽だね」

あまり音楽のわからないいらしい友人がそう洩《も》らしたことがあるが、ぼくはそう思わない。たしかにジョアン・ジルベルト歌うところの「コルコバード」などを聞いているとそう思うかもしれないが、華やかな曲だってある。「黒いオルフェのサンバ」「ソ・ダンソ・サンバ」「オ・ガンソ」など、まことに賑《にぎ》やかで気分が浮き立つ。

ボサノバとくれば、やはりアントニオ・カルロス・ジョビンであろう。バーデン・パウエルが最初好きだったが、これはときどきガクンとずっこけるところがある。ぐっとポピュラーになればセルジオ・メンデス略してセルメンというのがいるが、このあたりはもうムード音楽的であって、じっと聞き惚《ほ》れるということはない。

ジョビンをテープで聞いて、最初は下手糞《へたくそ》だなあと思った。その次に思うことはだいたい決っていて、これならおれにだって弾けて歌えるぞ、というやつである。今から考えれば実にとんでもない話。

そのころ、青山三丁目にある「ミスティ」という店で、伊勢昌之というギタリストがひとりでボサノバを弾き、歌っていた。この男を山下洋輔がぼくに紹介してくれた。

この伊勢という男は一種のガイキチであった。

ガイキチとはジャズマン用語でキチガイの意味であり、それなら山下洋輔だって一種のガイキチなのであるが、伊勢昌之の場合は徹底している。

「新しいコードを見つけた」

So Danco Samba
ソ・ダンソ・サンバ――「私はサンバしか踊らない」
しか弾かない男
僕は、この仕事で
桂米朝の時は 米朝のレコードを
ボサノバの時は ボサノバを ききながら
絵をかく。そうすれば、いいアイデアが
出るだろうと思って そうするのだが、
音の魅力に ひきずり込まれて
ひと晩中ききほれてしまい
何も出ないことが多い。今回もそうだ。
「いい音」の話は、なるべく書いて
ほしくないものだ……

弾いている最中にそう叫び、常人には真似のできないものすごい指をして弦を押える。そして、どうしても押えることのできない第六弦のとび離れた場所を歯で押えるのである。時おり感電したりもする。ボサノバ・ギタリストとして、ぼくはこの伊勢昌之が日本のナンバー・ワンではないかと思う。

人もあろうにこのガイキチに、ぼくはボサノバを教えてくれと頼みこんだ。そして自宅へレッスンに来てもらったのである。

何しろ前述の如《ごと》きガイキチの先生だから、まことにきびしい。一時間かかって四小節しか進まなかったりする。

そのかわり「ソ・ダンソ・サンバ」のコードをひと通りマスターした時には、歌はともかく、コードだけはものすごい音のコードばかりで憶《おぼ》えてしまっていた。

テレビでこれを歌った時、聞いていたジャズマンが少少びっくりしたというくらいの凄《すご》いコードである。ただし「文化人歌謡大行進」で日劇に出演した時にはマイクが一本しかなく、歌ばかりが大きく聞こえてコードが聞こえなかったらしい。まことに残念である。歌唱賞というのを貰ったが、これは出場者の先生がた全員が貰っているわけであって、ちっとも自慢にならない。先生がたはみな、あの歌唱賞の銀のレコードを自宅に持って帰り、自分だけが貰ったようなことを言って威張っているのであろう。

この伊勢昌之がアバコ・ブライダル・ホールで結婚式をあげた時は主賓として招かれ

た。何か喋《しやべ》ってくれといわれ、いつも頭ごなしに叱《しか》られながらレッスンを受けている大先生なので何を喋っていいか大変弱った記憶がある。その後神戸に引越したためレッスンが受けられなくなってしまったから、今でもひと前でどうにかやれるのは「ソ・ダンソ・サンバ」だけである。

独習でやってやろうと苦心するのだが、ジョビンを聞くたびに、ああもうとてもいけないと思い、投げ出してしまう。メロディとリズムがてんでんばらばらに進行しているのである。練習すれば、どうにかメロディとリズムを分離させることができるが、今度はスイングしないのだ。やはりジョビンは神様である。

寿司

ある婦人雑誌から頼まれた食べもの屋に関する随筆で、近所の寿司屋の話を書いた。寿司が好きだからでもあるが、その寿司屋がまた、たいへんうまい寿司を食べさせてくれるからでもある。わが家のある垂水《たるみ》という町は神戸市にあり、だから瀬戸内海に面していて、朝網にかかった魚が食べられる。朝早く寿司屋に行くと、ガラス・ケースの中はまだ、からっぽであり、ケースのうしろの調理台に、届いたばかりの魚のでかい切り身がどんと置いてある。これをケースに入る程度に切るのだが、朝一番にやってきて握りを註文《ちゅうもん》すると、このでかい切り身から直接、いちばんよさそうなところをとって握ってくれる。これがうまいのである。

ぼくは特に、とろとうに巻が好きである。この、とろとうに巻のことを、ぼくはこんな具合に書いた。

「握ってくれたとろは部厚い。ちょうど人間の舌ぐらいの大きさのとろだ」

「いちど、配達されてくる氷ほどの大きさの、あのとろの切り身に、直接たまり（関西の濃い醬油）をべたべたと塗《ぬ》りつけ、かぶりついてみたらどんなにうまいだろうと思う。

片手に刷毛《はけ》を持って次つぎとたまりを塗りたくりながら、がつがつとむさぼり食い、とろの巨塊の中へ顔をめりこませるのだ。これを考えると、考えただけで茫然《ぼうぜん》となり、からだが顫《ふる》え、手足の先が冷たくなってしびれてくるほどだ」

「東京のうに巻は、十円硬貨を十二、三枚つみ重ねたぐらいの大きさで、のりの中はほとんど飯であって、なさけないほど微量のうにがちょこんとのっているだけである。こ

先日、近所の「やぶ」に、天ぷらそばの出前をたのんだところ、こちらの場所をロクすっぽきかずに電話を切り、家のまわりを二十分位も探して歩いたらしく、着いた時は、天ぷらは着ぶとりしたダルマみたいになり、そばときたら、電話のコードと見まごうばかりに膨脹し、丼を
しても、汁は
やぶ
くいもの屋のことを書いたら、やっぱりアイサツに来た！
'73 YAMA Fuji

っちのうに巻はちがう。楕円《だえん》の円柱である。小判を十二、三枚重ねたぐらいの大きさだ。のりの幅が広いから飯は底の方にめりこんでいる。その上へうにがてんこ盛りにしてあるという大らかさだ」

この随筆が雑誌に載ってしばらくしたある日、この寿司屋のおかみが、ぱりっとした和服で盛装し、息子と思える若い衆ひとりをひきつれてわが家を訪ねてきた。

「うちの店のことを書いていただきまして、ありがとうございました。あれが雑誌に載ってからというものは、そんなうまい寿司なら食べてみたいというお客さんが遠くからもお越しになり、おかげさまで繁盛いたしております。これはお礼のしるしに、と申しては何でございますが、つまらないものでございます。お納め下さいまし」

見ると十四号マンホールの鉄蓋《てつぶた》ほどもある塗りの器の中に寿司がぎっしり入っている。ちょうど絶食している最中だったので、ぼくはあわてて言った。「とんでもない。お礼には及びません。あの原稿料はちゃんと雑誌の方からいただいております。その上こんなものまでいただくわけにはまいりません」

「まあ、そうおっしゃらずに」

ふと器の中を見ると、ぼくが好きだと書いたとろの握りが七、八個、うにの巻も七、八個、その上、どうやらえびの踊りの握りと思えるやつまで七、八個並んでいる。その他うまそうなのがぎっしりである。

断食中だったため、眼がくらくらし、のどがぐびぐびと鳴った。われながら浅ましいと思いながら、ぼくは言った。「ははっ。そんなにまでおっしゃるのでしたら、遠慮なくご馳走になります」

頂いてしまった。

わが家は三人家族なので、分量は多過ぎるほどである。ぼくは絶食の誓いもどこへやら、われを忘れてがつがつとむさぼり食い、またもや胃炎になってしまった。えびの踊りの握りのうまかったことは、筆舌に尽し難い。

香《こう》奠《でん》

書くことがないので、ぼくが今死んだら、香奠がどれくらい集まるか、計算してみることにする。

まず、親戚《しんせき》がどれくらいくれるかを計算する。

ぼくの両親の親戚の方は、あまり期待できない。いずれを見ても貧乏自慢だからである。金持ちもいなくはないが、ぼくとのつきあいは薄いし、結婚して以来ますます疎遠《そえん》になりつつある。妻の顔を知らぬ親戚も多い。

まず父親の方の親戚が四、五軒あり、本当はもっといるのだが葬式に来てくれるのがそれぐらいとして一軒五千円くらいだろう。一万円くれるのも一軒ぐらいある筈《はず》だ。母親の方の親戚は少なくて一軒だけだ。ここが一万円。

さてぼくの三人の弟であるが、これがいずれもサラリーマン、子供が次つぎと生まれているし、中にはまだ父親の脛《すね》を齧《かじ》っているのもいる上、ひとりは養子。しかしまあ、兄弟仲もいいことであるからして、無理してひとり一万円はくれるであろう。

妻の方の親戚は比較的金持ちが多い。昨年、妻の祖父が死んだ時で百数十万も集まっている。この人は人格者だったからそれだけ集まったのだろうが、ぼくの場合はそんなに集まらない。人格者ではないからである。

妻の妹は歯医者さんと結婚している。この人とは一緒によく飲むし、ツマも合う。金持ちだから五万円は確実にくれる。

妻の両親の親戚は多く、十軒以上あり、神戸へ引越して以来つきあいも頻繁《ひんぱん》である。

一万円くれるのが八軒、五千円が五軒、といったところである。

最近では、香奠の最低額は二千円だそうで、これは近所の葬式に出す額だそうである。近所といっても、引越してきて間がないからつきあいはまったくない。数軒はなれたお医者さんぐらいのものである。まあ、三、四軒くれたとして一万円くらいのものだ。

友人はいずれも景気がよろしい。ぼく同様の文筆業が多く、だから妻に同情してたくさんくれる筈だ。売れっ子作家が五、六人いて、これがいずれも二万円くれる。その他一万円が五人、五千円が五人。それ以外に、ぼくの友人でぼくの妻に惚《ほ》れているのが、ぼくはちゃんと知っていて二人いる。これが妻への下心から二万円くれる。

画家、ジャズマン、タレント等のぼくの友人は、いずれもあまり金持ちではない。全部ひっくるめて四万円ぐらいだろうか。

この連載中に死んだとしたら、山藤章二が一万円くれる。ほっとするからである。

出版社はあまり期待できない。ぼくが死ぬよりも、ぼくの妻が死んだ方がたくさんくれる筈だ。ぼくが死んだら妻の歓心を買ってもしかたがないのである。ぼくの全集を出したい、などという出版社はおそらくあるまいし、こっそり書き貯《た》めておいた長篇なんてものも、ひとつもないから、捜したって無駄である。考えられるのは、文庫採録のための争奪戦であろう。ぼくの読者は十代後半、二十代前半というのが特に多く、安い文庫本の方がよく売れるのである。

特によくつきあっている出版社のうち、面倒見のいいのが三軒あって、ここが三万円ずつくれる。あと、文庫にする関係上、二万円くれるのが三軒ある。ぼくは仕事でのつきあいは深く狭い方なので、その他は望み薄だ。五千円くれるのが五軒ぐらいだろう。新聞社とかテレビ局関係のつきあいも少い。新聞連載は夕刊フジだけだし、テレビの方もレギュラーで出たのは二十三時ショーだけ。こっちの方は全部で五万円くらいのものだ。

家族の友人、というのを忘れていた。妻の友人から集まるのが二万五千円くらい。息子の友人の方はいずれも五歳未満であるからしてゼロ。合計すれば全部で七十五万円。まあまあといったところか。

蛔《かい》虫《ちゅう》

敗戦当時、ぼくは千里山にある千里第二小学校に通っていた。ここには千里山の住宅地の子供と、佐井寺という農村の子供が半数ずつの割合で通学していた。

田舎《いなか》の子供に寄生虫が多いのを知ったのはこの時である。

学校の便所は汚ないので、小便以外に用を足したことはなかったのだが、あるとき一度だけ大便所へ入った。床板を長方形に切っただけの穴から下を見おろし、ぼくはふるえあがった。

数百、数千の白い蛔虫が、大便さえ見えぬほど大量の蛔虫がうようよとうごめいていたのだ。まさに、生きているうどんであった。積み重なり、からみあい、のたうっているのである。

顔から、音をたてて血の気が引いた。

「ぎゃっ」

叫ぶなりぼくは便所から駈《か》け出た。それ以後二度と大便所へは入らなかった。

田舎の連中のことだから、野菜などをよく洗わないで食べたりするため、それであんなに蛔虫がいるのだろう、と、ぼくは思った。市内から疎開してきたばかりで、それまでにも田舎の子供の衛生観念のなさに身の毛をよだてたことは何度もあった。

昔の人だって衛生観念は低かったであろうから、寄生虫は多かっただろう。たいていの人が腹中に虫を飼っていたに違いない。

吉川英治の「新・平家物語」中の「石船の巻」で、主人公清盛が怪病にとりつかれる

自己検便をした彼は
何かを発見して驚愕した！
果して何を見たのか?!
YAMA FUJI '73
Ⓐ 五寸釘
Ⓑ 10円玉10個（きのう飲みこんだのは100円玉だったのに……）
Ⓒ 蛔虫（主人と同じに前髪を垂らした……）
Ⓓ ゆうべのザーメン
Ⓔ 本物のハウスククレカレー

くだりがある。五体がだるく、熱にうなされ、鼓脹した腹部が痛む。医学らしい医学などない時代で、主治医たちにも原因がわからない。

そこで宋医《そうい》を招く。宋医は清盛に薬をあたえ、二、三日うちにはすっかりご恢復《かいふく》になられるでしょうといって帰って行く。あまり軽く言ったので皆が嘘《うそ》だろうと思っていると、二日め、清盛は便所へ行き、やがて便所から出てきて病室までの廊下を笑い続けに笑いながら戻ってきた。宿直《とのい》の者が何をそんなにお笑い遊ばすのかと訊ねる。清盛は答える。

「たった今、尻《しり》から一斗も虫が出た」

そして病気がなおってしまう。蛔虫か条虫だったのであろう。家臣一同が清盛の大便をのぞき、ふるえあがる。

「あなおそろし。いかさまこれは虫ばかり」

大変な量だったに違いない。この部分、ぼくには奇妙に記憶に残る一章だった。

大阪にいた頃、すぐ下の弟とふたりで天六あたりの小さなうどん屋に入ったことがある。ふたりでうどんを食べていると、レジの女の子と、その友人らしい女の子が、すぐ横で喋《しゃべ》りはじめた。ふたりの共通の友人の女の子が、蛔虫を出したという話である。

「うどんの玉みたいに、カイチューームシが、ウヨウヨと」

この無神経さにたまりかね、ぼくと弟は同時に怒鳴りはじめた。「やめろ。うどんを食べているんだぞ」

やっと気がついた女どもは、ぺこぺこしてあやまった。まったく食堂に勤めている娘には無神経なのが多い。

小学校時代のあの記憶は今も尾を引き、ぼくは蛔虫恐怖症である。腹の中に虫がいると思っただけでもふるえあがる。メスは三十センチの長さがあるという。恐ろしい。ましてや条虫ともなってくると、想像するだにおぞましい。時には食道をさかのぼり、脳にまで達して寄生するという。癲癇《てんかん》を起すそうだ。ぼくなど、聞いただけで癲癇を起しそうになる。

皮下に寄生することもあるそうだ。腹の皮のすぐ裏側に条虫がとぐろを巻いている写真を見てとびあがったことがある。腹の皮の下にいる条虫が、透けて見えていたのだ。

ドライヴ

車の運転ができないので、昼間のドライヴというのはしたことがない。たいていはいい加減酔っぱらってから遠出をしようということになり、タクシーで出かけたりする。ぼくは深夜のドライヴの方が好きだ。SF作家のグループで、夜、東京から熱海までドライヴしたことがある。熱海に近づくにつれ星が次第に数を増し、熱海に着いた時は満天の星空だった。いかに星が美しいか、いかに東京の空が汚れているかを知って驚嘆したものだ。

新宿から川崎までドライヴしたこともある。その時のことを書く。

この時、一緒に飲んでいたのは作家の河野典生、山下トリオの山下洋輔、中村誠一、森山威男《たけお》、女性ジャズ・シンガーの佐藤ヨーコ、山下トリオのファンの女の子のチコ、前田さんといったメンバーだった。場所は田中小実昌《とみまさ》略称コミさんの巣である「まえだ」。「まえだ」にはコミさんもいたし、李礼仙《りれいせん》もいたし、唐十郎一派の役者が数人いた。われわれジャズ・ファンやジャズメン組が大声でジャズをスキャットでやりはじめると、役者連中がうるさいといいはじめ、中のひとりが中村誠一と口喧嘩《くちげんか》しはじめた。「日本人の癖に、なぜジャズをやるんだよ」

「なぜ日本人がジャズをやってはいけないんだ。そんなら、あんたたち何やってるんだよ」

「おれたち、芝居やってるんだ」

「なぜ日本人が芝居やるんだよ」論理も何もあったものではない。

少し気分がしらけた時、河野典生がいった。「えー、これから、えー、川崎の、えー、おれの家まで、えー、皆でドライヴしないか」

遠慮のない連中であって、たちまち行こう行こうということになり、タクシー二台に分乗し、川崎市の河野邸までやってきた。深夜の二時頃である。ここでまたピアノを弾き、マイクで歌い、ギターを弾き、ボンゴを叩《たた》き、あらぬことをわめき散らし、朝まで飲んだ。この時の様子は河野典生がすべて録音しているというが、酔っていたので何をやったか記憶にない。

朝になり、一行は河野邸を出た。近くにある国鉄の駅まで行く途中でも、牛乳を盗んで飲んだりしながら馬鹿なことばかり言って笑いころげ、全員千鳥足。

ちょうどラッシュ・アワーだった。

「あんな人混みにもまれて東京まで行くのはいやだ」と、皆が言い出した。あいにく早朝のことで、タクシーは一台もない。「近くに読売ランドがある。あそこへ行って芝生の上で寝よう」

「そうしよう」バスに乗り、読売ランドへ。

読売ランドにある学生用のホテルへ、一行はころがりこんだ。女性用と男性用に、大部屋をふたつとったのだが、結局は片方の部屋で全員ごろ寝である。

騒ぎ疲れて眠ったのが午前十一時頃だったろうか。だが、おとなしく眠っているような連中ではない。誰かがヨーコの布団にもぐりこんだため、またひと騒ぎになり、昼過ぎにはもう眼を醒《さ》ましてしまった。

「おい。おれたちはなぜ、読売ランドなんかにいるんだ」皆が騒ぎはじめた。ヨーコも足をばたばたさせて叫んでいる。「ねえ。わたしたち、なぜ読売ランドなんかにいるの。ねえ。教えて。教えて」

「大変だ」と、ぼくもいった。「ぼくは今夜二十三時ショーの司会があるんだ」

さっそくタクシー二台を呼んでもらい、東京まで帰った。

その夜、二十三時ショーの司会が終るころ、フロアーに山下洋輔とチコがやってきた。また飲みに行こうといって、三人で「エバンス」というバーへ行って飲んでいると、そこへ、森山、中村、ヨーコ、前田さんがやってきて、また昨夜と同じ顔ぶれになってしまい、三時頃までどんちゃん騒ぎ。こういう馬鹿げた遊び方が、ぼくは大好きである。

見合

見合は二十回近くしている。

したというより、させられたといった方がいい。結婚して生活していけるほどの稼《かせ》ぎもなく、自信もなかったから、こちらには真剣さはまったくなかったわけで、いずれも面白半分に出かけて行ったわけである。

最初は二十四歳ぐらいの時だったろうか。二十九歳で現在の妻と見合をするまでの間に、二十回ほどしている。ぼくのすぐ下の弟が恋愛結婚で、学生時代から相手は決っているようなものだったため、母親としてはぼくの見合に力を入れたのであろう。

どこの母親にも、息子に見合をさせたいという変な欲望がある。少くともぼくの母親がつきあっている適齢期の息子を持つ奥様連中はみんなそうだったようだ。どこそこに年頃のお嬢さんがいる、といった種類の情報を交換しあっていたようである。

紹介してくれた人に義理が立たないから、というだけの理由で見合させられたこともある。写真と釣書を見せられた回数はかぞえきれないが、おそらく見合をした回数の三、四倍で、六十枚から七十枚くらいを見たことになる。

写真と釣書を見た段階で、このひとと見合する気はないといってことわってしまうと、当然のことながら母親の機嫌は悪い。さらに写真を眺め続けながら、いったいこのひとのどこが気に入らないのかねえ、こんな美人なのにねえとか、こんないい家庭のお嬢さんなのにねえとか、いつまでもくどくど言い続ける。しまいには喧嘩になる。

そんないい家庭のお嬢さんを貰《もら》っても、ぼくには稼ぎはないからとても生活して行け

ないと言うと、「ひとり口では食えないが、ふたり口ならどうにか食っていける」式の、昔からある不合理な言いまわしで説得しようとする。ぼくはその頃からすでに小説で身を立てようと決めていたため、「どうにか食っていける」ような余裕のない結婚はしたくなかったわけであるが、母親にしてみれば、出来の悪いぼくが作家になれるなど思いもよらず、ついには怒り出し、お前が作家になどなれるか、身のほど知らずもいい加減にしろ、そんなら一生結婚するななどと言いはじめる。こっちも腹を立て、まさか母親をぶん殴るわけにはいかないから、かわりに縁側の障子をはずして桟をばらばらにへし折り、庭に投げ捨てたことまである。これは母親の気持をまったく考えない暴挙だったわけで、今では深く反省している。

見合をしたお嬢さんはいずれも女子大在学中とか女子短大卒とかいった、痛いたしいほど初《うい》ういしいお嬢さんばかりで、今結婚したりしたら苦労させることになるのはわかりきっていると思うから、ぼくはずっとことわり続けた。

中にはこっちから乗り気になったお嬢さんも二人ほどいる。美人だった上に気性がしっかりしているから、これなら安心と思ったわけであるが、ひとりはしばらく交際しているうちに、相手の父親が「小説書くのをやめなはれ。そんな女子供のするようなこと、男の一生の仕事と違いまっせ」と言いはじめたため、こっちからことわった。もうひとりの方は、あっちからことわってきた。ぼく同様あっちも、紹介者に義理を立てての見合だったのだ。

写真と実物がぜんぜん違う、というのも一度あった。写真で見るとすばらしい美人だったのだが、実物を見ると写真の面影さえどこにもなく、これはひどいと腹を立て、すぐ席を立って帰ってきてしまった。

二十九歳で、作家として独立できる目鼻が立ち、テレビ・アニメーションの著作権料が何百万円か入ることになった。その頃、現在の妻と見合をした。見合から結婚までわずか三カ月というスピード結婚であった。

葬式

東京から神戸に引越してきて一年以上になるが、まだ淋《さび》しい思いをしたことがない。いろんな人が訪《たず》ねてきてくれるからだ。

昨日は東京から、星新一氏、豊田有恒氏、T社のS氏、M氏、K社のR氏がやってきた。さっそく八畳の和室で飲みはじめる。十時頃、ホテルに部屋をとっている星氏とM氏が帰っていった後、わが家に泊ることになったS氏、R氏、そして豊田氏とぼくの四人でさらに二時半頃まで飲み続けた。

夜がふけるにつれ、話が次第におかしなことになった。おかしな話といったところで、われわれはエロ話などという俗悪なもので時間をつぶしたりはしない。葬式の話になったのである。

まずぼくが、この間書いたばかりの、「今ぼくが死んだら香奠《こうでん》がいくら集るか」という話をしはじめた。

K社のR氏は、この間急死したSF作家、広瀬正氏の担当者だった人である。通夜《つや》、葬式はもちろん、その後も親身になって広瀬家の面倒を見ている人だ。このR氏がこういった。「この間から、知人の葬式が四つ続いた。なぜ給料が、今月はこんなに減ったかと思ってよく考えたら、四回香奠を出したからだ。最近、死者を見過ぎて、眼を閉じると死者の顔が瞼《まぶた》に浮かび、手招きする」

と、突然豊田氏が遺言めいたことを喋《しゃべ》りはじめた。「この間、妻にもくれぐれ言い含めておいたのだが、もしもぼくが死んだら、通夜には、あの男とあの男だけは絶対呼ば

ないでほしい」

広瀬正、大伴昌司と、あいつぐＳＦ作家の変死に、好漢豊田有恒、さすがにいささか気が弱くなっている。

「だけど、筒井さんの場合は」と、Ｓ氏がいった。「ここよりは東京の家で死んだ方が、弔問客が多いでしょう」

「だけどぼくは、必ずここまで来てあげますよ」と、豊田氏。

「そうです」と、Ｒ氏。「それにこの家の方が広いから、葬式はやりやすい」

「葬儀はこの部屋でやりますか」とＳ氏。

「二階の応接室の方が広いのですが」

ぼくがそう言うと、Ｒ氏はかぶりを振った。「いやいや。弔問客の流れを考えなければいけません。あそこは駄目です」

「それならやっぱり、この部屋でやりましょう」と、ぼくはいった。「この違い棚の上に写真を置いてください。この床柱がちょっと邪魔ですが、この床の間の前の板の間に棺桶《かんおけ》を置いてもらって」

「それがいいです」と、豊田氏。「二階の各室は、弔問客の控室にしたらよろしい」

「ええ。そしてそこの茶室は、親族の控室にしましょう」

「うん。それなら流れは、だいぶよくなります」経験者のＲ氏が立ちあがり、八畳の間の障子をはずしはじめた。ついで玄関に通じる廊下に出て、身ぶり手ぶりを混えながら熱心に喋りはじめた。「玄関から入り、ここを通って焼香してもらいます。この障子はむろんはずします。ここを通っていったん庭に出てもらい、横の道から出てもらおう。それから、この壁に嵌《は》めこんである鏡は、とった方がよろしい。混雑するとこれにぶつかる人が出て、危険です」眼がきらきらと輝き、頬が紅潮している。

ぼくとR氏が熱心に議論していると、やがてS氏がはっとした表情で言った。「だけど筒井さん、いくらお膳立《ぜんだ》てしても、あなた自身はその葬式を、見られないのですよ」

やっとそれに気がつき、ぼくはしょげ返った。

S氏が、なぐさめるように言った。「こんな馬鹿な話ができるのは、この家だけだなあ」

その夜、むろん夢を見た。広瀬正、大伴昌司がぼくを手招きしている夢である。

悪口

たとえば女中が、雇《やと》われている家の人たちに、以前働いていた家の人たちの悪口をいうと、嫌われてしまう。

「この子はよその家へ行っても、また同じようにわが家の悪口を言うだろう」と、その家の人たちが想像するからである。

女中に限らず、これは他人の悪口ばかり言う人間が嫌われる理由のひとつである。「こいつ、よそではおれの悪口ばかり言っているに違いない」と思われてしまうからだ。

しかし、自分の悪口をよそで言われることを気にするというのは、はなはだ気が小さいと言わなければなるまい。

誰だって、蔭《かげ》で悪口を言われないという人間はいない。早い話がどんなに人づきあいのいい人間だって「八方美人」だとか「要領がいい」とか言われるわけだし、ひどい時には「偽善者」などと言われたりする。仕事が早ければ「小器用だ」といわれ、真面目《まじめ》だと「面白味のないやつ」といわれ、事業が成功すれば「成りあがり」といわれ、ひたすら妻を愛して女性関係の醜聞がなければ「一穴動物」といわれる。悪口からは逃がれようがないのである。

だとすればこっちも、よそで囁《ささや》かれる悪口など気にせず、気の合った仲間と酒でも飲みながら大いに他人の悪口に花を咲かせ、精神浄化にはげんだ方が得策というものだろう。

もちろんぼくだって悪口を言われれば怒るが、それは面と向かって言われた場合、悪

口を文章にして発表された場合の、このふたつの場合だけである。

「あの男、あちこちの出版社へ出かけて行って、あんたの悪口を言ってるらしいよ」

「この間、新宿で飲んでいたら、うしろの席に誰それ君がいて、あんたの悪口を言ってたよ」

そんな噂《うわさ》は始終耳にするが、あまり怒る気にはなれない。ぼく自身、たいした悪意を持ってもいない人間の悪口を、酒の肴《さかな》にして喋ることはよくあるからだ。

酒を飲みながら他人の悪口をいうほどおいしいものはない。このことはぼくも何度か書いたし、いろんな人がすでに書いていることである。

しかし、いくらぼくでも、話し相手が誰であろうと他人の悪口を言うわけではない。やはり気の合う人間とでなければ、第三者の悪口は遠慮する。

いつも他人の悪口に花を咲かせている五、六人の仲間がいる。ところがある日、常連のうちのひとりが欠ける、するとその男の悪口になる。これがまた滅法楽しいのである。

電話がかかってくる。「今、皆が集ってるんだけど、来ませんか」

仕事を抛《ほう》り出し、顔色を変えて駈けつけることになる。早く行かないと悪口を言われてしまうからだ。

ひどい時にはエレベーターに乗りそこなって、ひとりとり残された男の悪口を、エレベーターのドアが閉まるなり話しはじめて笑いころげたりする。油断も隙《すき》もないわけであるが、しかしこういう仲間を持っている人間はまことに幸福である。

世の中にはただひとり孤立し、ただ他人から悪口を言われるだけの立場に存在するという不幸な人もいるのである。同情に耐えない。

他人の悪口を楽しく喋りあうためには一種の技術がいる。ただ、その人間を罵倒《ばとう》しているだけではしらけてしまう。その人間がなぜそんなことをしたかということを心理分析し、当時の状況を解釈したり、時にはある架空の状況を設定し、もしその人物ならどうするかを想像したりして笑いころげたりするのだが、これはその人間に自己の一部を投影して類推しなければならない。つまりその悪口が上質であれば、その中には当然自己批判や、人間性に関する問題が含まれている筈《はず》なのである。他人の悪口を言って嫌われる人間には、こういった才能がなく、だから悪口を喋りあう仲間にも恵まれないのだろう。

万引

アメリカのある有名な上院議員が、スーパー・マーケットに立ち寄って買物をした。ふと葉巻煙草《たばこ》のケースに眼をとめ、何気なく中の一本をとり、いつもの習慣で胸のポケットに入れ、これをすっかり忘れてしまって出ようとした。あいにく警備員がこれを見ていて、上院議員はたちまちつかまり、万引をしたということになってしまい、新聞で報道までされてしまった。

「こんなことで、万引になるのか」

上院議員はかんかんになって怒ったそうである。これは、うっかりして結果的に万引をしてしまった一例である。

スーパー・マーケットに行くたび、ぼくはいつも自分が万引をしてしまうのではないかという恐怖に陥る。店員の眼を気にすることがないから、品物を自由にいじりまわせる。これが危険なのである。つい、ポケットへ入れてしまったり、食べてしまったりしそうになる。

子供をつれて行った場合も危険だ。いちど息子が、知らぬ間に飴《あめ》をとって食べていたことがあり、これは万引および証拠湮滅《いんめつ》になる。重罪である。

ぼくが万引をおそれるのは、いちど万引犯の疑いをかけられた経験があるからだ。

当時、工芸社に勤めていた関係で、深夜の百貨店によく出入りした。その夜も地階の食料品売場で仕事をしていた。

売場の通路で同僚と立ち話をしながら、ぼくは何気なく、傍《かたわ》らのバナナの売場に置い

てあったナイフをとり、いじくりまわしていた。そこへ警備員がやってきた。ぼくは自分の持っているナイフに気がつき、あわててもとの場所に置いた。ぼくとあまり仲の良くなかった同僚が、わざとらしく笑い声をあげた。これがよくなかったらしい。警備員はいやな目つきでぼくを睨《にら》み、通り過ぎて行った。

この警備員、すこぶる陰険なやつで、こんな報告書を提出した。

「出入業者の筒井という男が、バナナを盗もうとしているのを目撃した。筒井は自分に見られたことを知り、あわててバナナをもとへ戻した」

さっそく保安係室へ呼び出され、ねちねちといたぶられた。馬鹿らしいやら腹が立つやら、まったく話にもならないのだが、相手は得意先だから怒鳴るわけにもいかない。いやないやな記憶のひとつである。工芸社をやめて以来ぼくはこの「近鉄百貨店」へは足を踏み入れたことが一度もない。

見かたによっては、誰にでも万引の疑いをかけることが可能だという一例である。最近では有名なK女史の万引の例がある。

このK女史とは、一度、いっしょにテレビへ出演したことがある。K女史と仲のいいS女史も一緒だった。

K女史の事件があってしばらく後で、ぼくは新幹線の中でたまたまS女史と隣あわせの席になった。当然、共通の知人であるK女史のことが話題になる。

S女史はぼくに、こんなことを打ちあけた。「わたし、あの人から、一緒に万引をやらないかって誘われたことがあるのよ。とても面白いから、やろうよ、やろうよっていうの。だけどわたしは気が弱いから、とてもとても、そんなことできないわ、万引をやる、そう思っただけで手足がふるえちゃって、たとえやっても、すぐ見つかるに決っているわ、そういっておことわりしたけど」

どうやらK女史、いろんな人に万引の面白さを話し、共犯者を求めていたらしい。スリルを求めて万引をする例のひとつだ。

以上万引の三例、いずれも食うに困っての万引ではなく、金に困っての万引でもない。万引という事件、誰の日常生活にでもぴったりとつきまとっている犯罪のひとつであるような気がしてならない。

時間

「筒井君。精神分析療法というのは、患者に自分の意志でもって過去の忘れた記憶を想《おも》い出させ、それによって病気をなおすことか」と、ある日星新一氏がぼくに訊《たず》ねた。

「そうです」

「じゃあ、タイム・マシンみたいなものか」

なるほど、と、ぼくは思った。無意識や前意識の中に葬《ほうむ》り去られた記憶を自由に蘇《よみがえ》らせることのできる機械があれば、それはタイム・マシンといえなくもない。時間というものは意識の中で正確に刻まれているものではなく、現在の時間を認識することさえ人間にはむずかしい。したがって記憶の中の時間が長くなったり短くなったりしているのは当然だし、失われた時間もあるわけである。記憶を蘇らせることは、過去の失われた時間を再現する、ということにもなる。

どんなにはっきりした記憶でも、それがどのような時間的経過を伴った事件であったかは、正確に思い返すことができない。

たとえば現在、非常に退屈しているとする。すると時間は、ひどく長く感じられる。

つまり時間の経過がのろいと思うわけである。逆に、たいへんいそがしく働いているとする。時間の経《た》つのは実に早く感じられる。

ところがおかしなことに、記憶の中ではこれがあべこべになるのである。退屈していた間の時間の経過は短かったと思い、働いていた時間が長かったと思う。

例をあげて説明する。恋人と待ちあわせたことがおありだろうか。まあ、誰だってあ

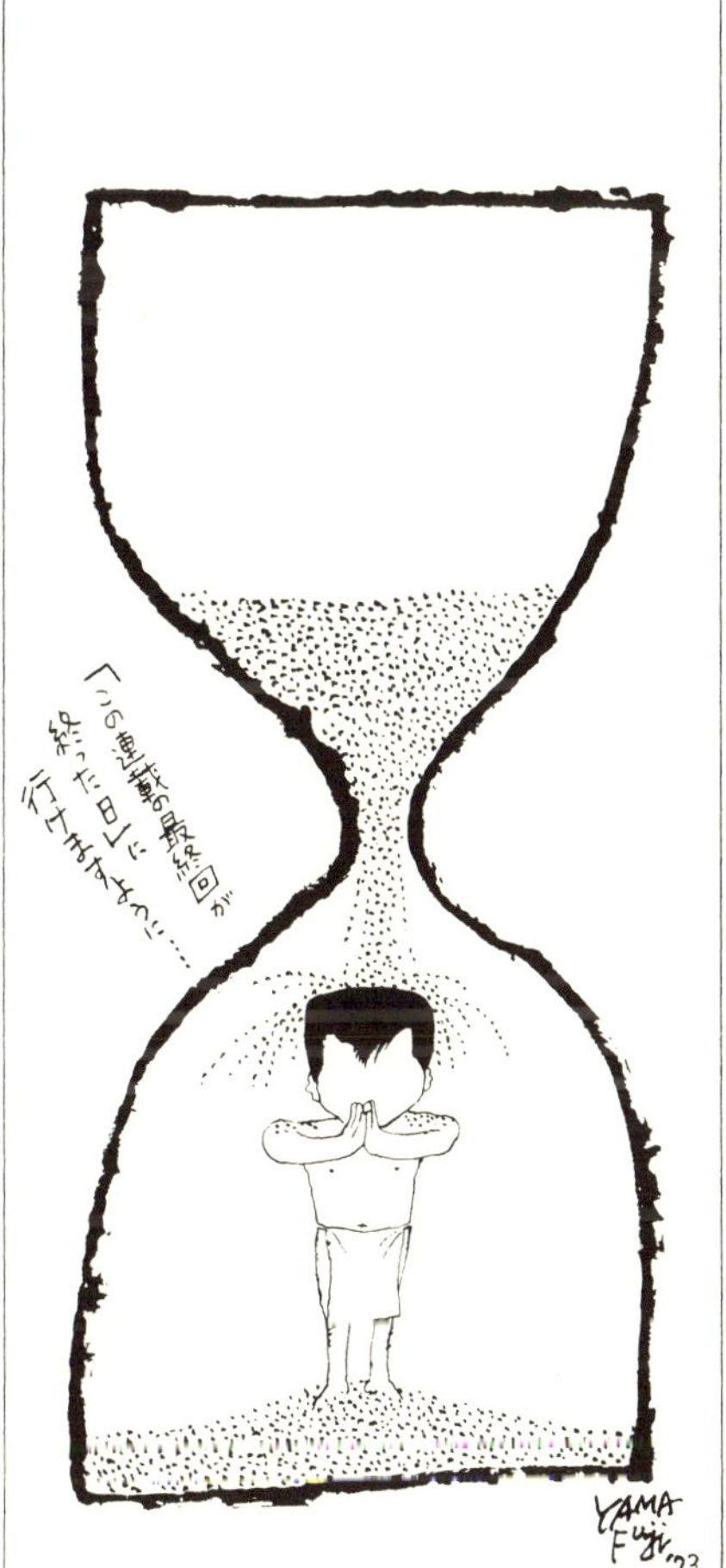

る筈だ。それなら、ひどく待たされたことはおありだろうか。ないという人がいるかもしれないが、そういう人は恋人以外の誰かに待たされた時のことを思い出していただきたい。

彼女はなかなかやってこない。あなたは退屈する。そこで、彼女に会えば何を喋ろうか、どこへ行こうかといろいろ考える。さんざん考えたが彼女はまだ来ない。実際は約束の時間を十分ほどしか過ぎていないのに、あなたはひどく待たされたような気になる。

やっと彼女がやってきた。さあ、それからの時間は退屈どころではない。時間なんてことさえ忘れているかもしれない。気がつけばひどく時間が経っている。時間の経つのが早過ぎる、と、あなたは思う。

さて次の日、前日のデイトをあなたは思い返す。あなたの記憶からは、彼女に待たされていた間の時間が、すっぽりと脱落している。待たされている間に考えたいろいろなことを、すべて忘れてしまっている。前日の、いちばん長く感じ、いちばん退屈した時間は、記憶の中では失われているか、ひどく短いものになっているかである。

逆にあなたは、彼女と交した会話、彼女の身振りや表情、もし彼女と何かしていれば、その、したことの大部分を思い出す。そしてずいぶんいろんなことを話し、いろんなことをしたものだと思う。長い時間、彼女と一緒にいたような気になる。

時間感覚が、その日と次の日では逆になっているのである。そしてどちらの日の時間感覚も、正確ではない。時計があっても、人間の時間感覚を正常に保つ役には立たない。

タイム・マシンといえば、時計もタイム・マシンである。物体を、未来へでも過去へでも移動させることができるからだ。

時計の上へ、百円玉をひとつ乗せてみよう。今はちょうど八時である。この百円玉を、同時に時間の上を未来と過去へ移動させてみる。五分間だけ未来へ行かせ、同時に五分間だけ過去へ行かせるのだ。八時を過ぎた。時計の上には百円玉が乗っている。この百円玉は即《すなわ》ち、八時五分から、五分だけ過去へやってきた百円玉である。八時五分を過ぎた。時計の上には百円玉が乗っている。即ち八時から五分未来へやってきた百円玉なのである。

恐怖

作家の今日泊亜蘭《きょうどまりあらん》氏から聞いた話である。「牛の首」という、怪談があるのだそうだ。恐ろしい怪談であって、おそらく今までの怪談など足もとにも及ばぬほどの怖《こわ》さであって、日本一、世界一の怪談だという。

どれくらい怖いかというと、この「牛の首」という怪談を聞いた人は、あまりの恐ろしさに発狂し、うわごとを言い、病気になり、そしてついには死んでしまうという、まあ、それくらい怖い話なのである。

したがって、この「牛の首」という話はひとに聞かせることができず、また、知っている人もいないというわけである。

この話は、これ自身がすでに怪談になっている。ぼくはこの話を聞いた時、新鮮な衝撃を受けた。ありきたりの怪談に飽き足らなくなっていたためである。

最近では、昔の人たちがけんめいに考え出した怪談のさまざまなパターンが、テレビ・ドラマなどの中で、大人向け子供向けを問わず、あまりにも安直に使われ過ぎたため、形骸《けいがい》化してしまい、そのため、たいていの人はサワリの部分を聞いても恐怖を感じなくなってしまっている。

たまたまよく出来た怪談があり、さあ、これは面白くなってきた、いったいどういう具合に幽霊を出すかと思い、固唾《かたず》をのんで見ていると、いざサワリの部分へ来た時に「なあんだ。このパターンなら何度も使われているじゃないか」とがっかりすることになる。

オバケのひとりごと
Ⓐ ふりむいたらノッペラボウだ なんてこと ないだろうな……
Ⓑ オレ、アゲンストは苦手なんだ……
Ⓒ おどかすと、それをネタに一本書かれちゃうからイヤなんだ、SF作家って……

これは怪談自身の出来が悪いのではなく、見る側がパターンにこだわりすぎているのである。安もののドラマが、これでもか、これでもかとばかり、昔の名作のサワリの部分だけを洗いざらい出してしまい、見ている方がそれに麻痺《まひ》してしまっていてちっとも驚かなくなり、今までになかった新しいパターンによる新鮮な恐怖を期待するからである。話全体がいくらよく出来ていても、せめて一ヵ所ぐらいはぎょっとさせる部分がないと、見ている方では納得せず、面白くない話だ、怖くない怪談であるという風に決めてしまう。

だから怪談を書くのはむずかしい。

いくら表現をどぎつくしても、最近の読者はどぎつい表現に馴《な》れているから、馬鹿にされるだけであり、結果的には安ものの怪談ドラマと同じ効果しかあたえない。

前記の「牛の首」などは、実によくできた話だと思うのだが、洒落《しゃれ》すぎているから、中には肩すかしを食わされたといって怒る人もいるだろう。

新しい怪談を作り出すのも容易ではない。

昔は映画などを見ていて、怖い場面だと顔を伏せる女性がよくいたらしいが、最近ではそんな女性はあまりいないようだ。むしろ手術のシーンなどで、メスで腹の皮をすうっと裂くところで顔を伏せたりする。超現実的なものに対する原始的な恐怖がまったくなくなり、残るは生理的な嫌悪《けんお》感だけになったということだろうか。

だからぼくも、「末期的だなあ」と自分で思いながらも、恐怖小説を依頼された時など、ついつい生理的嫌悪感に訴えかけるものを書いてしまう傾向がある。

ＳＦの方で、新しい恐怖を開発した名作が二、三あるが、これもすぐに模倣が出て、ドラマなどでさんざ使われ、形骸化してしまっている。

怪談に女を出すというのも、実はもう古い。昔の男はさんざ女を苛《いじ》め、だから女に対して罪悪感があった。だから女の幽霊が怖かったわけだが、最近の女は黙って苛められているほど弱くない。だから幽霊になっても怖くない。今ではむしろ、子供を出した方が怖い筈だ。現代ほど、子供が苛められている時代はないからである。

死刑

なぜ、死刑を公開でやらないのかな、と思う。

死刑を見たいという人は、たくさんいる筈《はず》だ。

物好きなのではなく、人間は本来こういうものを見るのが好きなのである。

だいいち公開で死刑を執行した方が潜在的犯罪者に対するいましめにも、見せしめにもなるではないか。

今みたいに、死刑を国民の眼から隠すようにこそこそやったのでは、国民全体が、現在日本に死刑という制度があったのかどうか忘れてしまう。

中には、死刑はすでに廃止されているのだと思っているやつもいるかもしれない。すると兇悪《きようあく》犯罪者がますますふえるということになる。

なぜ死刑をこそこそとやってしまうのか。

なぜ新聞に、死刑をやっているところを写真入りででかでかと載せないのか。

死刑などは野蛮で非人道的だと思い、国家が恥じて、国民の眼から隠そうとしているのか。それならいっそのこと、やらない方がいいのである。

たしかに死刑は野蛮で非人道的だ。文明国に残っている数少い残虐《ざんぎゃく》行為のひとつであろう。だからこそ漫画のネタ、ジョークのネタにもされるわけである。だからこそ死刑を見たいという人間も多いわけである。

死刑囚にしてみれば、どうせ抹殺《まっさつ》される命とわかっていても、やはり自分の命はいとしいから、じたばたしたり、とんでもないことを考え出したりして、自分の生涯を一分

でも、一秒でも長びかせようとするだろう。国民にしてみれば、そういうところが面白い筈だと想像し、よけい見たがるのである。

星新一氏はアメリカ一齣《ひとこま》マンガのアンソロジイ「進化した猿たち」の中で、死刑マンガに一章を費している。それだけ死刑マンガが多いということは、文明国の国民が死刑についてそれだけ興味を持ち、それだけいろいろと想像しているからである。違う、と思うなら、いちど死刑を一般公開してみればいいのだ。群衆がわっと押し寄せ、たちまち満員札止めになること請合いである。女の死刑囚の時は、押しかける人数が十倍、二十倍になる。

どうせのこと、死刑という制度があるのなら、陰湿なやりかたをしないで、明るくからりとやった方がよい。見物を集め、音楽を演奏し、テレビ中継させるのだ。国民は喜び、国家は余計な罪悪感を持たずにすむ。死刑囚の気持も、いささか楽になるだろう。国民の娯楽に貢献するわけだから、タレント気取りで死ぬやつもいるかもしれない。

ぼくは自分が死刑になる夢をよく見るが、まったく恐ろしいものである。夢でさえあんなに恐ろしいのだから、実際はどんな気持がするだろうと思って、ぞっとすることがある。死刑寸前で死を免かれた人間は、おそらく二度と悪事を働く気にはなるまい、と思う。

そこで、せっかく死刑という制度があるのだから、これを利用し、死刑の宣告数をもっとふやせばいいのだ。暴力タクシーの運ちゃんとか、汚職した役人とか、女を強姦したやつとかに、片っぱしから死刑を宣告してやる。そして、死刑執行寸前に減刑してやるのである。二度と悪いことはしないだろう。死刑寸前の気分を思い返せば、悪いことなどしようとは、これっぽっちも思わない筈だ。

死刑執行寸前をより恐ろしくしてやる方法もいろいろとある。アナウンサーが大声で現場中継をし、囚人をおどしつけてやればよいのだ。

「あっ。やってまいりました。やってまいりました。顫《ふる》えております。足が動きません。きっと怖いのでしょう。いい気味であります。あっ小便を洩《も》らしました。いよいよ縄が首にかかります。きっと痛いでしょう。きっと苦しいでしょう」

スランプ

「書くことがなくなった、などといって弱音を吐くのはプロの作家ではない」

笹沢左保氏がそんなことを言っていた。

なるほど、プロであれば当然そうでなければならないだろうと思って感心する。そして、おれはアマチュアなのかなあと思い、げっそりする。しかし本当のところは自分で自分をアマチュアだと認めたくない。けんめいに自己弁護する。

「いくらそれが商売だからといっても、寿司屋だってネタの切れることがある。魚屋、パン屋は夕方になれば商品が底をつく。作家だってそうである」

これはいささか乱暴な論理である。

なぜかというと右にあげた三つの商売は、ある一定時間にしか仕入れのできない商売だからである。だが作家は、やろうと思えばいわばいつだって仕入れができるわけで、商品が底をつくというのは仕入れが下手だからである。仕入れの下手な作家の小説は、自然と味が薄くなり、つまり面白くなくなり、あるいはまた焼きなおしのアイデアが多くなってきたりするから、だんだん評判が悪くなって本の売れ行きが落ち、原稿の依頼がなくなる。そうなっては大変と思い、残りの商品があるうちに、仕事を減らそうとする。つまり依頼をことわろうとする。

ところがたとえばぼくのように気の弱い作家は、原稿を依頼されるとことわれない。休筆宣言をしても生意気だと言われないだけのキャリアもない。原稿をどっさり引き受けてしまう。そこでどうなるかというと、スランプになるのである。

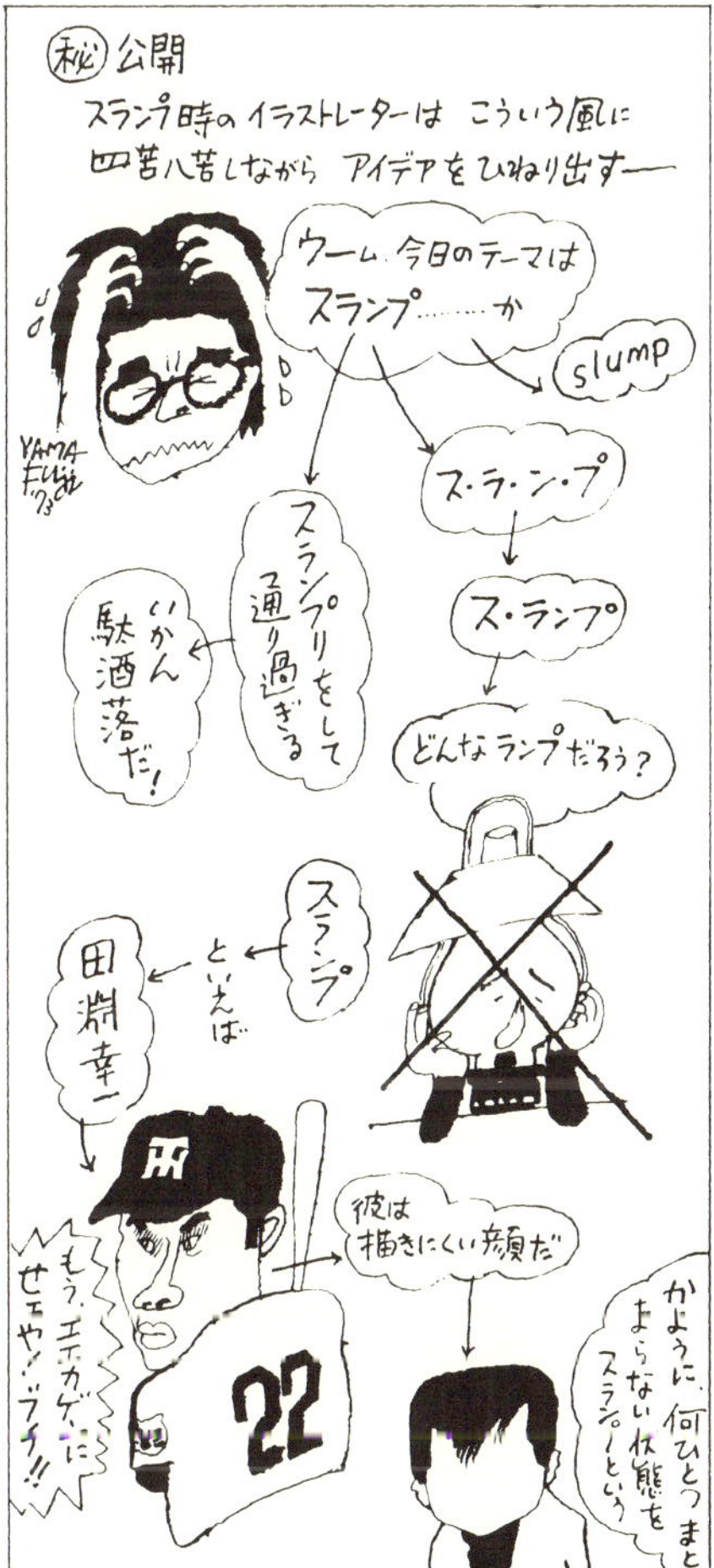

これは自己防衛スランプとでも名づけたらいいだろう。つまり無意識的自己防衛で、この自己防衛スランプというのは作家だけのスランプではなく、誰にでもあると思う。不満によるスランプもある。

プロ野球の選手の場合は、くそ、あの監督、あいつばかり登用しやがってという不満がスランプの原因になる。こんな安月給でこんなに働かせやがってと思うのがサラリーマンのスランプ。目次で小さく扱われたという不満でスランプになる作家もいる。この不満スランプは、結果的に損をする場合が多いのだが、なにしろ無意識のやることは駄駄っ子みたいなものであって、理性だけでは制御不能だ。

自己主張スランプというのもある。

たとえば野球とかラグビーとかバレーボールのようにチームワークを必要とするスポーツのメンバーの一員がスランプになると、皆の同情を惹《ひ》く。つまり全部の眼を自分に向けさせ、自分を再認識させることを目的としたスランプである。

ばりばり仕事をしていた課員のひとりが急にスランプになり、仕事をしなくなると、スランプ以前のその課員の功績を課長が再認識することになる。無意識的な甘えのスランプともいえるだろうが、もし再認識されなかった場合はスランプがますますひどくなったりする。

自己防衛スランプ、不満スランプ、自己主張スランプ、いずれもどちらかといえば内的原因のスランプだが、外的原因のスランプもある。女ができたとか、失恋したとか、子供が死んだとかいう場合である。

たまにはスランプもあった方がいいと思うのだが、悪いことにぼくはあまりスランプに陥らない。つまり、書くことがないと言いながらも書き続けているから小説は面白くなくなり、不満はどんどん蓄積され、なぐさめて貰《もら》えるような甘えるべき組織も人もいない。そのうちに全部が一度にわっと出るのではないかと心配だ。そこへもってきて女ができ、その女に振られ、子供が死んだとなれば、もう作家を廃業しなければならないだろう。

水虫

また、水虫の季節がやってきた。

治療はしているのだが根気がないため、いつまでたっても治《なお》らない。

ふつう、われわれは腹が減ったから飯を食い、のどがかわくから水を飲み、頭が痒《かゆ》いから頭を洗う。そして、腹が痛かったり頭痛がしたりするから薬を服《の》むのである。つまり必要に迫られてそれ相応の対策を講じる。

ところが水虫の治療というのは、痒いから薬を塗るというだけでは駄目なのである。痒くない時にも薬を塗り続け、もう完全に治ってしまったと思ってからも念の為にまだ薬を塗り続けなければならないのである。それでも、ちょっと油断すると再発する。ふつうは一年半くらい、連続的に薬を塗り続けなければならないのだそうだ。これはつまり、ちっとやそっとの根気があっても完全に治すことは難しいということになる。ぼくはとっくにあきらめている。一生この水虫とつきあうことになるだろう。

水虫は遺伝するとふつう言われているが、これは水虫にかかりやすい体質が遺伝するとか、家族から感染《うつ》される機会が多いとかいったことなのであろう。

　ぼくが水虫を感染《うつ》されたのも、父親からである。どうして感染《うつ》ったかというと、靴下から感染《うつ》ったのだ。今から十年以上昔の話である。親の家にいたころ、弟が三人いた。親父とぼくを足して合計五人の男がいたことになる。これに対して女は母親がひとりである。五人分の男の下着というものは、一日の量にしても相当なものである。洗濯が大変だ。二日も雨が続くと洗濯物の山ができてしま

う。その上、下着の絶対数が不足していたため、奪いあいになる。なぜ不足していたかというと、二十歳代の男性が四人だからやることが荒っぽく、下着をすぐ破ってしまからである。

特に靴下の破りかたはひどかった。だから靴下がいちばん払底した。

極端な話が、シャツを着ないでワイシャツを着たり、パンツをはかないでズボンを穿《は》くことはできるが、靴下をはかないで靴を履くことはできない。どうしても靴下の争奪戦が起る。どの靴下が誰の靴下、などと言ってはいられない。とにかく朝早く起き、洗い立ての靴下をさきにはいてしまった者が勝ちなのである。

では、靴下のない者はどうするか。洗濯物の山の中にある、誰かがすでに一度はいて、まだ洗っていない靴下の中から、さほど汚れていないものを探し出してはくわけだ。どの程度汚れているかは、臭《にお》いを嗅《か》いで判断する。

中には洗濯されないまま二、三人のはきまわした靴下が混入していたりして、こういうのを嗅いだりするとえらいことになる。自分でも、あの甘酸《あまず》っぱい衝撃的芳香で後頭部をがんとやられ、身をのけぞらせたことは何度もあるし、弟が、嗅ぐなりばったりと倒れて手足をひくひくと痙攣《けいれん》させているのを見たこともある。

それ以前から父親は水虫で、「マセトローション」という薬でずっと治療していた。今でも親の家へ行くとこの薬が置いてあるから、まだ治っていないのであろう。

同じ靴下をはいたのだから、感染《うつ》らぬわけがない。弟たちもそれぞれ独立しているが、全員父親からの有難くない財産を継承している筈である。

ひどく痒い時には、まったくいらいらするもので、いちど漫画で、あまり水虫が痒いため足首から先を切り落してしまうというのがあったが、まあ、足首から先は無茶であるとしても、指のつけ根の少し手前のところからぶった切ってしまいたいという気持になることはしばしばあり、これも相当乱暴ではあるが、だからこそその漫画に強烈な爽快感を覚えたものである。あれは水虫のない人にはわかるまい。

世代

今までのところ、いちばん馬鹿な目を見てきたのが昭和一桁《ひとけた》生まれの連中だといわれている。明治・大正生まれの連中によって、あるいは戦争に追いやられ、あるいは勉学の意欲を奪われて教練で痛めつけられ、あるいは疎開《そかい》先でさんざんいやな思いをさせられた。敗戦後は食糧不足で、これがいちばんこたえたのはやはり食べざかり、育ちざかりの昭和一桁の連中であった。また、混乱した社会の中で、ろくな教育も受けられなかった。戦後二十数年、今でもこの昭和一桁が、いちばん馬鹿な目にあい、いちばん損な役まわりをさせられ、しかも嘲笑《ちょうしょう》されているのである。現在この連中、社会では中堅として働いている。会社では部課長クラスである。もともと真面目《まじめ》だから、一生けんめい仕事にはげんでいる。ところが仕事にはげめばはげむほど、部下である昭和二桁の連中からは嫌われる。

「自分ひとりで仕事している」

「部下の統率力がない」

「われわれの気持を、わかってくれない」

「われわれと話し合おうとしない」
あげくのはてに部下からつるしあげをくう。
いくら自分ひとり仕事にはげんでも、現代では統率力のない部課長は無能だということになっているから、明治・大正生まれである社長や重役から睨《にら》まれてしまう。さらに世間からは、日本の評判を海外で悪くしたのは昭和一桁である、この連中こそエコノミック・アニマルであるなどと言われる。だからといって仕事の手を抜くことはできない。社長・重役から働け働けと尻《しり》を叩《たた》かれるからである。この明治・大正生まれの連中は悪いやつばかりであって、昭和一桁を内心軽蔑《けいべつ》していながらも、働けといえば馬車馬のようにいくらでも働くことを知っていてけしかけるのである。けんめいに働き、世間や部下から罵《ののし》られた上、上役が認めてくれないというのでは、まったく浮かぶ瀬がない。おまけに家族からも馬鹿にされる。

「趣味、道楽がひとつもない」

「休みの日は寝ているだけ」

若い連中からも馬鹿にされる。

「遊びかたを知らない」

「軍歌しか歌えず、踊りができない」

「英語が喋《しゃべ》れない」

これではまったく、馬鹿呼ばわりである。しかしこの連中、こんなにまで馬鹿にされて、いつまでも黙っているだろうか。現在でこそ上と下から責められる中堅の位置に甘んじてはいるものの、実際によく働いているのはこの昭和一桁であり、いずれは社会の支配層となるであろう。そうなった時、この連中は明治・大正生まれの連中をどう扱うだろうか。現在、老人の福祉がやかましく言われているが、これが明治・大正生まれの連中の音頭取りで騒がれていること、結局は明治・大正生まれの連中が自分たちの老後のことを考えてやっていることであるということを、昭和一桁の連中はよく承知している。だいいちこの連中、老人の生命など、さほど尊いものと思っていない。だいたい人間の生命など、さほど尊いと思っていないのである。自分たちを戦場に追いやり、同世代の若者をたくさん殺した明治・大正生まれを、昭和一桁は、おそらく見殺しにするだろう。そういうことは、わりあい平気なのである。一方、昭和二桁の部下に対してもきびしい。食べものを奪いあった幼少年期の記憶が焼きついているから、働かざる者食うべからずの考えが徹底していて、若い連中の甘えなど通用しないのである。組合を弾圧し、気に食わない部下は片っぱしから首を切る。ヒューマニズムなど幻影であるということを、これほど身にしみて知っている世代はない。復讐《ふくしゅう》の時は近づいているのだ。

食　料

ついに魚が食えなくなってしまった。

最低基準をはるかに上まわる量のＰＣＢが検出されたという。

今日、いつも買っている駅前の魚屋の前を通りかかったら、客はひとりもいなくて、主人が客待ち顔だった。ぼくは顔をそむけるようにして通り過ぎた。あの魚屋一家が破産したら誰が面倒を見るのだろう。

急に魚を食うのをやめたところで、今まで知らずに食べていた魚にだってＰＣＢは含まれていたのだから、今までに蓄積されたぼくの体内のＰＣＢが急に消滅するわけではない。以前から、いずれ魚は食べられなくなるものと思い、食べられるうちに食べておけとばかりむさぼるようにして食べていたのだから、ぼくの体内に多量のＰＣＢが蓄積されていることは間違いない。だが、どうせそうだからといって、ＰＣＢが含まれていることがはっきりわかっていて、これ以上魚を食う気にはならない。まったく、こんなに早く魚の食えなくなる日がやってこようとは思わなかった。カルシウム不足をどう補うべきか。

では次は、何が食えなくなるのだろうか。米だろうか。野菜だろうか。果物だろうか。あるいはまた、牛肉だろうか。

食べられないものが次第に多くなっていくだろうことは以前からわかっていた。だからこそ、子供がご馳走をもりもり食べているのを見るたびに、そうそう、今のうちにたくさん食べておけよ、いずれそういうものは食べられなくなるのだからな、と、心の中

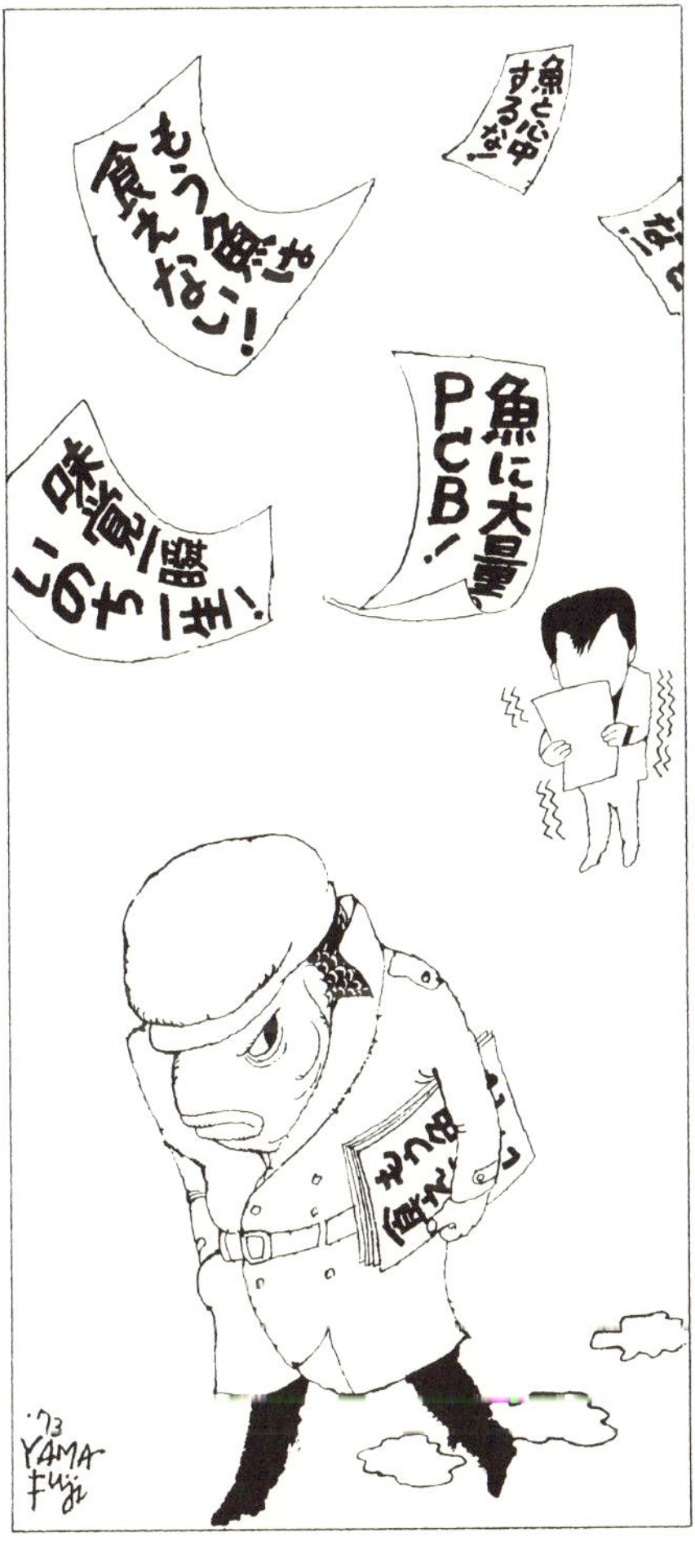

で思っていたのである。

だがやはり、魚が食えなくなったということはショックであり、非常に淋《さび》しい。特に脂肪分がいけないというから、ぼくの好物のとろは、もう永久に食えないかもしれない。

おお魚よ、もう食えないのか。

この上なき酒の肴《さかな》であったお前たちを、もう味わうことはできないのか。

とろよ、たいよ、はまちよ、さらば。

寿司よ、刺身よ、さらば。

まったく泣きたいくらいの気持である。

この上、牛肉や米が食えなくなったりしたら、もう死んだ方がましだ。ぼくはこれ以上子供を作るのを、今、ためらっている。今の子供たちが大きくなった時の食糧事情を考えると、可哀《かわい》そうでならない。その時の彼らの苦労を考えると、生まない方がいいのではないかとさえ思うのである。もっとも、生んだところで本人たちは、さほど不幸とは思わないかもしれないが。

ＰＣＢなどによる食料の汚染以外にも、食料の欠乏という事態が考えられる。トマト一個が八千円、牛肉一〇〇グラムが四万円などといった時が、やがて来ることは明らかであり、これから眼をそらすことはできまい。ＳＦの方では人間が人間を食いはじめる未来さえ、なかば常識化してしまっている。

たまたま「ソイレント・グリーン」という映画を見た。食料がなくなり、人口が爆発的に増加したため、食品会社が人間の死体をソイレント・グリーンなる食料に加工して売る話である。この秘密を、ひとりの刑事が食品工場に潜入して発見するくだりがヤマになっている。映画そのものは単調だったが、テーマ以外にも安楽死の問題とか、いろいろ考えさせるものがあった。

映画会社としては「ソイレント・グリーンの秘密を喋らないでください」と広告しているが、これはどうせわかってしまうのだから、映画そのものにもうひと工夫なければならなかったと思う。たとえば刑事が最後にはっと気がつき、「そうだ。食うものがなくなれば結局は人間の死体を食うしかないのだ。むしろそれが新しい常識なのだ」という結論にたどりつくとか、あるいは食品会社を善玉にし、人肉を食うことに反対する保守的な旧世代を悪玉にするとかした方が、ずっと恐ろしさが倍加したと思うのである。

人口

以前、どこの誰ともわからぬ馬鹿が電話してきた。ぼくが週刊誌に書いたことが気に入らないというのである。

「子供を、いくら生んだっていいじゃないか。そして政府が、その子供に対して金をくれるというのなら、貰っといたらいいじゃないか。それで父親が酒を飲めば、それでもいいじゃないか。おれには六人、子供がいる」

そしてその六人の子供を、ひとりずつ電話に出したりした。

こういうエゴイストの馬鹿な親がいるから困るのである。これは子供を可愛《かわい》がるのが楽しいとか子供を自慢したいとかいう親のエゴイズムから子供を生むわけであって、将来のことを考えたら、そんなに安易に子供を作る気にはなれない筈《はず》なのだ。

正直の話、ぼくだって子供はほしいのである。生もうとすればいくらでも生めるし、家の中に子供がたくさんいれば、家長としての権威がふえていい気分になれるのだが、そういった、どちらかといえば動物的な感情だけで子供を作っていいものかどうかは大いに疑問である。

こういう人は親としてもエゴイストであり、人間としてもエゴイストなのではないか。人口問題、公害問題、資源問題、どの問題から未来を見ても、子供にとっては暗いのである。子供を生むことに否定的にならざるを得ない。もっとも、人類としての努めであるからして、ぼくもひとりだけは作ったのであるが。

人口問題をテーマにしたSF映画が、最近よく封切られる。「赤ちゃんよ永遠に」で

は、産児制限によって人口爆発を押えようとするし、逆に安楽死とか食糧問題を考えさせるのが「ソイレント・グリーン」であった。

人口爆発は、特に日本などでは目に見えている危機なのに、これをさほど危険視しない説が横行している。

「なあに、人類の知恵が増加を食いとめる」

「たとえ十倍になっても、空いた土地はまだまだある」

そんなことをいう人に限ってごろごろ子供を生んでいるし、いくら空いた土地があっても、人口は都会へ集中する。まさか富士山頂近くで家は持てない。都会は身動きもできぬほどの密集地域となり、やがては都会で子供を生めなくなる。すると、過疎地域へ行って子供を生みその子供をつれて都会へ戻ってくる。都会はますますごった返し、食料が欠乏する。

老人を殺さなければならなくなる。老人に長生きさせようというのは現在の常識だが、未来では「老人はなるべく早く、安楽に死なせてやろう」というのが常識になり兼ねない。新聞は掌《てのひら》を返したように、この常識に便乗するだろう。それがヒューマニズムだというだろう。まったくヒューマニズムだとか何だとかいった常識は、大多数の望む方向へいくらでも変化していくものなのである。

子供を平気で殺す親がふえてきている。こういう感覚を持った新人類が出てきたというのは、人口増加を少しでも食いとめようとする自然の知恵ではないかと思うがどうか。新聞は子供が殺されるたびにきいきいわめいているが、善悪よりも、そうなった自然環境に注意を向けた方がいいのではないか。

そういえば公害だって自然の知恵、あるいは宇宙の摂理かもしれない。魚貝類がＰＣＢで汚染されて、今のところは食べるのを控えている人間たちも、やがて重大な食糧危機に直面すれば、ＰＣＢの魚だろうとカドミウム米だろうと、がつがつ食べる。イタイイタイ病やなにかで死ぬ人間が続出する。そこで人口問題が少し緩和されるという寸法である。

だいいち、死そのものがさほど重大に思われなくなってくるだろう。それどころか自分や他人の死を待ち望む状態にだってなるだろう。それを地獄だと思うのは現代の常識に過ぎないのである。

フロイト

誰か特定の思想家にかぶれる一時期がある。ぼくの場合はフロイトだった。

日本教文社から全集の新しい巻が出るたびに買い、次つぎと読破し、「ヒステリー研究」を読み終った頃にはもういっぱしの精神分析学者気取り、友人のする夢の話を得意になって分析してやったりしたものだ。

フロイトかぶれというのは、ぼくの考えではマルクスかぶれに次いで多いのではないかと思う。今でもよく、得意になって他人の夢を分析してやっている人物などを見かけるが、昔のぼくを思い出して腋《わき》の下がむず痒《がゆ》くなる。

フロイトにかぶれると、悪いことがふたつある。ひとつは、本人にフロイトかぶれであるという自覚がないこと、もうひとつは、人間心理の奥義《おうぎ》を極め尽したような気になり、他人を軽蔑《けいべつ》したり、人間を単純に考えてしまったりすることである。当時のぼくも、自分がフロイトにかぶれているだけとは夢にも思わず、マルクスにかぶれているやつを見て、ふんと鼻で笑い、内心軽蔑していたものである。実は同病者なのに。

今から考えれば、友人にとってあの頃のぼくは、おそらく非常にいやなやつであった

ろう。特定の科目の成績だけが悪い友人を見ると、「君はあの教師に父親を投影し、激しいエディプス・コンプレックスによって抵抗しているのだ」などと言い、喫茶店でコップを割った女子大生に「君には処女を失いたいという無意識的願望がある」などと言い、ぼくの名前を間違えてばかりいる友人に「ぼくを無視したい気持を抑圧しているからだ」などと言い、時間に遅れてきたやつに「来たくなかったんだろう」などと言い、

妙な癖のあるやつに「手淫《しゅいん》コンプレックスだ」などと言ったりしたのだから、まあ、嫌われて当然である。

人間をこういう具合に見るのはまったくよくない。精神分析は欧米ほどポピュラーではないが、日本にだってまだまだフロイトかぶれの青年はいる筈だ。しろうとが他人の、特に正常な人間の精神分析をするなど、しろうとの催眠術と同じでたいへん危険であるということを警告しておこう。最近はぼくも、滅多に他人を精神分析しようなどとは思わない。催眠術も少し齧《かじ》ったが、もちろんこれも絶対にやらない。

ちょうどこのころ、演劇に夢中だった。ぼくは仕入れた知識を生かし、精神分析的に役の解釈をやった。解釈そのものは褒《ほ》められたが、それが実際上演技に役立ったかというと、これはちっとも役立たない。いくら役の人物の精神分析を正確、精妙にやったからといって、その役の人物になりきれるわけでもなければ、演技力に何かのプラスがあるわけでもない。

一時、フロイト熱がややおさまりかけた時にちょうどモンゴメリイ・クリフト演じる「フロイト」という映画がアート・シアターで封切られ、フロイトはもっとエキセントリックな人物であった筈だなどと思ったところから、またぶり返してフロイトを再読しはじめ、その後はつかず離れずで今に至っている。

ユング、アードラー、メニンジャーなども派生的に読んだが、やはりフロイトがいちばん文学的だから面白い。今ではフロイトは仮説の文学だと思うところへ落ちついている。

フロイトにかぶれてよかったと思うのは、そのおかげで政治思想という、別の意味で魅力的な泥沼にはまりこまずにすんだ点だが、そのかわり今では政治意識皆無である。

アメリカの喜劇映画には、よくフロイトかぶれの人物が出てくる。世の中のことは何も知らない癖に、いっぱしの人間通になったように思いこんでいる小生意気な女子大生などである。たいていは喜劇的に描かれているのでいやな気がする。そしてまた、アメリカではああいうのが卒業してから精神分析医の看板をかかげるのかと思い、彼らのところへやってくる患者のことを考えて、ひどく気の毒に思ったり、おかしく思ったりもするのである。

情報

「どうでもいいような情報が多すぎる」

「情報が多すぎて迷う」

「情報公害である」

　そんなことを言われはじめてからずいぶん経《た》つが、物事には必ず反対するという天邪《あまのじゃ》鬼《く》な人は必ずいるもので、

「いや、情報量は決して多くない」

「量よりも質が問題である」

　などと言う人もずいぶんふえてきた。考えてみればこれだけ多くの意見が出揃《でそろ》うのも情報量が多いからに他ならないのであって、情報量が多いということは厳然たる事実である。これだけ情報量の多かった時代は、なかった筈だからである。違いますか。

「量よりも質が問題である」という意見など、どういう含みがあるのかは知らないが、あたり前すぎて「そうですね」というしかなく、これ即《すなわ》ち「情報量が多くない」ということにならないのである。量が多かろうが少かろうが、質はいいに越したことはない。

量が少くて質が悪かった時代もあれば、その逆だった時代もある筈だ。量が少くて質がよかった時代もあれば、その逆だった時代もある筈だ。現代は、ぼくにとっては「量は多いが五十分の一ぐらいは質がいい」時代である。情報量のうち五十分の一も質がよければ、全体的に見てずいぶん質がいいと言わなければなるまい。ただ、あくまでこれは「ぼくにとっては」ということであって、ぼくが見逃している情報、ぼくの身のまわり

にない情報は勘定に含めない。

　しかし、どうでもいいような情報が多すぎることもまた事実である。

　どうでもいいような情報といえば、この「狂気の沙汰も金次第」など、その最たるものであるという人がいるかもしれないが、それはさておき、一日に十部以上の雑誌、週刊誌、新聞が配達されてくる毎日であるから、全部に眼を通していると、どうでもいいような情報のため無駄に時間を使ってしまうことになり、どうしようかとおろおろする。まことに困るのである。必然的に、自分が興味を持っているジャンルの記事だけを読もうとする。そこで情報内容がますます片寄り、知識が偏《かたよ》るということになる。

　つまりぼくは、経済、家庭、スポーツ、麻雀《マージャン》、競馬といった欄はまったく読まず、広告もほんの一部しか見ないのであるが、こういったものの中にもぼくの血となり肉となるべき情報が含まれている可能性だってあるわけである。早い話が戦争中は少年向きの読物が少かったため、数少い出版物を隅から隅まで丹念に読み、今になっても広告の文章や図柄まで憶《おぼ》えていて、これはぼくの感情生活におおいに役立っている筈なのである。

　さっき「どうでもいいような情報」と書いたが、そういったものの中にも役立つべきものは皆無ではないのだ。なおさら困ってしまうことになる。

　ところが不思議だが、最近ではぱらぱらと活字を見ているうちに、いわゆる「質のいい」情報が直感的にわかるようになってきた。どういうことかよくわからないが、活字の大きさ、組みかた、行間、レイアウト、イラストなどによって、筆者の熱意や編集者の意気ごみがわかるようになったのではないかと思うのである。「活字が立っている」と言ったら「嘘《うそ》をつけ」といわれるだろうが、本当なのである。いわば勘で情報検索をやるわけだ。そういう読物なり記事なりは、必ずぼくにとって「質のいい」情報なのである。勘というのは一種の超能力であるが、人間は困った時、自然にそういう能力が働きはじめるのであろうか。

最近、テレビ世代、マンガ世代の次の、年少者の中から、ふたたび活字を読みはじめる連中がふえてきたなどと言われているが、この第二次活字世代の連中も、そういう能力を身につけているのかもしれない。

食事

食事の時に本を読むという癖は、子供の時からあった。

読んでいる本が面白くて、食事どきになっても手離せない、というのではなく、食事だと聞くと、何か食事しながら読む本はないかと物色する、といった具合で、いわば食事を楽しむが為《ため》に本を読む、といったところもあった。

これは一般には行儀の悪いこととされていて、だから両親からよく叱《しか》られた。

「食事の時には、味わうことに専念しなさい」

これはもちろん、茶の間にテレビというものが出現する以前の話である。いざテレビがやってきてからは、そんなことを言っていた両親も、食事をしながらテレビを楽しむようになったのだから勝手なものである。

しかし今でも「食事しながらテレビを見る」ことはよくて、「食事しながら本を読む」ことは悪いとされる傾向がある。

だからぼくも現在、食事の時に本を読むことはやめている。子供の教育上よくないからというわけではなく、妻が何やかやと話しかけてくるし、子供の見ているテレビがうるさくて気が散るからである。そこでしかたなしに子供の見ているテレビマンガを見ることになる。これが実につまらないものばかりで、強いて面白いものはといえば「山ねずみロッキー・チャック」で、時どきいいのがある程度だ。しかし子供は、どのマンガも熱心に見ている。食べるのを忘れたりしているから、ぼくが本を読みながら食事するよりも熱中度は高いわけである。

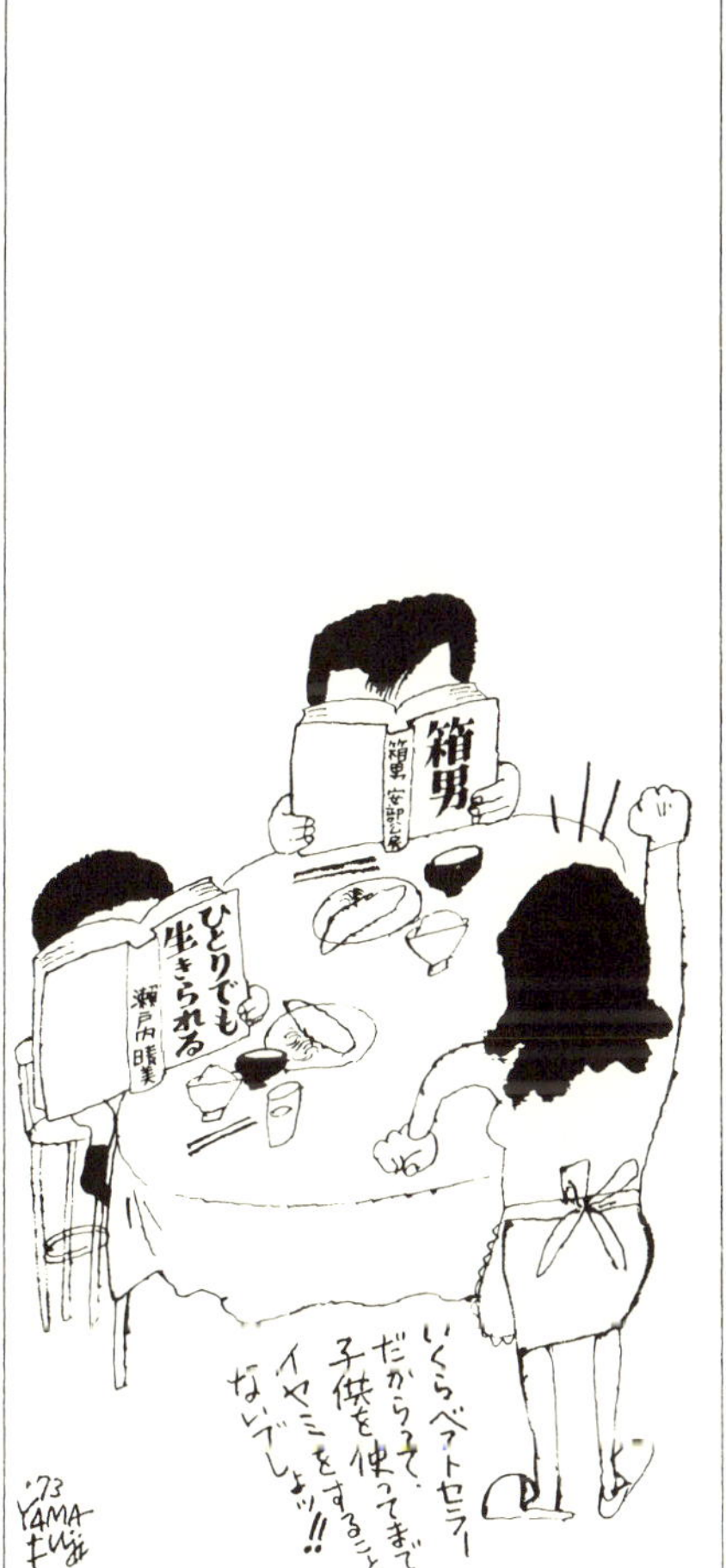

人間はもともと、食事をしながら本を読むと料理の味がわからなくなるというような、単純な動物ではない。相乗作用で料理はうまくなり本は面白くなるといった場合もある。なのにどうして、テレビならよく、本なら悪いのであろうか。

これはつまり、テレビは集団的没入だが本は個人的没入だからである。家族が集って食事している時、ひとりだけ本を読むということは、本人にとっては家族を疎外《そがい》することになる。家族にしてみれば無視されているように感じて怒るわけである。

しかしそれなら、テレビは家族の無視ではないだろうか。テレビを見ながらの茶の間の団欒《だんらん》というのがあり得るだろうか。

本に没入している時その本は自我の一部になっているわけだが、テレビだって同じことである。そこで自分の見たい番組を見られず、家族の誰かにチャンネルを変えられてしまうと、自分の自我の一部をけずり取られたように感じて怒り、チャンネルの争奪戦による尊属殺人なども起るわけだ。同じチャンネルで同じ番組を見ていてさえ、その番組内容が自我に影響している角度は家族ひとりひとりで違うわけであって、家族たちは団欒しているつもりかもしれないが実はそれぞれが家族を疎外しているのである。

本は視覚だけのメディアだがテレビは視覚と聴覚のメディアであって、その点だけをとりあげてもテレビへの没入度の方が高いといえる。

ときどき家族間で戦わせているテレビ番組に対する批評なども、それは家族全員が現に直面している家族間の問題を避けるためと言えなくもない。家族間の問題をけんめいに話題にしているのはテレビの中のホーム・ドラマだけであって、それを見ている家族は黙りこくっているわけだから、これはやはり団欒とは言えないのではないか。してみれば本の方は個人が他の全員を疎外するのに対して、テレビは全員が全員を疎外しているわけであって、本に比べてテレビの有利な点はと言えば、食事中、家族とのいさかいによって料理の味がまずくなる事態を避けられるという一点に凝集されるのではないかと思うがどうか。嘘だと思ったら食事どきにテレビを消してみればよい。食卓での話題を心得ていない家族たちが、たちまち口喧嘩《くちげんか》を始める筈である。

キャスト

西洋古典主義戯曲の作法で「三一致の法則」というのがある。「時の統一」「場所の統一」「行動の統一」である。「行動の統一」は「筋の統一」と言い変えられる場合もある。今度「書き下し戯曲」を頼まれて喜劇を書いたが、これは三一致の法則に忠実に従った。

つまり舞台上の時間は途中切れ目なく続き、時間の流れの早さは実際の時間の経過と同じで、舞台は一定、人物の行動は単一のストーリイ、単一のテーマを追い続けるわけである。ドタバタ喜劇である上にSF的でもあるから、相当ごちゃごちゃした感じになる。その上さらに手法まで前衛的にしたのでは何がなんだかわからなくなると思い、十七世紀フランス演劇以後の伝統的手法で書いたのである。自分に拘束を課したわけで、これは非常に厄介ではあったが、書き進むうち、さすが古典的手法だけあってたいへん演劇的効果のあがる手法であることがわかってきた。特に喜劇の場合、特に効果があるのではないかと思ったりもした。

これが成功したかどうかは、戯曲を読んでいただくなり、上演された場合は見ていた

女主役御見立
たいはござらぬただのおみたて
弁慶
藤島泰輔
高師直
柴田錬三郎
弁天小僧
戸川昌子
鏡獅子
司馬遼太郎
'73
YAMA
FUJI

だくなりして判断してもらうほかないのだが、この三一致の法則だけに縛られず、何か八方破れの部分がぼくはほしかった。

そこで登場人物を思いっきり大勢にした。登場人物を最小限度に押えて統一せよという法則はないからである。

結果的には男性二十五名、女性五名、シロクマ一匹という多人数の芝居になってしまった。もちろん多人数にしたからにはその必然性も要るわけで、効果的な場面も作った。それが成功しているかどうかも、読んでいただくなり見ていただくなりして判断してほしいものである。

多人数の芝居になってくると、当然主役だとか脇役《わきやく》だとか、時にはちょい出の役などもあるわけである。ここでもぼくは苦労をした。といってもその苦労は劇作家としての苦労ではない。いわば余計な苦労なのである。

以前芝居をやっていたことはすでに書いたが、これは中学生時代から始まり、高校時代、大学時代、そして新劇団時代と続いている。特に中学、高校時代は演劇部長をやっていた関係上、配役にはひと苦労した。誰もがいい役をやりたがるのである。

皆が主役をやりたがる、とは限っていない。バカとか気違いの役は誰でもいやがるだろうとお思いかもしれないが、むしろ芝居をやっている連中の中には主役よりもこういう役ばかりやりたがるバカや気違いが多いのである。

皆がいやがるのは、目立たない役、見せ場のない役、ちょい出の役なのである。書いているうち、そのことがどうしても頭に浮かんできて執筆の進行を妨害した。「この男の役の見せ場を作らなければ」「ちょい出をなくさなければ」と思い、苦労したのである。

出演者三十名の芝居なので、脇役の性格を作るのにも苦労した。こういう時、座付作者なら具合がいいのにな、と思ったりもした。俳優の個性を参考にして役作りができるからである。この次書く時は、座付作者的な作業もやってみたいと思う。

座付作者といえば、いつも読むたびに感心してしまうのは文士劇の台本である。こればかりは既製の戯曲で間に合わせるわけにはいかない。文士はそれぞれが一国・城の主であって、老大家、流行作家、新進作家の区別はあるにせよ、いわば一人ひとりがスターである。だから単なるスター・システム演劇の台本よりもむずかしい。それを誰にも不満がないように、全員ぴたりと適役を作ってしまっているのだ。せりふの分量、出演時間なども過不足がない。みごとなものである。これはこれで卓抜したひとつの芸であろう。

化粧

今、三面鏡の前で、妻の留守中、こっそりこの原稿を書いている。

妻が秘密にしている化粧法というやつを、ばらそうと思うのである。P化粧品のセールス・ウーマンが妻にこっそり渡した秘密の化粧品リストを発見したためだ。もしこれを書いている最中、妻が外出から戻ってきたら、ぼくは大変な目に会うことになる。どれくらい大変な目に会うかというと。

ま、そんなことはどうでもよろしい。たいていの亭主族は妻のお化粧の長さにうんざりしている筈《はず》であり、ぼくもその例に洩《も》れない。これは今までさんざんうんざりさせられ、これからもさせられるであろう妻の長いお化粧に対する復讐《ふくしゅう》なのである。

と同時に、なるほど、こんなに凝ったことをしているのなら、お化粧が長いのも当然であると、ご亭主族に再認識してもらうためである。

リストは朝と晩のふた通りある。まず、朝から始める。

エクセル・アクワ・クリーンで洗顔する。次にオキソトーナーで拭《ふ》いて毛穴をひきしめる。ポリシマ・トーニング・ローションーSをカット綿にたっぷり含ませてパッティングをし、シミ、ソバカスを防ぐためマーヴェルフェアを塗《ぬ》り、ポリシマ・モイスチャーミルクーSを掌《てのひら》にとって顔全体にのばして肌をととのえ、ビタミン入りのデ・オクリームで肌に栄養をあたえ、サンクリームを塗り、サンプレス・シェルターという物凄《ものすご》い名前の日焼け止めクリームを塗り、メーキャップをひきたてるためのパーフェクトベースを塗り、これでやっと下地の化粧が終り。それから本格的にメーキャップを始めるの

である。妻はメーキャップ用にはC化粧品を使っているようだ。まず肌色をコントロールするためにフェイシャルケイク11ペールブルーというファンデーションを塗り、その上にフェイシャルケイク13フェアトーンというファンデーションを塗る。アイシャドウはP化粧品のケーキアイシャドー・クリーンセットとR化粧品のアルティマⅡ・パティナ・アイシャドウ41を使い分けているらしい。いちばん時間を食うのがアイラインであって、これはS化粧品のベネフィーク・ニューインプレッション・アイライナーを使う。まつ毛に塗るアイラッシュはR化粧品のアルティマⅡ・ラッシュメークアップ・オートマティック13である。口紅、頰紅の類はたくさんあって、どれを使っているのかよくわからない。最後はフェイス・パウダーで、P化粧品のものを使っている。時にはこの上から、K化粧品のイフ・ヴァリアン・ブラッセの四色で塗り分ける。

これだけやるのに早くて三十分、遅くて一時間以上かかる。たとえば山田五十鈴などはフェイス・パウダーだけで時には一時間かけるそうだ。気分が落ちつくという。

次は夜。

まず入浴する。浴槽にシベール・バス・パフュームを入れて匂《にお》いをよくし、シベール・ソープでからだを洗う。香料を入れない時はS化粧品のベネフィーク・バブル・ボディ・クレンジングで洗う。風呂を出てからエクセル・クレンジング・クリームで汚れを落し、アクワ・クリーンで洗顔し、オキソトーナーで拭き、エクセル・コールドクリームでマッサージをし、フレッシュ・アップで拭き、週に一度か二度、エクセル・ベルフォームでパックする。C化粧品のスーペリア・ビューティマスクを使うときもある。これが乾いたらばりべりぼりばりと剝《は》がし、オキソトーナーで拭き、ポリシマ・トーニング・ローションーSでパッティングし、マーヴェルフェアを塗り、ポリシマ・モイスチャーミルクーSを塗り、デュオクリームを塗り、ポリシマ・エモリエントクリームーSという栄養クリームを塗り、そして寝るのである。

そしてこれが新聞に載った日、家庭争議が起きるのである。

大変だ。妻が帰ってきた。

乱交

一時期、週刊誌などでフリー・セックス論がもてはやされた。

今思い返してみると、だいたいどの雑誌の主張も「フリー・セックスは未来的である。未来社会では、純潔を尊いものとしたり一夫一婦制を固守したりするのは人権を無視した旧道徳時代の亡霊として軽蔑《けいべつ》される。フリー・セックスこそ人間的で、人類を愛へ導くものである」といったようなものであった筈《はず》だ。

正面切ってフリー・セックスに反対したものは数少かったように記憶している。

ところがこの主張は、たとえばタレント同士の関係を報道した記事になるとけろりと忘れられてしまうのだ。

タレント同士の肉体関係は必ず「醜悪」なのであり、「乱脈をきわめる」のであり、フリー・セックスではなく「乱交」だということになるのである。

タレント同士が「セックスの自由を謳歌《おうか》した」と書かれたことは一度もない。

性の自由をあれほど持ちあげたマスコミなら、当然「フリー・セックスによって未来の先取りをしているのは芸能界であり、特にタレントたちである」と書く筈であるのに、この矛盾に触れた記事などもちろんどこにも一行もなく、記者さんたちはすべてこれにまったく気がつかないような書きかたで、いわゆる純潔を尊いものとする旧道徳でもってタレントたちを責めつけているから不思議なのである。

　これはおそらく、書いている人たち自身さえ、まったく気がついていないのではないかと思う。つまり、フリー・セックス論をやっている時は、早くこんな時代がくればい

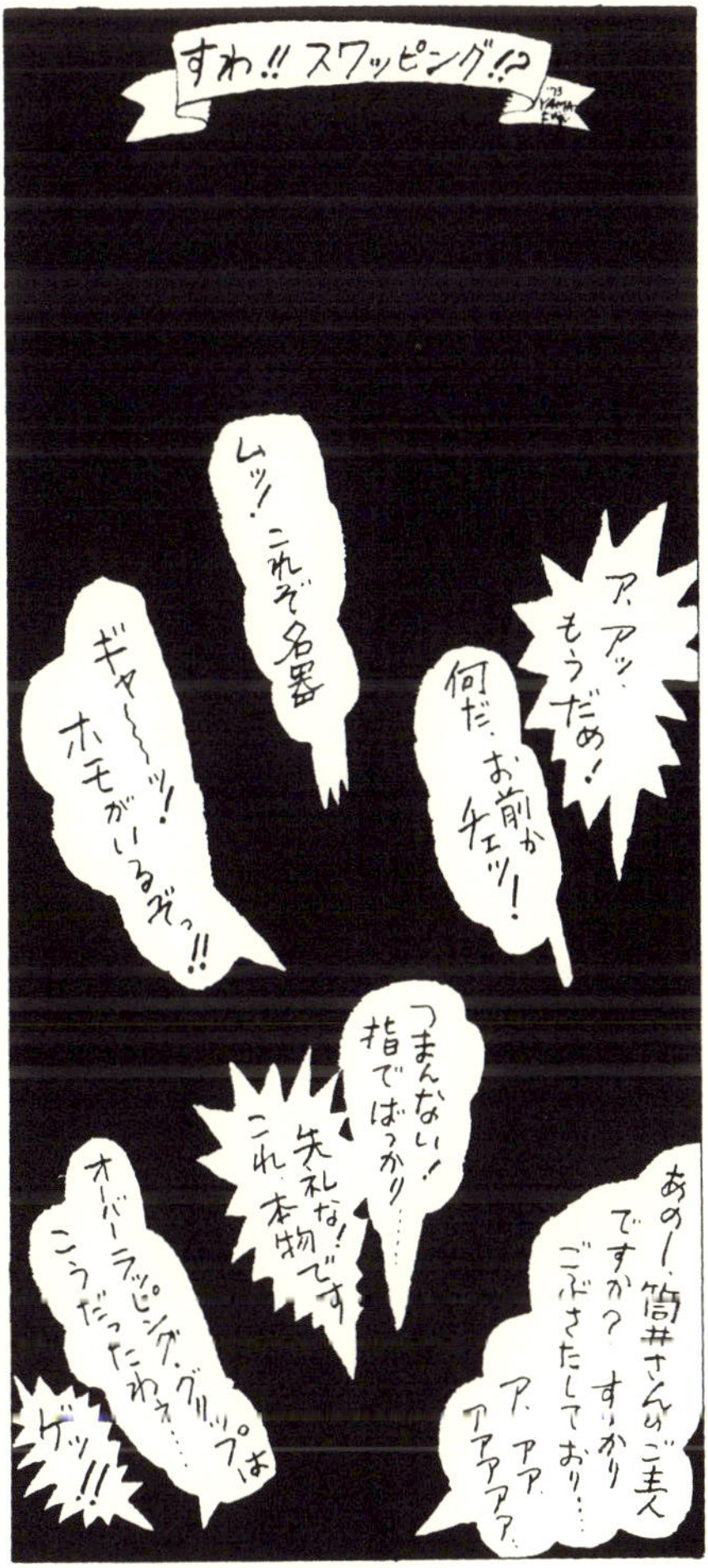

いのにと本気で思いながら書いているわけだし、タレント同士のスキャンダルを嗅《か》ぎつけた時は、本気でいやらしいと思って書いているのであろう。こういう便利な精神機構を持った人種はわりあい多くて、たとえば自分は若い男を追いまわし、情事を楽しみ、ペットの犬を相手にしたりして欲求不満を解消させていながら、若い娘たちの不品行ふしだらを叱るオールド・ミスや有閑マダムに似ていて、ここには「おれがやるのならいい。お前らがやるのは絶対に許さん」といった徹底的なエゴイズムがある。

　腹立たしい気持はわかる。タレントたちは概して美男美女である。その上若く、有名で、金を儲《もう》け、いい暮しをし、ちやほやされている。さらにその上フリー・セックスを楽しまれたのでは、妬《ねた》むなという方が無理かもしれない。しかしタレントたちの社会は孤立している。彼ら自身と外部の人間の言動の相乗効果によってその孤立度はますます深まりつつある。社会的に孤立した家庭で近親相姦《そうかん》が行われ易《やす》いのと同様、芸能界にはフリー・セックスに走りやすい内因、外因がある。開放的ではなく、閉鎖的なフリー・セックスである。そのかわり彼らの社会の内部では、その性行動の大胆さは眼を見はらせるものがある。テレビ局に行くと、しばしば驚かされるような場面を目撃する。いずれは小説に書くかもしれないが、まったく凄いもので、なるほどフリー・セックスの時代になればこうもあろうかと思わされるようなことがあるのだ。この閉鎖的なフリー・セックスを開放的なものにしようとする勇気のあるタレントがたまたまいて、比較的芸能界に近いところにいる人間、たとえばファンだとかタレント志望者といった連中に働きかけようとすると、たちまち「旧道徳的」週刊誌から袋叩《だただ》きにあうのである。走れと叫んでおいて、走りかけたら引き戻すようなもので、フリー・セックス世界への進行を阻止しているのだ。それくらいなら最初からフリー・セックス論など否定すればいいわけであって、どうもフリー・セックスを論じる週刊誌は、ＳＦに描かれているフリー・セックスほど性意識革命への志向を徹底して持ってはいないらしい。独占欲の強い男性の意識でフリー・セックス論をやろうといっても無理だ。自分の恋人や妻が、よその男と交わっているのを笑って見ていられる人間だけに、フリー・セックスを主張する資格がある。

麻《マー》雀《ジャン》

麻雀だけは、ちっともうまくならない。

うまくなろうとする気がないからである。負けてもさほど口惜しいと思わないし、勝っても、たいして嬉《うれ》しくない。下手だといって馬鹿にされても、こっちは自分をさほど馬鹿とは思っていないから腹も立たない。

話は違うが、誰が言い出したか「SF作家蜜月《みつげつ》時代」というのがあった。

マスコミに売れている作家というのが、星、小松両氏どまりで、SFが文壇にさほど認められてもいなかった時代、数人のSF作家が寄り集まっては馬鹿話ばかりしていた、そのころのことである。「SF作家なんてメダカの群れだ」そんな悪口を言う編集者もいた。いつも仲良く群れ集まっているのを見て、そう思ったのであろう。

しかし暇とエネルギーをもてあましていたわれわれにとっては、その集まりが心安らげる唯一《ゆいいつ》の場所であり時間であった。気ちがいじみた話で腹を抱え、笑いころげていたあのころは、楽しい思い出ばかりの、まことに懐《なつか》しい時代であった。

そのうち誰かが、この集まりに麻雀を持ちこんできた。たちまち全員が病みつきになってしまった。馬鹿話が大好きで、麻雀のできなかった故大伴昌司が、加わるでもなし帰るでもなしといった様子で恨《うら》めしそうに、麻雀をやっているわれわれを眺めていたあの目つきは、今でも瞼《まぶた》に浮かぶ。

やがてそれぞれが多忙になり、よほどのことでもない限り集まらなくなってしまった。蜜月時代が終ったわけである。ぼくは麻雀からも遠ざかってしまった。今でもSF作家

筒井さん
あなたのきらいな
ゴルフも
きわめて孤独な
スポーツです
やってみませんか？
〈それにしても、夕刊フジのボクのパートナー（梶山さん山口さんも）はどうしてゴルフをやらないのかしら……〉
YAMAFUJI '73

たち以外の人とは、麻雀をやりたくない気分である。

昨夜、たまたま神戸の元町通りをぶらぶら散歩し、浜側への道に折れたら、右側に大きな「麻雀パチンコ」の店があった。無性にやりたくなって、ぼくはとびこんだ。やっているうちに、どうやらこれはぼくにぴったりのゲームではないか、と、思いはじめた。単なるパチンコなら腕はきたえているから、だいたい思ったところへ玉をはじくことができる。だから「麻雀パチンコ」だと、清一色《チンイーソー》をしようとすればすぐできてしまうのである。

確率計算は、麻雀の確率以外に、どの穴によく玉が入るか、どの穴なら確実に狙《ねら》えるかを計算しなければならない。たとえば万子《ワンズ》を集めていて、〈一万〉〈二万〉〈三万〉といったところが欲しい場合、ふつうの麻雀なら余分な〈中〉などは捨ててしまうのであるが、「麻雀パチンコ」だと〈一万〉と〈中〉が並んでいて、〈一万〉を狙った玉が〈中〉に入ることがしばしばあるため、これを残しておかなければならないのである。

麻雀だと、ちょっと長く考えているとたちまち怒鳴られてしまう。

「さあ。早く捨てて、捨てて」

「早くしろ」

ぼくの頭はどちらかというと学者タイプで、回転はあまり早くなく、じっと考えているうちにいい考えがじわじわにじみ出してくる方である。だから急がされるとあわてふためいて、必要な牌《パイ》を捨ててしまうことがよくある。ところが「麻雀パチンコ」の場合は、さて何を捨てようかなどと考えながらゆっくりとポケットから煙草《たばこ》を出し、火をつけることもできるのだ。これで負ければおかしいくらいのものである。

いちばん嬉しいのは、やめたい時にやめられることである。せっかく勝っているのに、負けているやつが「もうひと勝負」などとねばったため、元も子もなくなるといったことはない。徹夜をして、あぶらが顔にギトギトしているといった不健康さもない。二枚だけ買ったコインが、たちまち十数枚にふえてしまった。また行くつもりである。麻雀パチンコといいパチンコといい猟銃といいギターといい、どうもぼくは孤独な遊びが好きなようである。

参観

父の日だというので、幼稚園へ授業の参観に行かされた。

子供に連れられるようにしてやってきたパパは、だいたいぼくと同年輩か、それより少し若い人が多い。五十何歳という人もわずかにいるし、二十歳代のパパもいる。

皆さん、いくぶん気恥かしげである。照れ臭そうなうすら笑いを洩《も》らし、子供が傍を離れてしまうと心細そうな表情でわが子の姿を眼で追っている。エリート社員とか大商店主が多いと聞いていたのだが、会社や店でてきぱきと若い連中を使いこなして働いているような面影はあまりなく、いかにもしおらしげである。

女同士ならこういう時、すぐ親同士知りあいになってぺちゃくちゃお喋《しゃべ》りをはじめるのであろうが、父親同士だとそんなことはない。眼と眼が合っても、あわてて視線をそらせたりする。子供と一緒に歌をうたわされるわけであるが、皆俯《うつむ》いてぼそぼそとうたっていて、中に二、三人、やけくそみたいに大声をはりあげる人もいる。皆、たいへん照れている。自分の子供の姿を誇らしげに見ているといった父親はいない。

ではどういう具合かというと、いかにも、わたくしはこの子供を、女房と恥かしいことをした末に作ってしまいました、世間様に対してまったく申しわけがない、いやまったく、お恥かしい次第でございます、今日はしかたなく出て参りましたが、まあ、お互い様ですから、どうぞ大目に見てやってくださいとでも言いたげな、そんな様子なのである。

たまに知りあいらしい人がいて、何か話しあっていても、たいてい商売の話である。

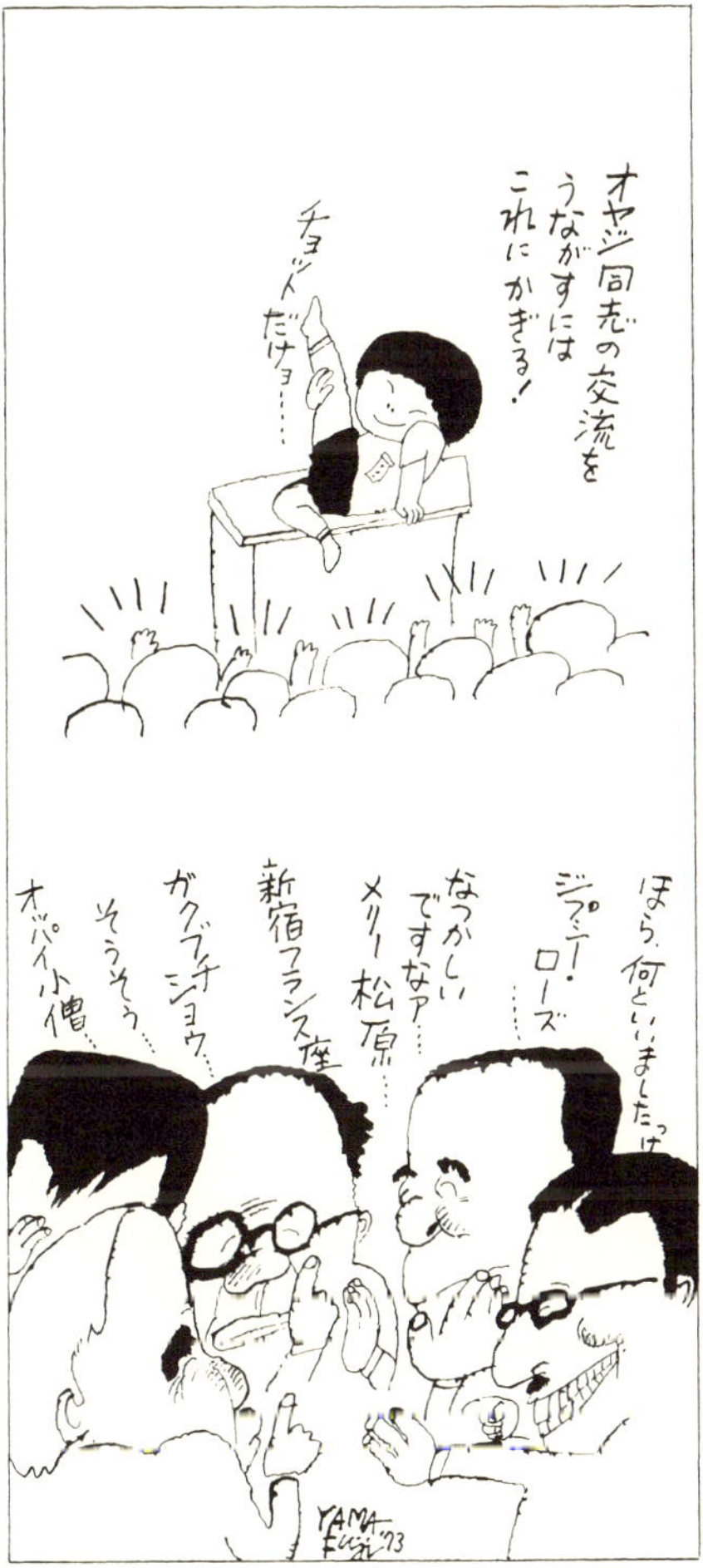

自分がいる場所をできるだけ忘れたいと思ってでもいるかのように、熱心に仕事の話をしている。

女同士ならこんなことはない。全員、大股《おおまた》を開いて、こっ恥かしい恰好《かっこう》をして、野獣のような呻《うめ》き声をあげた末に子供をひり出したことなどまったくどこへやら忘れたような明るさで、ああらまあお宅のお子様もピアノですか、うちの子は絵を、小学校は私立に、などとぺらぺら喋りまくるのである。あの精神状態は、ぼくにはちょっと想像ができないのである。

カソリックの幼稚園だから、神父さんの講演がある。夫のありかた、父のありかたといった演題であるが、講演する神父さんも、なんとなくやりにくそうである。

「私はカソリックの神父でありますから、結婚はできません。したがって夫としても父としても未経験者であり、未経験者が経験者の皆さんにこんな話をするのはおこがましい限りです」

ぼくの息子は去年入園したので、この父の日の参観は二度目であり、講演を聞くのも二度目である。去年は外人の神父さん、今年は日本人の神父さんだったが、二度とも同じような、そんな言いわけめいたことばを聞かされた。喋る方もとまどい、聞く方もとまどっている、といった雰囲気だった。

幼稚園でもらったバラの花を胸につけ、子供の手を引いての帰途、あちこちで同じような恰好をした父親の姿を見かけたが、どことはなく滑稽《こっけい》感がある。場違いな感じがするのである。どのパパも、なぜおれがこんなことしなきゃならないのかといった不満顔である。中には嬉嬉《きき》とした様子の人もいたが、たいていは若いパパだった。

本来ならこの年齢の子供の教育なり躾《しつけ》なりは母親の役だから、それでちぐはぐな感じがするのかもしれない。

教育パパなどという存在は誰が見ても滑稽である。よく仕事のできる男ほど、職場では、自分には妻も子供もいない、といった顔をして働いている。なぜかといえば家庭は男の弱味だからである。家庭を持っている男には責任感があるから信頼される、などというが、あれは嘘《うそ》だ。弱味につけこまれているだけなのである。

ボーナス

会社に行っていた頃、やはり人並みにボーナスを貰《もら》っていたのだが、何に使ったかというと、いったい何に使ったのかどうしても思い出せない。一・五カ月分とか二カ月分とかだったから、本給の安いぼくなどはどうせ雀の涙ほどしか貰えず、洋服屋の月賦支払いを補い、その頃出していた同人誌の印刷代に充《あ》て、残りは二、三回飲みに行って使ってしまったのだろうと思う。

安月給の割には分不相応なステレオ・セットを持っている同僚もいた。レコードも何百枚と持っていた。さほど家が金持でもなかったから、あれはやはり月給やボーナスを注ぎ込んだのだろう。よほど好きでなければ、あんな立派なものは持てない。

ぼくの場合は、とても貯金するどころではなかった。

ところが昨日届いた週刊誌で読むと、ボーナスをどう使うかのアンケートに答え、独身サラリーマンの大半が貯金と言っている。きっとよほどボーナスが多く、他に何も趣味がなく、貯金が好きで好きでしかたがないのだろう。よほど好きでなければ、貯金などできる筈はない。

ぼくの場合、ステレオなり貯金なりに相当する、いわば趣味といったものは、同人誌の発行であった。ＳＦばかりの同人誌を発行していたのだ。活版印刷だから、百部刷るのに当時の金で三万五千円ほどかかった。

最初は弟たちと一緒に始めたのだが、弟たちはまだ学生で金がなかったから、ほとんどぼくが支払った。

サラリーマン経験のある自由業人の多くは
年に二度、六月と十二月に
極度の精神不安定状態におちいる
これを「賞与禁断後遺症」という……
'73 YAMA FUJI

当時ぼくの月給が一万数千円、ボーナスだって三万円ぐらいしか貰わなかったのだから、これは大変な負担である。年四回発行予定が、結局二、三回しか出せなかった。

その後、この同人誌に載った作品が商業誌に転載されたりして、「ＮＵＬＬ」という誌名が知られはじめ、入会申込が次つぎとあった。ぼくはこの連中を、入会金三百円、会費月額百円で入会させることにした。

そんな金額をどうやって割り出したのか、今となってはこれも思い出せない。同人は多い時で四十人くらいだったが、ひとり百円だから月四千円にしかならず、やはり印刷代の大半はぼくが月給やボーナスを注ぎ込まなければならなかった。

「年四回発行の筈が、二回しかこないではないか」同人から、そんな怒りの手紙を貰ったこともある。「ＳＦファンから金を盗むようなことをするな」ただ読みたいというだけの同人だったのだ。

ぼくはこんな返事を書いた。

「あなたは同人誌を何と思っているのか。会合にも顔を出さず、作品も送ってこず、その上人を泥棒呼ばわりするような非協力的、非紳士的な人は同人ではない。やめて貰います」

同人誌に対する見解の相違である。

ぼくはボーナスで貯金することこそしなかったものの、この同人誌の発行は、やはりひとつの貯金だったと思っている。

　ボーナスをステレオに注ぎ込む人は精神内容を豊かにするための貯金だし、貯金する人は生活のゆとりのための貯金である。ぼくの場合は、今でもこの同人誌に載せた作品の焼きなおしをしたりするから、一種のアイデアの貯金といえよう。

　当然のことながら、作家にボーナスはない。雑誌に載った時の小説の原稿料が月給で、それが一冊の本になった時の印税がボーナスか、などとも考えてみるが、しかし印税は臨時手当ではないのである。あちこちの出版社から、社員ボーナスの半分か三分の一でもいいから、作家ボーナスというのが出ないだろうか。もちろんこれはぼくのような非流行作家だけ。長者番付に顔を出している作家には、あげなくてもよろしい。

漫　画

今回は植草甚一風に行こう。

めずらしく朝早く起きたのでテレビを見ると「トムとジェリー」をやっていて、これは以前夕方放送したものの再放送なのだが、もう一度見ようと思って、ドルーピイものを一本中にはさんだトムとジェリーものを二本見たら、やっぱり面白かったので、嬉しくなって、コーヒーを飲みに散歩に出た。

おや、こんな喫茶店がいつ出来たのだろう。そう思って入ってみると、デンマーク風の装飾が店内にしてあって、こういう雰囲気はいいなあ。コーヒーもおいしくて、冷えた生クリームの銀の容《い》れ物を置いていくのもすっかり気に入ってしまったので、また来ることにしよう。

トムとジェリーのものではアカデミー賞をとった「トムとジェリーの大戦争」があるけれども、あれはあまり出来のいいものではなく、もっと面白いものがあったような気がする。たとえばサーカスから子供の象が逃げ出してきたのを、トムが大ネズミと間違える話だとか、トムが「ネズミ捕獲法」の本を買ってきていろいろ試してみるが最後までうまく行かないで、人形をのみこんでしまって天国へ行く話だとかがあって、ああいう発想の、うずうずさせる話は好きだなあ。

　トムとジェリーは、トムがたとえダイナマイトで首を吹きとばされようと、高い所から落ちてからだがかちかちになり、ばらばらに砕けてしまっても、また次のシーンでは生き返ってジェリーを追いかけまわしているところがナンセンスなのだが、そのほかの

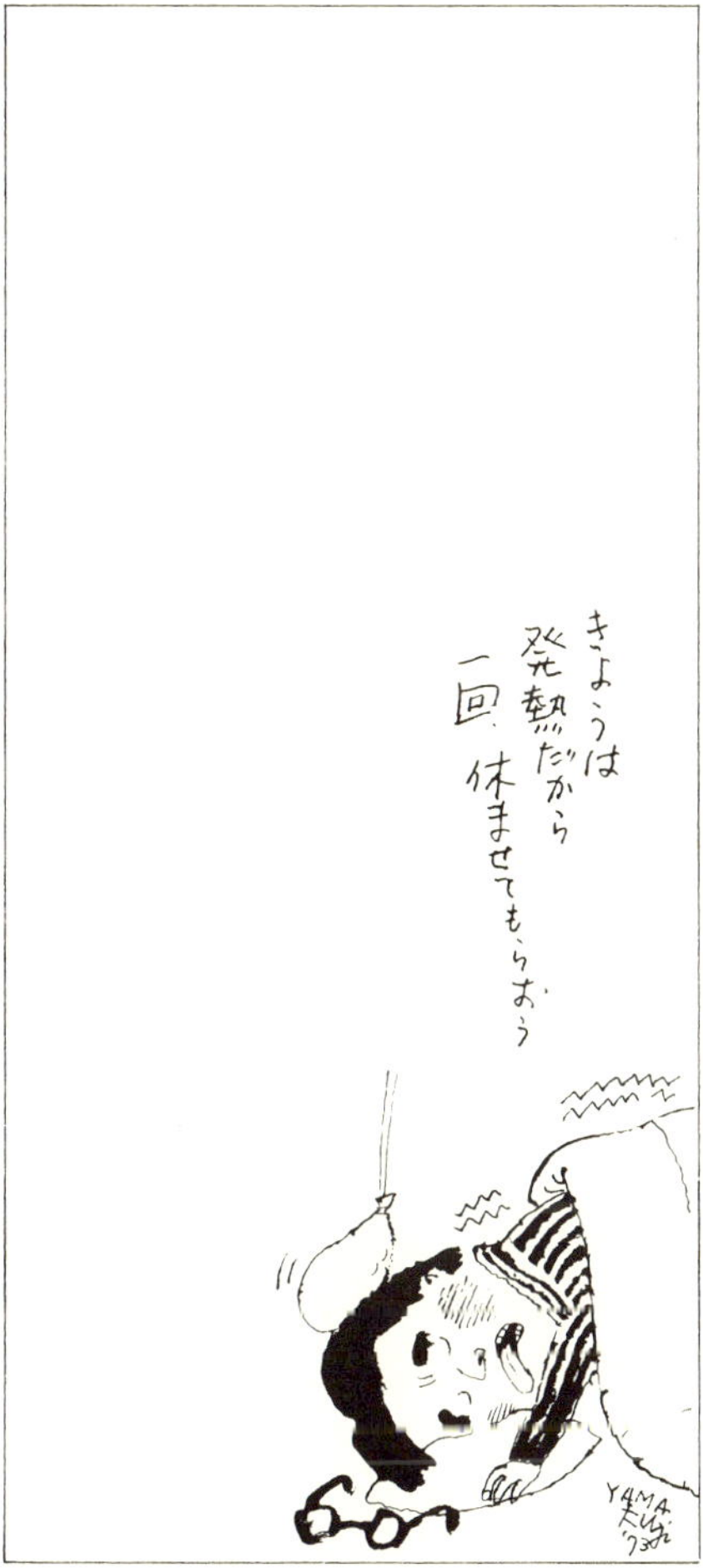

ところはあまりナンセンスはなくて、ナンセンスといえばドルーピイの方がずっとナンセンスだ。ドルーピイが金庫番をしているところへしのびこんだ二人組の泥棒が、ドルーピイから痛い目にあわされるたび、悲鳴を保安官に聞かれてはいけないので、わざわざ裏の丘の上まで走ってきては絶叫するのがあったが、次第にギャグが悪夢のようになってきたので今でも頭に残っている。もっとも、それ以外のドルーピイもののギャグは、二番煎《せん》じが多くてよくないが、これは「ロード・ランナーとコヨーテ」「ヘッケルとジャッケル」「猫のフィガロとヒヨコ」などのシリーズにも同じことがいえる。いつも新しいギャグを開拓しているのはやはり「トムとジェリー」だろう。

古いところではポパイも「アリババ退治」でアカデミー賞をもらっているが、やはりギャグがマンネリで面白くなくて、むしろマックス・フライシャーのものでは「ガリバー旅行記」や「バッタ君町へ行く」のような長篇マンガに都会的なギャグが多くていい。ディズニーのものは、あれだけ新しい技法や美しい映像を生み出したにかかわらず最近では評判が悪いが、やはり見る方では面白くなくなってしまったミッキー・マウスが頭にあるからだろうと思うのだが、たしかにミッキー・マウスは子供の人気者になってしまってからはあまり滅茶苦茶や悪いことができなくなって、なまぬるいユーモアだけになってしまっているから、そこがアメリカの良識みたいに言われるのだろう。

それでもドナルド・ダックやグーフィのものには面白いものが多かったようにおぼえ

ているのだが、どんなものがあっただろう。

ドナルド・ダックはハエ一匹にこだわってひと晩眠れなかったりして、ヒステリックなところがあるから日本人には嫌われるかもしれないが、ニューロティック・ギャグの傑作が多いので、もう一度まとめて見たい気がする。まとめて全部見たいのはグーフィで、これはナンセンス・ギャグなのだが、トムとジェリー同様にいつも新しいナンセンス・ギャグを開拓しているから、今もう一度見なおせば、ずいぶん新しい発見があるかもしれない。

「猫のフリッツ」はローマで見て異様な感銘を受けたが、イタリア語だったので神戸で封切られたらもう一度見に行くことにしよう。

猥《わい》歌《か》

古い猥歌を書きとめておく。ぼくが小さい頃、大人たちが子供の前もかまわず歌っていたもので、ところどころぼんやり憶《おぼ》えていたのを、父に訊《たず》ねて空白を補塡《ほてん》してもらった。今ではこんな歌を憶えている人は、あまりいないのではないかと思う。いちばんよく憶えているのが「お寺の屋根で」という歌。もちろん子供の頃はこれが猥歌とは思わず、童謡だと思っていた。

〽お寺の屋根で　雀が二匹　何しちょる
あれしちょるったら
しょっぱいなったら　しょっぱいな

父はぼくに歌ってきかせる時、「あれしちょる」の部分を「遊んでる」と変えていた。これには二番もある。

〽月夜の晩に　ススキをわけて
あれせぬやつは　地獄で鬼が　杵《きね》でつく
杵でつくったら

しょっぱいなったら　しょっぱいな

父は酒を飲んでいい機嫌になると、猫をつかまえ、膝《ひざ》の上で踊らせた。その時に歌うのは、こんな歌である。

〽一かけ　二かけ　三かけて
西田の橋に　腰かけて

〽夜具も下着も
いとどに濡らし
肩で息する
はやり風邪
〈評〉本日のテーマと、画家の苦しい近況が
巧みにうたい込まれた佳作である
YAMAFUJI '73

むこうはるかに　眺むれば
十七八のねえさんが
　筍《たけのこ》かかえて　泣いている
ねえさん　ねえさん
なぜ泣くの
あの山奥の　その奥に
孟宗《もうそう》　淡竹《はちく》は　生えたれど
真竹（まだ毛）が生えぬと
泣いている
〽一かけ　二かけ　三かけて
西田の橋に　腰かけて
むこうはるかに　眺むれば
七十あまりの　婆さんが
大根かかえて　泣いている
婆さん　婆さん　なぜ泣くの
あの山奥の　その奥に
二股《ふたまた》大根　生えたれど

儲《もう》け（もう毛）がないとて泣いている
八坂神社などの夏祭りで、太鼓を叩《たた》きながら歌う、こんな囃子《はやし》の歌もある。
住吉浜辺の高燈籠《たかとうろう》
あがりて沖を眺むれば
七福神の楽遊び
中でも恵比須《えびす》という人は
金と銀との釣り竿《ざお》で
黄金《こがね》の針で鯛《たい》釣って
釣ったおかげで嬶《かか》もろて
もろたお嬶がかわらけで
隣のお嬶もかわらけで
かわらけ同士喧嘩《けんか》して
どっちも怪我（毛が）なきゃ
ええじゃないか
エヤコーラ　エヤサッサ
「もろたお嬶がかわらけで」以後のものすごい飛躍が何とも痛快である。
猥歌とは言えないかもしれないが、こんな変な歌がある。

〽西郷隆盛
初めて東《あずま》へ下るとき
岩に腰かけ
カニにキンタマはさまれて
あいたったの　こん畜生の
でも気持がようごんす

「あいたったの」と「でも気持が」との間にもう一行あるかもしれないが、父に聞いても知らなかった。この歌は今、ぼくが子供によく聞かせてやっている。「カニにキンタマ」の部分で、息子のキンタマをつかみに行くのである。だからぼくが〽西郷隆盛と歌い出すと、子供は血相を変え、とんで逃げる。

職人

プロの作家なり画家なりを指して、あれは職人だと言えば悪口になる。

ところが大工なり表具屋なり左官屋なりを指して、あいつは職人根性を持っていると言えば、これは褒《ほ》めことばになる。

作家や画家が職人だと悪口を言われる場合は、どんな注文でも引き受けて器用にこなすことのできるやつだというニュアンスが含まれている。芸術家は自分の良心に対して忠実に、自分の気が向く仕事しかしてはいけないのであるという、常識化した大前提がそこにあるからだろう。

しかし作家や画家が自分の気が向く仕事だけしかしなくなったら、これは少し困ったことになる。需要と供給のバランスが崩れて、世の中がうまくいかない。頼まれた仕事をいやだと言ってことわれない作家や画家がいるからこそ、マスコミが成立している。「作家や画家のすべてが芸術家である必要はない」という言いかたもできるが、そう言ってしまうと今度はどこまでが芸術かというむずかしい問題になってくるのである。ある時代で通俗的な画家だと思われていた人の作品が後世芸術となり、現代、文学と言われている作品が未来に於《お》いて気ちがいのたわごととされる可能性もあるからである。例をあげたらわかりやすいと思うが、さしさわりがあるからやめておく。

開きなおって「おれは職人だ」などという人もいるが、こういう人だって面と向かって「あなたはやはり職人でなければいけません」などと言われると、むっとした顔をする。内心は芸術家と言われたいわけである。

職人に、職人根性があるという場合は、あいつは自分の気の向く仕事しかやらないというニュアンスが含まれている。芸術家魂を持った職人だというわけで、褒めているわけなのである。「職人」ということば、「芸術家」という意味と「非芸術家」という意味の、ふた通りに使われる場合があるということになる。まあ、それはそれでもよい。「芸術家」にしろ「職人根性を持った職人」にしろ、できあがった作品なり仕事なりを見るだけの人からは、まことに尊敬すべき人物という具合に見られ勝ちである。

ところが昔からこういう人物は、たいてい家庭を破滅させている。個人的なつきあいのない第三者なら、「まあ、いくら性格破綻者《はたんしゃ》であろうと、あんなすばらしいものを生み出したんだから、許されるではないか」などと言うだろうが、そんなら一度いっしょに生活してみたらいいのである。言うことすること臭気ふんぷん、実にいやな人間であって、まともな神経の持ち主ならまず一カ月で裸足《はだし》で逃げ出すことうけあいだ。ぼくは今「芸術家」と「職人根性を持った職人」とを一緒くたにして書いているが、これは本質的には同じものだと思うからである。

　ところが今では「芸術家」も「職人根性を持った職人」もめっきり少くなった。いないといっていいのではないか。いるのは「芸術家ぶったやつ」と「横着な職人」である。自分がやりたい仕事などたいしてない癖に、頼まれる仕事に文句はつける。怒りっぽくてすぐ喧嘩する、同業者には面と向かってけちをつけ、酒を飲んでからむという、いわ

ば「芸術家」なり「職人根性を持った職人」なりの悪いところばかりを真似して威張っているのである。今の世の中で芸術的な仕事をしようとすれば、そんなことをする必要はない筈《はず》だ。

ぼくが理想とするところは、人にお愛想を言い、どんな仕事でも喜んで引き受け、時には出版社へ「えー小説の御用は」などと注文をとりに出かけ、どんなにたくさん仕事があってもいらいらせず、にこにこ笑いながら鼻歌まじりで書きとばし、しかもそのすべてが古今東西類のない傑作ばかりになるという状態であるが、これはまず絶対に無理だ。だが、これに近い人もいることはいるのである。

愛 車

うちの近くに「垂水銀座《たるみ》」という商店街があり、なになに銀座といえばたいてい商店街であって人通りがはげしいものであるが、ここはいつもたいへん混雑している。ところがこの人混みの中へ車が入ってくるのである。ぼんやり通りのまん中を歩いていて、だしぬけに背後でクラクションを鳴らされると飛びあがってしまう。運転者を睨《にら》みつけてやると、あっちもこっちを睨みつける。向こうもいらいらしているのである。車の鼻づらで、ぐいと尻《しり》を押されたことも何度かある。

だいたい車が入ってこられるような通りではないのだが、まあ、他に道がないのならしかたあるまいと思って我慢している。

この通りでは、事故は少い。車も人も、注意するからである。いちど子供をはねて逃げたやつがいたが、これはオートバイである。

交通事故ではないが、こんな事件があった。

タクシーの前を、まっ昼間、酔っぱらいがふらふら歩いていた。タクシーがいくらクラクションを鳴らしても、いっこうに避けようとせず、あいかわらず道のまん中をふらりふらり。横にはこの酔っぱらいの奥さんがいて、しきりに亭主を道ばたへ引っぱろうとするのだが、その手をはらいのけてまた道のまん中をふらりふらり。運転手はとうとうたまりかねて車からとびおり、酔っぱらいに駈けよって胸をどんと突いた。酔っぱらいはひっくり返り、道路で頭を打ち、そのままあっさり死んでしまった。

大騒ぎになったそうである。

道のせまさと、そのせまい道を車が通っていたための事故だから、一種の交通事故と言えなくもない。運転手は警察へつれて行かれたが、どうなったのだろう。

ぼくは車は運転しないが、そのぼくでさえ、今の法律が歩行者に甘く、車に厳しくできていることを痛切に感じることがある。たとえば、一台の車が走っていたとしよう。この車の前へ、急に人間がとび出してきた。車はそれを避けようとし、横にあった八百屋にとびこんで、客と八百屋の親父《おやじ》を殺してしまい、運転者も重傷を負った。こんな場合でも、とび出した人間はさほど咎《とが》められず、運転していた方がスピード違反なり技術未熟で咎められるのである。こんな事件は無数にある。いくら歩行者が悪くても、事故はすべて運転者の責任になってしまう。

車に厳しいこういった法律は、車の増加を押えようとする政府の圧力なのかもしれない。だが、それにもかかわらず車はどんどん売れている。自動車会社で首をかしげるほどの売れ行きである。その一方では、物価が高いという声があがっている。物価が高いと嘆く人と、車を買う人が同一人物という場合もある。いったいどうなっているのだろうか。

車は、第二の住宅ではないかと思う。

家がせまい。だから新しい家がほしい。ところが家は高くて買えない。しかし、車を買うぐらいの金なら持っている。どうせ貯金していたところで家は買えないのだからと、

そう思って車を買うのではないか。

　ある工員などは、日曜日に家にいても気がくさくさするため、自分の車に乗り、中でインスタント・コーヒーを飲み、カー・ステレオを聞くそうである。気分が落ちつくのだそうだ。あきらかに車が別荘がわりになっている。今に洗濯機、冷凍冷蔵庫つきの車が売り出されたり、カー・セックスでないと感じないという人種があらわれたりすることになるだろう。

　これに加えて日本人は車が好きである。自分の車をこよなく愛するようだ。ソ連、東欧、西欧七カ国で見てきた限りでは、日本ほど車をぴかぴかに磨きあげている国はなかった。「愛社精神」などどこへやら、今や「愛車精神」であって、ちっとやそっとの圧力など、なんでもないのだろう。

事故

臆病《おくびょう》だから、飛行機に乗るのがこわい。

だからなるべく飛行機には乗らないようにし、新幹線を利用している。

ところが、新幹線だって飛行機に劣らず危険だという説もある。時速二百キロで走っているわけだから、もし脱線すれば大変な事故になり、乗客はほとんど全員死んでしまうというのである。水平に墜落しているようなものだというのである。

まったく、余計なことばかりいってひとを脅《おどか》して喜んでいるいやなやつが多いからたまらない。こっちは東京へ往復するのに、飛行機か新幹線かどちらかを利用しなければならないから、どちらが安全かを考えて、どちらかに決めなければならない。

そこでいろいろ考えた末、やはり新幹線の方が安全だという結論に達したので、そのことを書く。書くことによって自分を安心させるためでもある。

「水平に墜落している」といった人は、おそらく物体の落下速度が時速二百キロであることを何かで知ってそう言ったのであろうが、新幹線の場合の時速二百キロは、脱線事故以外の場合には関係がないのではないかと思うのだ。

脱線事故が起る可能性は、事故が起る全可能性のうちの何パーセントかであり、それ以外にもいろんな事故は起り得るのである。

さて、それではその脱線事故である。新幹線に脱線事故はあるが飛行機にはない、だから飛行機の方が安全だという理屈は成立しない。飛行機にも脱線事故に相当するものがある。離着陸の際の脱線、つまり滑走路からはずれて田圃《たんぼ》や海へとびこんだり、建物や堤防に衝突したりすることである。こっちの方が、今までに何度も起っているだけに、大事故を起す可能性はずっと多いといえる。

次は故障した場合である。

時速二百キロで走っている新幹線が故障すると、次第にスピードがのろくなり、最後はレールの上で、じわーっと停《とま》ってしまう。

飛行機が空を飛んでいる最中に故障した場合、次第にスピードがのろくなり、最後には空中でじわーっと停ってしまうことはない。この場合は落ちるのである。

次は衝突、あるいは追突の場合である。新幹線は同一レールの上を二列車が逆方向に突進するということはない筈であるから、正面衝突といった事態はまず起らない。追突しそうになった場合は、本来ならばＡＴＣなりＡＴＳなりが働いて列車は停る筈であるが、もしこれらの装置が働かなかったとしても、運転士が前方に列車の姿を認めれば非常制動ブレーキをかけるから、たとえ追突してしまったとしても被害は少い。しかるに飛行機の場合はどうか。空港周辺の上空を飛行機が入り乱れてとびまわっていることはご承知の通りである。管制官が高度や時間を指定しているとはいうものの、その高度へ移動するまでに時間の遅れが出れば滅茶苦茶になるのではないかという気がしてしかたがない。その上飛行機にはレールがなく、ATCもATSもない。さらに飛んでいるのは旅客機だけではない。自衛隊の練習機が飛ぶ。カラスが飛ぶカモメが飛ぶ。ちぎれた

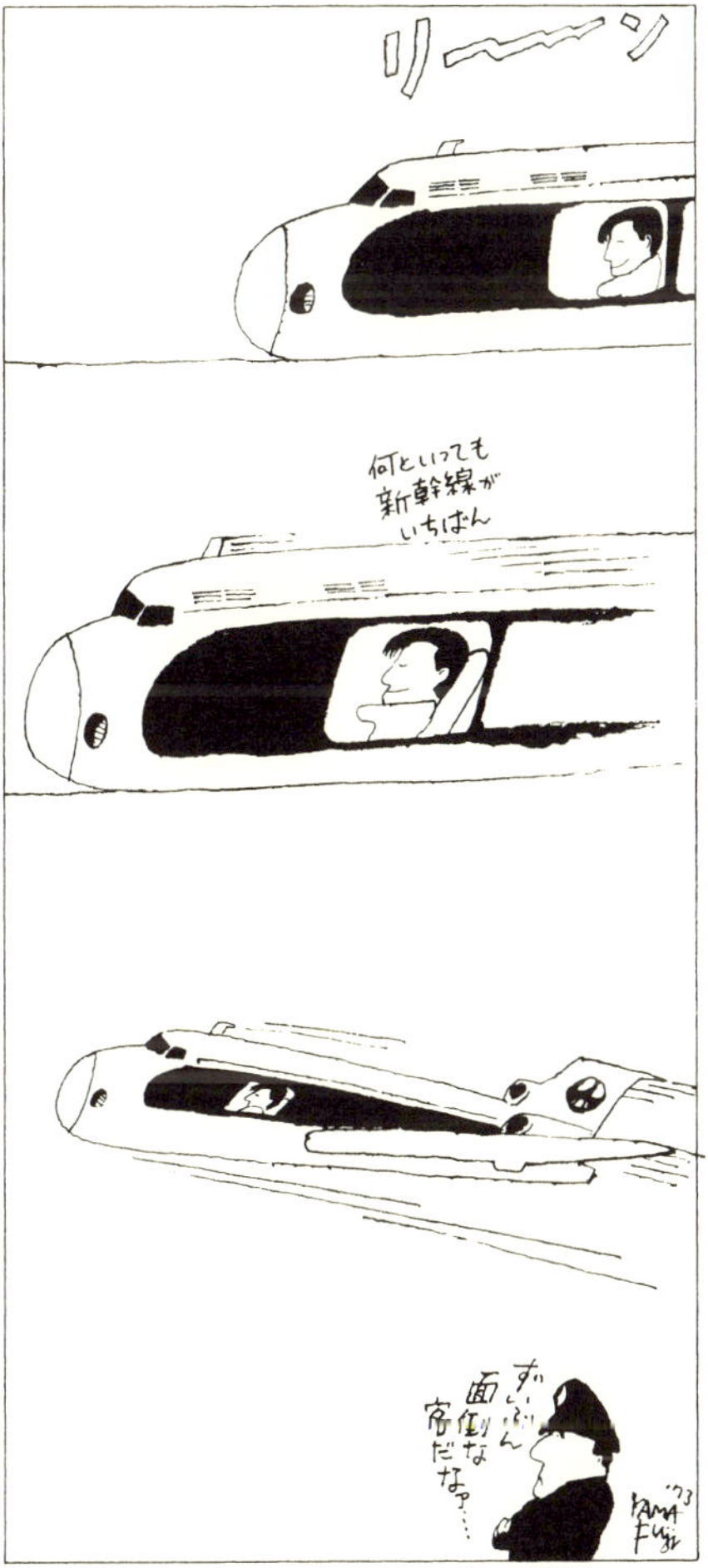

アド・バルーンまで飛んでいる可能性がある。危険きわまりないのである。

　運転士が発狂しても新幹線はレールの上を走っているが、パイロットが発狂したら飛行機はどこへ行くかわからない。

　新幹線を乗っ取って「中国へ行け」という馬鹿はいないが、飛行機は乗っ取られる。機内で殺人沙汰が起る可能性が多い。

　新幹線が大事故を起した場合に備えて、取材班を作っている新聞社もあると聞くが、飛行機事故に備えていた方がずっと賢明であろう。飛行機に比べればまだまだ新幹線は安全である。やれやれ、やっと気が落ちついた。

射　撃

トラップ射撃と、スキート射撃、このふたつの競技は共にクレーという皿を撃つので、クレー射撃と言われている。ぼくが持っているのはスキート用の銃である。だからトラップ射撃はできない。猟をする場合はウズラとか、コジュケイとかいった、近くで狙《ねら》える鳥しか撃てない。カモなどのような、遠くから撃つ鳥は、スキート銃ではだめなのである。カモを撃とうとすればトラップ銃を買わなければならない。

不便なものである。新しく銃を買おうとすれば、すでに別の銃を持っていても、また新しく申請書、証明書の類を揃《そろ》えるのに走りまわらなくてはならないからだ。ぼくの場合、狩猟はやらないが、最近トラップ射撃をやりたくなってきたのに、トラップ銃を買う時のあの面倒な手続きを考えると、つい億劫《おっくう》になってしまう。

手続きを面倒にしたためか、誰でも銃を持つことができなくなり、近ごろ銃による事故というのはあまりないようだ。もともと、さほど事故の起りやすいスポーツではなく、起りやすいという点では車の事故の方がずっと多いのである。それでも少し前までは、不注意とか、射撃場でのマナーを守らなかったためとかで、ときどき事故があったらしい。ぼくの行ったクレー射撃場でも、一度だけ人身事故があったという。

銃口は、たとえ中に弾丸《たま》が入っていないとわかっていても、絶対に人に向けてはいけないのであるが、昔はこんな基本的なマナーもいい加減だったという。面白半分に人に銃口を向け、引き金を引いたら、中に弾丸が残っていたため、その人の頭を撃ち抜いた、などという事故も何度か起っている。

講習を受けた時、いろんな種類の事故の話を聞かされた。中にはずいぶんおかしな事故もある。

ある人が射撃場からの帰り、川の傍までやってきた。水の中を見ると、でかい魚が泳いでいる。弾丸がまだ残っているので、この魚を撃ってやろうというので銃に弾丸をこめ、銃口を水につけて狙った。

銃身はいうまでもなく鋼鉄でできている。鋼鉄というのは、水に浸して冷やすと縮むのである。銃口の部分だけを水につけて冷やしたのであるから、当然暴発した。この人、大怪我をしたそうである。

また、ある人がやはり射撃場からの帰り、川の傍までやってきた。川幅がたいへん広い川なので、撃ち残した弾丸をこの川に向けて撃ってやろうというので、銃に弾丸をこめ、十メートルほど先の川面《かわも》めがけて、ばーん、ばーんと撃ちまくった。

水には表面張力というものがある。これは斜めにとんできた物体を、勢いの強いものほど勢いよく弾《はじ》き返す。石投げと同じ原理である。川面が弾丸を弾き返した。川向こうに一軒の家があり、この家の窓ガラスを破って銃弾がばらばらと飛んできた。家の人たちはびっくりしてすぐ警察に電話をし、撃った人は捕ってしまったそうだ。射撃場や猟場以外で、絶対に銃を撃ってはいけないことになっているのである。

子供が銃を持ち出したための事故というのもある。

「そそっかしいクレー」
ハックション
'73 YAMAFUJI

「おれの父ちゃん、鉄砲持ってるんだぞ」

そういって友達に自慢した子が、見せてくれとせがまれ、銃を持ち出して引き金を引き、友達の頭を吹きとばしてしまったこともある。

ぼくにも息子がいるから、銃はロッカーの中に入れ、さらに鎖をつけ、絶対に持ち出せないようにしている。しかし中には、弾丸をこめたまま壁にかけている人もいるという。

「泥棒が入ってきたら、ずどんと一発お見舞いしてやるんだ」

とんでもない話である。むろんこれは過剰防衛となり、警察につれて行かれ、銃はとりあげられてしまう。

金　欲

昔から人間の三大欲望というものがあって、それは色欲、食欲、権力欲だなどと言われている。金銭欲というのがないが、これは前記の三欲がこの中に包含されてしまうから、ことさらに別にしてあるのではないかと思われる。ところが世間の人は、ややもするとこの金欲を、前記三欲と並列的に考えてしまう嫌いがあるのではなかろうか。

ちょっと金のことをうるさくいうと、さもいやらしいやつだ、意地汚いやつだ、利己主義者だという眼で見るのである。

これは金欲を、色欲、食欲、権力欲と同じように混同して考えているのであって、たとえば「いやらしいやつ」というのは色欲と、「意地汚いやつ」というのは食欲と、「利己主義者」だというのは権力欲と同一視しているわけである。しかしぼくは「金欲」というのは、前三者とはまったく別の種類の欲望ではないかと思うのだ。

もともとぼくは色欲、食欲、権力欲を、それほど醜悪なものとは思わない。こういった欲望は動物にもある。だから動物的でいやらしい、などとは思わない。といって、人間だって動物なんだぞ、と、開きなおる気はまったくない。ほんとうに人間らしい人間が、こういった欲望を素直に表明している時、ぼくはその人物にかえって人間的な魅力を感じるぐらいであって、決して動物的だ、醜い、浅ましいとは思わないのである。

いやらしいのは、これらの欲望が歪《ゆが》んだ形で出された場合である。

「ああ君を抱きたいよう。ねえ、一緒に寝よう。ぼく、君とやりたいんだよう」

こういうのは実に愛嬌《あいきょう》があってよろしい。可愛《かわい》さに、女性の方もついふらりとするのではないかと思うのだが、こういう具合にストレートに意志を表明しようとせず、自分の地位を利用して遠まわしに欲望を遂げようとしたりするやつがいる。これは実にいやらしい。まだある。すでに色欲の衰えたやつが、他人の色欲を押えつけようとする場合があって、ぼくはこれもやはり一種の色欲による行動だと思うので、この方がよっぽどいやらしい。

「うまいものを食わせろ」

「ああ、おなかがすいちゃったわ」

こういうのはまことに可愛く、醜悪さなどどこにもない。健康的なすがすがしさを感じる。ところが、自分にうまいものを沢山食う金がなかったり、食欲が衰えていたりすると、これがいびつな形で出る。美食家のことを「豚」と罵《のの》ったり、一汁一菜に甘んじていることを誇ったり、食い過ぎを「口がいやしい」とたしなめる。この方が人間的だとは、ぼくは決して思わないのである。

権力欲にしても同様だ。

「いずれは社長になってやるぞ」そう広言して仕事に精を出している男、「直木賞がほしいよう」とわめきながら、けんめいにいい作品を書こうと努力している作家のどこが醜いか。醜いのは権力欲に挫《ざ》折《せつ》し、女房子供にあたるやつ、酒を飲んで喧嘩《けんか》するやつ、いやがらせをするやつ、犬や猫を蹴《け》るやつである。

Aグループ　モーレツ・エリート・出世・サラリーマンタイプ
キヅキアゲタイ
ガンバリタイ
カイシメタイ
ホメラレタイ
エラクナリタイ
オカシタイ
モウケタイ
ナメタイ
ダキタイ
ノミタイ
アバレタイ
クイタイ
ヤリタイ
ウワァ！
こっち側　すいてる……
タチドマリタイ
ラクシタイ
ヤメタイ
ゴロネシタイ
ヤスミタイ
ダラケタイ
ネムリタイ
サボリタイ
ヨコニナリタイ
ナマケタイ
Bグループ　ビューティフル・ズッコケ・自由業タイプ

金というのは、こういった欲望をストレートな形で出せるよう、いわば人間が人間らしく欲望を充足させることができるようにしてくれるのであるから、色欲、食欲、権力欲よりはずっと抽象化された欲望だ。

色欲にしろ、食欲にしろ、権力欲にしろ、それらはいずれも本人の個人的な欲望である。ところが金欲というのは自分のためだけでないことが多い。家庭の幸福なり、自分の店や会社の繁栄のためなりを目的としている場合だってあるのだから、一段と昇華された形の欲望である。老人がけちけちと金を溜《た》めているのを見て「金を墓場へ持って行く気だ」などと、さもいやらしげに言うやつがいるが、むろん金は墓場へなど持って行けない。子孫や社会の為に役立つのである。

ホステス

銀座通いを始めて七、八年になるだろうか。その間、ホステスたちからいろんな話を聞かされた。ぼくを信用していろんな話をしてくれるのか、それともホステスたちは誰にでもそんな話をして聞かせているのか、そこまではわからない。

どんな話かというと、彼女たちが文壇のいろんな先生がたと寝た時の話である。

そこで今回、「狂気の沙汰も金次第」いよいよネタに困って文壇バー大暴露篇をおっ始めようと考えたわけであるが、これをやると顔色を変える先生がだいぶいて、ぼくが文壇から抛《ほう》り出されるという危険もあるため、熟考の末、やはりやめておくことにする。しかし、やめてしまうと書くことがないから、名を伏せて小出しにしようかとも考えてみる。どうしようかと考えながら書き進めていくことにする。

あまりいろんな話を聞かされると、ホステスに手を出すのが恐ろしくなってくる。もし寝たりしたら、自分のことも喋《しゃべ》られるのではないかという恐れが出てきて、行くたびに「おい、あのこと誰にも喋らなかっただろうな」などと念を押し、軽蔑《けいべつ》されることになる。ホステスと寝た先生がたは、自分のことを言い触らされているなどとは夢にも考えないのだろうか。

「あの先生、長いからいやになるの」

「そうね、あの先生はわりと淡白ね」

ぼくはあんな風に言われるのは絶対にいやだ。

ある先生がホステスのT子に眼をつけた。この先生の名を仮にA先生としておこう。T子もA先生も、頭文字ではないから念のため。

A先生はすっかりT子が気に入ってしまい、T子をマスコミに売り込んでやろうとした。雑誌記者やカメラマンをT子のいるクラブにつれてきて、グラビヤ頁《ページ》に載せる写真の撮影の日取りの打ち合わせなどをした。掲載される号も決定した。

頃あいよしと見はからったか、A先生、ある夜クラブからの帰りがけ、T子に耳うちした。

「ぼくは今、仕事でホテルに泊っている。あとで食べものを持って差し入れにきてくれ」

ホテルへ来い、というのだから、どういう気でいるかは明白である。

T子はいかなかった。A先生があまり好きではなかったのである。

T子にも、ずるいところがある。ホステスをしていながら、A先生がどういう気持で雑誌に売り込んでくれたか、知らなかった筈《はず》はあるまい。自分の宣伝をさせておき、肝

心なところで逃げるつもりだったのである。
それでもさすがに気が咎《とが》めたか、T子はホテルのA先生の部屋に電話をした。「お仕事をしてらっしゃるのだから、せめて励ましのお電話をしてあげようと思ったの」とT子は言うが、そんなことを言うあたりにも、わざとカマトトぶった小ずるさがある。
電話に出たA先生、T子の声を聞くなり、かんかんに怒って怒鳴りはじめた。「君はなんですか。非常識な。こんな真夜中に。来るのならともかく、電話とは何ごとですか。電話とは。君なんかもう、来なくてもよろしい。君なんか来なくても、ぼくはね、別に女に不自由していないんだからね」自尊心をずたずたにされたためか、A先生は次第におろおろ声になった。よほどT子が好きで、待ちくたびれていたのだろう。「もう来なくていいよ。ここにはね、ちゃんと女の子がいるんだからね。ベッドで寝ているんだからね」A先生、ヒステリックな声をはりあげた。「もう売り込んでなんかあげないからね。雑誌の記事も取り消してもらうからね。もちろん、写真なんか、撮りに行かせないからねっ」事実その話はおじゃんになったそうだ。

まことにわびしい、なさけない、悲しい、そしてみっともない話である。

変　身

ヘンシン、ヘンテコリン、ヘンテコリンのヘンシンシンという歌を子供のテレビ番組でやっているが、あれは子供の変身願望を実にうまくとらえた歌である。

大人になってしまうと、もう宇宙人やスーパーマンになりたいとはあまり思わず、現実に存在する職業の人間になってみたいと思ったりもするが、それとてその職業をずっと続けるのはいやである。

ちょっとなってみたいな、と思うだけである。

そういうのを列挙してみる。

第一に、まず天皇。これは職業といえるかどうかわからないが、次つぎと馬鹿げたことをして、侍従たちを困らせてやったら面白いだろうと思う。

第二に、産婦人科の医者。言うまでもなく「風呂屋の番台にすわりたい」というのと同じ助兵衛心からであるが、風呂屋よりは産婦人科の方がよい。理由はおわかりであろう。見ずしらずの女性の性器に指をぐいぐい突っこんで暴行罪に問われないのは産婦人科の医者だけである。

第三に、参謀将校。これは面白いぞ。自分は前線のずっとうしろにいて、作戦だけを指令していればいいのだから生命の危険はない。だからいくらでも無責任になれる。滅茶苦茶な作戦を立てて命令すればいいのである。滅茶苦茶な作戦というのは、当然味方の兵士が数多く犠牲になるが、そのかわり敵の方もあっと驚く。たまげて戦意を失う。戦いが勝利に終る率は非常に多い。常勝将軍の名をほしいままにすることになる。なあに、将校は兵士をいくら犠牲にしようと、戦いに勝ちさえすればいいのである。日露戦争の乃木《のぎ》大将を見ればよろしい。

第四に女子大の教授。純真な女子大生に、悪いことをいっぱい教えてやるのである。

だいたい医者という職業なら、各科総ざらえにひと通りはやってみたいものだ。

患者の前でレントゲン写真を見ながら、しきりに首をひねる内科医というのも面白いぞ。

「ふーん。これはね。ま、ただの胃潰瘍《いかいよう》だと思うのだが、しかし、もしかすると。いやいや、そんな筈はない。やはりただの、いや、しかし、まさかとは思うが、そういう可能性も」

患者は一喜一憂し、心臓を口からとび出させるぐらい胸をどきつかせるのである。

小児科医も面白い。

「坊や。先生の顔を見てごらん。こわいだろう。これから痛い痛い手術をするよ。先生はね、地獄の医者なんだ。死ぬほど痛いんだよ。けけけけけけ」

子供はおびえて泣き叫ぶ。

歯医者というのもいい気分であろう。虫の好かないやつ、治療費の支払いをしぶる患者などは、虫歯の奥はもちろん、歯茎まで掘削《くっさく》してやればよろしい。

ガガガガガガガガ。「ぎゃーっ」患者がとびあがる。

外科医もすばらしい。わざと局部麻酔するのを忘れて腹をかっさばいてやるのだ。患者は手足を動かせないからどうにもならない。わめかれるとまずいから、むろん顔の部分は酸素吸入のためと称して覆《おお》ってある。

夢の中では、あいにくなりたい職業になれたというためしがない。夢の中でぼくが何かに変身した場合、それはいつもカフカの「変身」みたいに、なりたくない、いやな、おかしなものに変身しているのである。巨大な虫にこそなったことはないが、一匹のトドになった夢を見たことがある。冷たい氷の上に横たわっているのだ。その氷は海の上に浮かび、次第に南へと流されて行く。だんだん暑くなってきて、汗びっしょりだ。下の方は氷で冷たく、上半身だけがやけに暑いのである。何ともいえない、いやな感じの夢だった。

ゴキブリ

東京のゴキブリが、叩《たた》き殺しやすくなった。動きがのろくなり、狙《ねら》いやすいからである。あなたそう感じませんか。

「東京のゴキブリって、弱ってるんじゃないかしら」ぼくがよく行く新宿の「ＪＡＭ」のママがそういった。

同じ夜、青山の自宅ではぼくの妻がゴキブリ三匹を叩き殺して、同様の感想を述べている。ゴキブリでさえ弱るほどの食品汚染、大気汚染のまっただ中に、人間が住んでいるということだろうか。どうも気になることである。

最近、動物たちの異常発生や大量移動が目立つ。もしゴキブリの大群が、ぞろぞろと東京から逃げ出そうとしたらどうだろうか。これはこわいと思う。

「行かないでくれ」

東京の人たちは泣いてゴキブリたちをひきとめるのではないか。

ゴキブリ落しという、ネズミ落しに似たゴキブリ捕獲器を考え出した人がいる。だが、ゴキブリは一匹も捕まらなかった。ゴキブリが飛べるということを忘れていたのだそうだ。そういえばゴキブリが飛んでいるのを目撃したことは滅多にない。ほとんどの人が忘れているのではないかと思うがどうか。「赤トンボの、羽根をとったら油虫」などと歌っているが、もしゴキブリの別称としての油虫を歌っているとしたら間違っている。ゴキブリにも羽根があるのだ。

もしゴキブリの大群が、いっせいに飛び立ち、日本から逃げ出そうとしたらどうか。これはこわいと思う。

「行かないでくれ」

日本人が、泣いてひきとめる。

ある人が、食いものなどまったくない筈《はず》の場所でゴキブリを叩き潰《つぶ》したら、ふつうなら白いどろどろした内臓が、ぶちゅっ、ととび出す筈なのに、それが真青だったそうだ。インクを飲んでいたのである。インクを飲んでも生きていられるほどのタフなゴキブリが弱ってきつつある東京に、まだ住んでいる人間がいるということは、人間とはよほどタフな動物に違いあるまい。

とはいえ、地方へ行けばゴキブリはまだまだ元気である。

元来熱帯にいる動物だから、南の方にはもっといるのだろう。直翅目《ちょくしもく》ゴキブリ科としてのゴキブリの生きてきた歴史はたいへん長いのだそうだが、この連中、これからどのくらい地球上に存在し続けるのだろうか。

死神について行くと、人間それぞれの残りの寿命が、燃え続けているローソクの残りの長さで示されていたという落語がある。

もし地球上のあらゆる動物の種族としての残りの寿命が、ローソクでわかったとしたらどんな具合だろうか。

「へええ。どいつもこいつも、短いのばかりですねえ。あっ、今、ひとつ消えましたね。

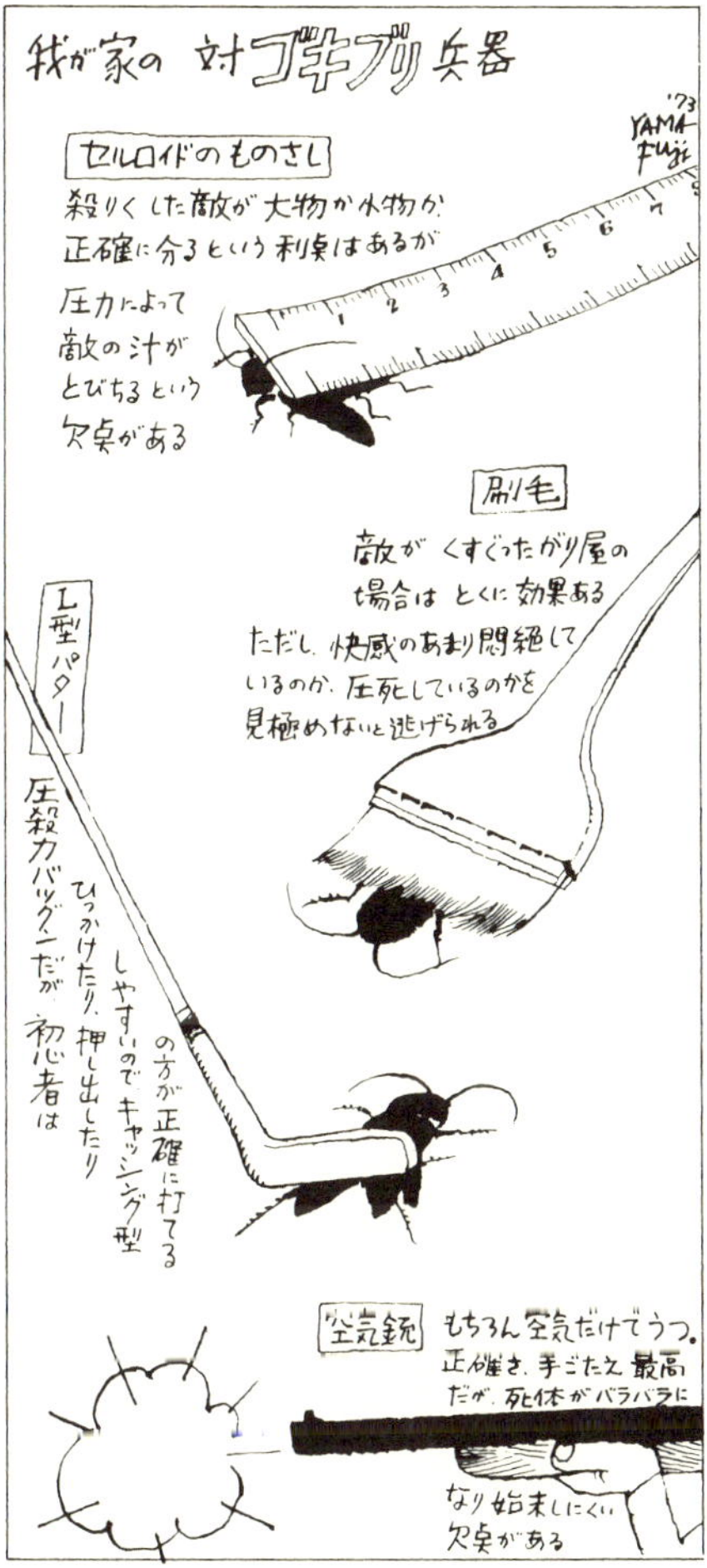
我が家の 対ゴキブリ兵器
'73 YAMAFUJI
セルロイドのものさし
殺りくした敵が大物か小物か正確に分るという利点はあるが
圧力によって敵の汁がとびちるという欠点がある
刷毛
敵がくすぐったがり屋の場合はとくに効果ある
ただし、快感のあまり悶絶しているのか、圧死しているのかを見極めないと逃げられる
L型パター
圧殺力バツグンだが初心者はひっかけたり、押し出したりしやすいのでキャッシング型の方が正確に打てる
空気銃
もちろん空気だけでうつ。正確さ、手ごたえ最高だが、死体がバラバラになり始末しにくい欠点がある

あっ、またひとつ消えた。今度消えるのはどれかな。あっ。こいつのようですね。この、弱よわしくまたたいているのは何ですか。ははあ、これがトキですか。おや、このあたりが猛獣で、へえ、どれもこれも、今にも消えそうですなあ。あっ、こっちの方にわりあい大きなのがありますが。ああ、ネズミですか。ほう、でかいなあ。この太くて長くて、あかあかと輝いているやつ、これは何です。えっ、これがゴキブリ。なるほどねえ。奴ら、たくましいからねえ。あっ、このローソクはまた短いなあ。今にも燃えつきそうですな。しかしそれにしちゃ、よく輝いて、あかあかと燃えさかっていますね。消える寸前の輝きっていうんでしょうかねえ。で、これは何ですか。えっ、人間。こ、これが、これが人間」

奇病

夢遊病というのは、話にはよく聞くが、実物にお目にかかったことは一度もない。もっとも、昼間起きている本人に会ったところで、夢遊病かどうかはわからないわけだし、本人にしろ家族にしろ、夢遊病であることを宣伝するわけがない。

また、たとえ深夜、往来で夢遊病の患者に出会ったとしても、夢遊しているのやら本当に目醒《めざ》めて出歩いているのやら判断できない。ぼくはよく深夜街をほっつき歩くから、夢遊中のやつに二、三度くらいは出会っているのかもしれない。

夢遊病者は、口をきいたりもするし、相当遠くの方へ出かけても行くらしいから、深夜の電車にだって乗っている可能性がある。急病人が出てたたき起した医者が夢遊病だったりして、こんなのに治療を受けたらはなはだ物騒である。夜泣きそばの親父が夢遊病者で、昼間、大会社の社長でいる間は、自分が夜間、夜泣きそばをやっていることなど夢にも想像していないかもしれない。ぼくだって夢遊病者で、夜はあちこちほっつき歩き、悪事の限りを尽しているのかもしれないのである。そういえば最近、一日十五、六時間眠ったりすることもあるから、非常にあやしい。

舞踏病の患者には一度会ったことがある。十六、七の少年で、母親に手をひかれ、とびはねて歩いていた。ぴょんぴょんはねながら、一種異様な、強いて表現すれば、照れくさそうな表情をし、あたりを見まわしていた。思わず立ちすくんだほどの異様さだった。ついている母親の方も少し風変りな人だったから、あれは婦人に多いというリューマチ疾患からのものではなく、遺伝性の舞踏病だったのであろう。

離魂病というのもよく聞くが、あれは眉唾《まゆつば》だ。ほんとにそんなのがあるのかどうか疑わしい。非常にリアルな夢を見た人とか、たまたま正夢を見た人とかの想像ではないかと思う。

昔は不衛生だったから、いろんな奇病があったらしい。歌舞伎の方では髪の毛が逆立つ病気にかかったお姫様が「毛抜」に出てくるが、あれはインチキ。エレキ応用のトリックだから、唯一《ゆいいつ》のSF歌舞伎だといえる。

外国にも変な病気があって、たとえば綿ふき病などというものがある。これは本当にあるのだそうだ。毛穴とか、怪我《けが》をした傷口から綿をふき出す病気であって、分析してみたら正真正銘の純綿だったという。まあカイコとかクモとかミノムシとか、身体から繊維を出す虫はたくさんいるから、信じてもいいような気がする。毛穴から綿が吹き出た場合、そのままにしておけば布団が要らないから便利であろう。

人面瘡《にんめんそう》というのも眉唾の病気である。「広辞苑」には人面疽として載っているから、もしかしたらあるのかもしれないが、たまたま人間の顔に似た形の悪性のできものが出たのを指してそう称するだけだろうと思う。

小説に出てくる人面瘡というのは、できものの、人間の口に相当する部分がぱっくりと疵口《きずぐち》のように割れ、喋りはじめる。落語の「こぶ弁慶」というのは、弁慶がこぶになって肩に出てきて、何やかやと話しかけてくるという話である。髪をばさりと額に垂ら

した人物が、その髪を左右に分けると、額の中央に人面瘡があり、話しかけてきたというのも何かで読んだ。これは水木しげるが漫画にしていて、この方には小さな手まであり、人面瘡が自分の手で前髪を左右にわけ、顔をのぞかせる。もともと双生児だったのが、片方が他方のからだの中へ入ったままで生まれてしまい、それが人面瘡になったという解説までついていた。永井豪の「デビルマン」も、発想のもとは人面瘡だろう。

奇病といえるかどうかわからないが、鶏姦をしていた男が鶏と離れなくなってしまった事件があったらしい。鶏を股《また》ぐらへぶら下げたままだし、朝は早くからコケコッコーなどと鳴かれて眼が醒め、大変困ったことだろう。

流　言

去年の春ごろ、ＣＢＳソニーから仕事の話があった。ＳＦマガジンと提携の話である。

「あんたの書いた小説を音楽にし、ＬＰ両面に吹き込みたい」

最初は勘違いをし、歌詞でも作るのかと思っていたらそうではなく、ぼくの作った話を作曲家が読み、その小説を作曲し、演奏するというのである。だとすればこっちも、音楽になって面白いような小説を書かなければならないわけだから、頭をひねった。

さっそく音楽と小説の共通点をいろいろと考えたが、似たところがまったく考え出せない。そこで音楽一般の特徴を考え、その特徴を小説に生かそうとした。

音楽には繰り返しというのがある。交響楽には同じテーマが何度も出てくる。ポピュラー、歌謡曲にもくり返しがある。そこで、くり返しの多い小説を書いてやろうと考えた。

デマ、あるいは流言蜚語《りゅうげんひご》と呼ばれているものがある。これは原則的には、ひとつの情報が人から人へと流れ、くり返されているうちに次第に変化し、完全なデマになったり、もとの形とはまったく違ったものになったりすることである。これを小説にしてやろうと思い、デマについていろいろ調べてみた。

デマにはさまざまなパターンがあるらしい。人から聞いた話を、今度は別の人に話す時、無意識的に自分の願望を情報に投影するという場合がある。たとえばあるひとりの婚期にやや遅れた娘が、自分と同じ年頃の娘の婚約した話を聞けば、これは面白くない。できればその相手の男が、おかしな男であってくれと願うわけである。

「ねえ、あなた婚約したんですって。相手の男性って、どんな人なの」

「彼氏はとても色が白くてハンサムで、背が高いのよ。背が高過ぎて少し猫背だけど」

この話を聞いた娘は、友達にこの話をくり返す。友達といっても、すべて婚期に遅れた娘ばかりであるから、話がよくなる筈はない。情報が伝わって行くにつれ、内容が変化していく。

「あの人の彼氏、背骨が曲がっているんだって」

しまいには身体障害者になってしまう。「彼女、セムシ男と結婚するんだって」

この連中、むろん自分たちが話を作り変えたとは夢にも思っていない。少くとも自分だけは、聞いた通りの情報を他に伝えたと思っている。こう考えてみると人間というのは実に頼りないものなのであるが、その頼りない人間のひとりひとりが、自分だけは確かであると思いこんでいるのだから始末におえないのである。

恐怖デマ、というのもある。

「何月何日何時何分、関東大震災が起る」

そういった類のデマである。なぜこんな恐怖デマが起るか、ぼくなりに考えてみた。災害の予兆がある時は、誰でも恐ろしい。あまり恐ろしいものだから、自分だけ恐ろしがっているのは損だと考える。そこでデマをとばして他人を恐ろしがらせ、他人が恐ろしがった分だけ自分が安心しようという、実にみみっちい心理からではないかと思うが

どうか。

この恐怖デマが、まわりまわってとばした本人のところまで戻ってくることがある。この時には本人は、それがもともと自分のとばしたデマであることなど忘れてしまっている。

「何月何日何時何分、関東大震災が起る」

「えっ、本当か。そりゃあ大変だ」あわてふためいたりする。

こうしたさまざまなパターンをすべてとり入れ、「デマ」という小説を書いた。これを佐藤允彦《みつひこ》がモダン・ジャズにしてＬＰ両面に吹き込んだ。

宣伝するわけではないが、よほど余分な金と暇のある人は、レコード屋で買って聞いていただきたい。

整形

妻と、妻の母親がデパートへファッション・ショーを見に行った。

「まあ。ずい分安あがりのショーね」

最初、ふたりはそう話しあっていた。モデルがひとりだけしか出演していなかったからだ。

ところが、ひとりにしてはどうも様子がおかしい。衣裳《いしょう》をとっかえひっかえ出てくるスピードが、ひとりだとすると尋常の早さではない。

「やっぱり、ふたりいるんだわ。だって、入ると同時に出てくるんだもの」

「それにしても、よく似た人もいるものねえ」

感心しているうちにショーはフィナーレとなり、モデル全員が登場した。妻と義母はあっと驚いた。同じ顔をしたモデルが三人いたのである。

「整形したのよ、きっと。それも同じ病院で」ショーから戻ってきて、妻はぼくにそう言った。

「姉妹じゃないのか」

「違うと思うわ。あとでパンフレット見たら、みな苗字《みようじ》が違っていたもの」

　整形手術をすると、皆同じような顔になるというが、こんな極端な例を聞いたのははじめてである。

　ところで、こんな例を持ち出したからといって、ぼくは何も整形手術を否定する気持はさらさらない。

　ぼくはもともと、容貌の醜《みにく》い女はそれ自体が罪悪であるという考えかたであるし、世の中にはずいぶんひどい顔をした女がたくさんいるから、そういうのはどんどん整形した方がいいと思う。ただ、似たような顔になるというのがどうも困るのである。

　美しくなりたいと思っている女はそれだけで可愛《かわい》いし、美しくなろうと努力し、男性に好かれたいと望んでいる女性の姿はそれ自身美しい。そんな気持のまったくない女など、これはもう女ではないわけであって、男性でもないわけであって、つまりは人間以下の存在なのであるから、それはまあ抛《ほう》っておいて、整形美容で美しくなろうという気持は決して醜いものではないのである。しかし、似たような顔になるのだけは困る。

　自分の顔見知りの女性で、さほどひどくない顔の女性には、整形手術をしてほしくないと思うのだが、これは男のわがままであろうか。

　精神的な交流がある程度あった女性が整形すると、精神内容まで本人と違ってしまったような気がして、いやな気がするが、これは根拠のない感情ではない。整形した女性は十人中九人まで、気持が変ったと告白しているわけで、女性の場合は「気持が変った」ということは、ある程度性格まで変化しているということなのである。整形しても性格がさほど変化しないような、もともと精神力の強烈な女性の場合は、これはもう、その力だけである程度美しくなれるのだから、整形する必要もさほどないのである。しかし、少しでも美しくなりたい、より以上美しくなりたいという心理は女性にはなくて

ならないものであるから、いくらぼくの周囲にいる女性であっても、いくら精神力の強い女性であっても、整形手術をやりたいと言うのを止める権利はぼくにはないのである。しかし、どう考えても、似たような顔になってしまうのだけは困るのである。

その時その時の流行もあろうが、ここしばらくはまだ、ハーフじみた顔、クォーターじみた顔が流行し続けそうである。ぼくの周囲のぼくの好きな女性が、全員あんな顔になられては困るし、まったく精神的交流のない、ただ抱いて寝るだけのための女性にしても、みんな同じ顔であっては興醒めもはなはだしい。いくら好きな女優だからといって、同じ女優のブロマイドだけでアテガキしていればいつかは飽きるのだ。

夫婦

最近、理想的な夫について、あるいは妻についての意見を求められることが多い。
昨夜もある婦人雑誌の依頼で、田辺聖子さんと対談したのだが、やはりそんなテーマであった。

しかし、だいたい作家に夫や妻の理想像を語らせたところで、一般とは少し違った家庭事情があるのだから、あまり意味はないと思うし、そもそもそういったものを読む主婦が、本当に自らを理想的な妻に近づけようとする気持を抱いて読んでいるかというと、これははなはだ疑わしいわけであって、だいたい結婚してしまった女性などというのは居直ってしまっているから、自己改造なんて面倒なことはまずやりたがらない。亭主の女房教育さえ拒否する妻が多いのに、たかが雑誌の文章ぐらいで心を入れかえたりするものか。そこに書かれている妻の理想像が自分から遠くはなれていればいるほど、不貞《ふて》腐《くさ》れてしまう。

「ふん。まあ、世の中には、そういう奥さんを好きだという男だっているでしょうよ」

たいていは、自分だって満更ではないと思っているのである。これは一面、その通りであって、いわゆる良妻賢母型の奥さんだと、息がつまりそうになっていやだという男性もいるし、奥さんがよすぎて亭主が駄目になった実例は、われわれの周囲にいくらでもある。逆に、炊事洗濯まるでだめ、子供の教育にも無関心というひどい奥さんにも、だからこそ可愛い、などという男性がいて、これはこれで結構うまくいくのである。「悪女とつきあうと、忘れられなくなる」ということをよくいうが、あれはだいたい本当であって、こういう悪女のとりこになった男性は、第三者が見れば気の毒なものであるが、本人は身も心も奪われてしまっていて、自分が哀れな存在かどうかも気がつかない。気がつくのはこういった悪女の奥さんに逃げられた時であって、こういう男性がよくテレビの人生相談に出てきて、子供と一緒になって泣き、「お前、帰ってきておくれ」などと訴えかける。

ところで最近の亭主の主婦化、及びマイホーム指向について考えてみる。これは主婦が家事を抛《ほ》ったらかしにしたり、子供にひどい教育をしたりするようになったため、亭主が「これはいかん」とばかり家事や教育に熱心になりだしたのではないかと思う。奥さんの方だって、亭主が仕事を夜遅くまでやってくたくたに疲れて帰ってくるよりは、その方を喜ぶのである。もっとも女性はどこまでも矛盾に満ちた存在であって、亭主にゴルフ、マージャン、残業、休日出勤、接待などを禁じておきながらも、一方ではやはり亭主の出世も望んでいるのである。

「あなた。お隣は課長さんになったのよ。あなたはいつ課長になるの」

勝手なものである。どちらかにはっきり決めてやって貰《もら》わないとご亭主の身がもたない。マイホーム亭主が安易に課長になれるほど会社は甘くないということを、奥様族は認識すべきであろう。しかし、マイホーム亭主がいいか、仕事の鬼がよいか、これも奥さんの好みによるわけであるから、どちらが理想的な夫かは決められない。マイホーム

「亭主よヤリカエセ!!」
おとなりのご主人は課長よ!
Ⓐ となりの奥さんは持参金1000万だ!
Ⓑ となりの奥さんはお前より五つも若い!
Ⓒ となりの奥さんは数の子天井俵じめだ!
Ⓓ となりの奥さんのオヤジは社長だ!

亭主をうるさがって嫌う奥さんもいる筈だ。

悪妻のために出世した人だってたくさんいる。

「作家の妻は、悪妻であった方がよい」などという意見もある。その方がいい作品が書けるというのであろうが、ぼくはご免である。悪妻に悩まされるぐらいなら、いい作品など書けなくてもいいと思う。のろけるわけではないがぼくの妻はスタンダード良妻型である。賢母かどうかは子供が大きくなって見なければわからないが、いわゆる悪妻でないことは確かである。

「筒井康隆さんは奥さんがよすぎて作品が駄目になった」

そう言われる日が来たってかまわない。もしぼくが私小説作家なら、とっくにそう言われているであろう。

転　生

雑誌「ＳＦマガジン」編集長の森優氏は、空飛ぶ円盤や奇現象の研究家でもあり、南山宏名義のその方面の著作も多い。これらの本の中でぼくが特に好きなのは「転生」について書かれた部分である。転生願望が強いからかも知れない。

転生とは言うまでもなく生まれ変りのことであって、森氏によればこの転生とか再生とかいった現象は、事実あるとしか思えないほど多く発生しているらしい。

生後一歳半になったばかりの子供が突然喋《しゃべ》りはじめ、自分はこの間雇《やと》い人に殺された植木屋の某である、自分の家はどこそこにあるから、そこへつれて行け、そこには妻と二人の娘と一人の息子がいるのだと叫び、両親がびっくりして言う通りの場所へつれて行くと、本当にその通りであったというイスマイル事件。

ある少女が突然、自分はどこそこの町でルジ・ケダルナットという名で生きていた女だと言い出し、一度も行ったことのないその町と、ルジの遺族について精通していて、その地方だけに通用する方言で喋ったというシャンティ・デビ事件。

そのほかたくさんの転生事件を、森氏は紹介している。実例をひとまとめにして出されると、信用せざるを得ないような気になる。

さっき自分のことを、転生願望が強いと書いたが、ぼくの場合はほかの人間にはあまりなりたくない。SF作家筒井康隆のこれまでの半生を、生まれ変ってもう一度やりなおしたいと思うわけであって、これは転生というのかどうかわからない。美女に生まれ変りたいという気がしないでもないが、美人薄命というし、男性の横暴に耐えるのはいやだし、歳《とし》をとればとったで、これまたみじめなものである。

小松左京氏も、もう一度生まれ変ったら、やはりSFを書くそうである。

話は違うが、この人はどういうわけか、物好きにもぼくの妻に横恋慕している。だいたい、ぼくの結婚式の時に仲人《なこうど》をしておいて、初夜権を主張したぐらいの人である。一方、ぼくはぼくで小松夫人を絶世の美人だと思っている。一度、夫婦交換パーティを計画したことがあるが、それよりはむしろ、お互いにぱっと死んで、相手の奥さんの腹の中から生まれ変って出てきた方がいいということに話が決まった。

「それで、一歳か二歳の時にSFの大長篇を書くんや」と、小松さんは言うのである。

「五、六歳でばったり死ぬ。こら、ええで」

「そらかまへんけど、小松さんやいうことははっきりわかるように、眼鏡かけて出てきてくださいよ。あんじょう育てるよう、女房によう言うときますさかい」

「えらい言いにくいんやけどね。あんたの奥さんの産道、どれだけ大きいか知らんけど、眼鏡が引っかからんかどうかが問題やで。あんた」

「そやから、なるべく早う、さっと出てきてください。産道の途中を楽しんで、あんまり出たり入ったりせんように。女房がヨガって困ります」

「ははあ。快感を感じるか。そんならいっそのこと、あんたにも快感味わわせたろか。あんたのザーメンにもぐりこんで、精巣から出る時に出たり入ったりして」

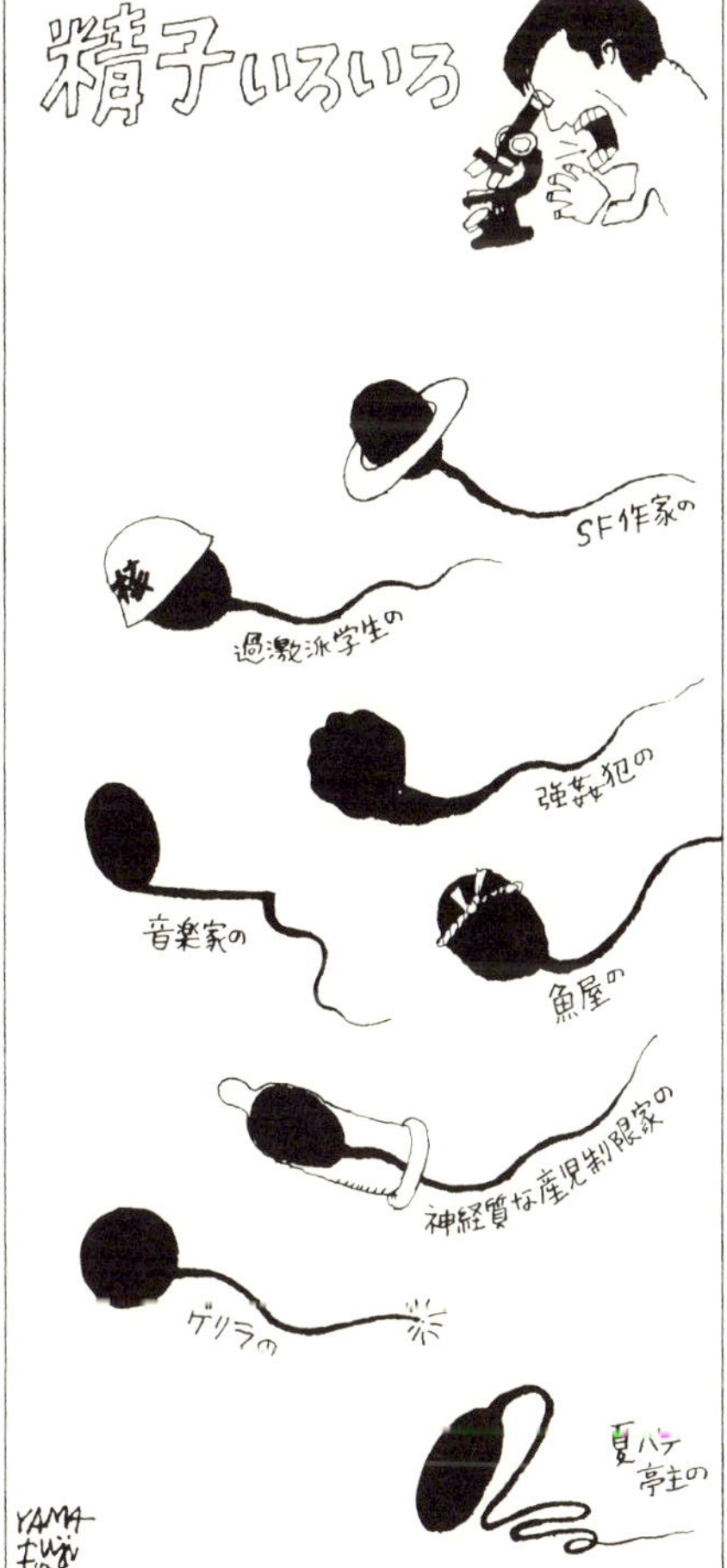

「そらあんた、はら・たいらの漫画ですがな」

「眼鏡置き忘れて、取りに戻ったり」

「あ。あ。話聞いてるだけで感じてきた。感じてきた」

ひと前も構わずこういう話をやるものだから、ＳＦ作家は不真面目《ふまじめ》だと言われるのだ。

地　球

　ＳＦとは、人間に内在する非科学性が、現代科学と矛盾するところに生じる文学であると、ぼくは思うのである。少くともぼくの書いたＳＦの一部はあきらかにそうである。ぼくは非科学的だからだ。

　地球は丸い、という現代科学の常識のひとつを例にとってみよう。

　日本人のたいていは、地球が丸いことを知っている。子供の頃からそう聞かされているため、自分の眼で確かめたわけでもないのに、そう思いこんでいるわけである。もしも、地球が丸くない、などというやつがいれば、皆で笑いものにする。しかし中には、地球が丸いということをどうしても「感覚的に」納得できない人だっているかもしれない。こういう人は、それを喋ると皆に笑われることを知っているから黙っている。

　日本では今でも「変り者」と思われることは大変損なのである。

　ところが例えばイギリスではそうではない。

　地球は「球状」ではなく「円盤状」であると本気で信じこんでいる一群の人がいて、お互いの信念をより強固にするためグループを作っているのである。世間的にも信用があり、尊敬されている人たちだと聞く。むろん、変り者だからというので村八分になったりすることはない。この人たちは現代科学とは矛盾する「非科学的」感覚に忠実なのである。

立派というほかはない。きっとこの人たちの親も、地球は平面であると信じていて、この人たちにそう教えたのだろうと思う。せまい社会だけに通用する世渡りの常識を子供に教えこむような日本とはえらい違いだ。

たとえ外国にせよ、こういうひと握りの人がいることを知るだけでぼくは心丈夫になる。そしてぼくも、自分の非科学的感覚を大切にしようと思う。

ぼくの場合、地球ということばから連想する物体は球状であるが、世界ということばから連想するものはメルカトル図法による世界地図なのである。ところがこのメルカトル図法では、極地に近づくほど実際より面積が広く描かれる、などという説明を聞くと、それは理屈としては納得できても、感覚的にはもう頭の中がごちゃごちゃになってしまうのである。

地図投影法のさまざまな例を初めて見た時、これを書いた人たちは世界がこういう形状であると思って書いたのだろうかと思い、びっくり仰天したものだ。コマのようなサンソン図法にも驚いたが、いちばんびっくりしたのはズロースを引き裂いて裏と表を並べたような形のグード図法だった。それらの中でまだしも納得できたのはメルカトル図

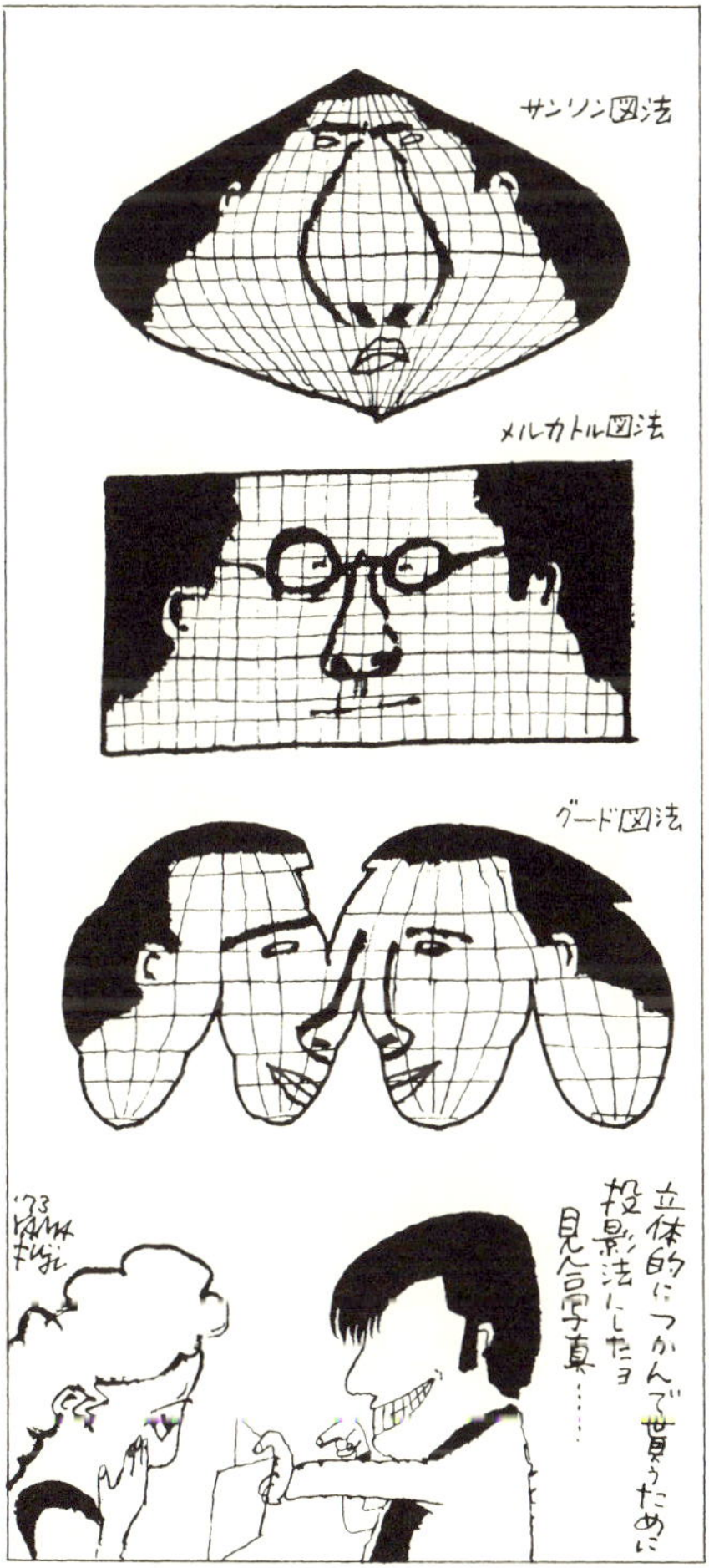

法だったのだが、それさえ正確な地図ではないと聞かされると、足もとをすくわれたような不安でいっぱいになり、やけくそになり、感覚的にはもうどうでもいいやとボロボロになってしまう。そしていつまで経《た》っても世界が地球とは結びつかない。つまり世界が球状だとは思えないのだ。そもそも、なぜ北極と南極があって東極と西極がないのか。これ、感覚的に納得できるか。

赤道、これはまあ、納得できる。しかし黄道となると、もういけない。地球から見た太陽の運行の線がなぜ地球儀に、しかも黄色で書かれているのか。なぜこれが赤道を横切ると春分で、反対に横切ると秋分なのか。ゆっくり横切ればセミが鳴くと思うがどうか。さらにわからないのは子午線《しごせん》で、いくら考えても地球の上空を東と西に分ける無意味な線としか思えない。まったく無意味だ。南と中をポンした時の高さにあるというが、夜空を見てもそんな高度の線が見えるわけはない。

小松左京氏が一度、地図をさかさまに見たら面白かったと書いていたので、よし、それならこっちは裏返しに見てやれと思い、地図を裏返しにしてライトをあてて見たら、頭がぐらぐらしてきてやめた。日本がアメリカ大陸に寄り添っているように見えたからである。

バイブル

「たまゆら」以来の曾野綾子さんの読者だったのだが、一度作品の批評か何かを書いたのがきっかけで、本を送ってくださるようになり、曾野さんもぼくの小説を読んでくださっているようなので、ぼくも本をお送りしているのだが、まだ直接お話ししたことは一度もない。

この間、彼女の最近作数冊をまとめて読んでいるうちに、ふと、こんなことを思った。曾野さんは熱心なクリスチャンである。だから作中の人物を徹底的に悪く書くということが滅多にない。ないどころか、一般に悪くいわれている実在の人物さえ、その人物の心理、環境、状況などの説明のうちに善人の位置へ引きずりあげてしまい、逆に、その人物を悪く言っている人たちの方が誤りであることを明白にしてしまう。冷静で知的な人間観察のため、悪人がいなくなってしまうのである。

すると、もしかりに同じような手法で書いていけば、たとえ対象が悪魔であっても、そいつの心理、環境、状況などを説明して、その悪魔が実は善良であったとすることも可能になってくる。

そこのところでぼくは、自分がやっている作業のことを思い返してみた。

ぼくの場合はこれとは逆である。一般に偉《えら》いとされている人、神聖な人などを、すべてドタバタ・タレントとして見ることによって低いところへずるずると引きずりおろしてしまうわけである。ぼくはもちろんクリスチャンではない。しかしこういう手法が使えるということは、ぼく自身が何かの熱心な信者だからではないだろうか。

考えてみればその通りだった。それが信仰の対象たり得るかどうかはともかくとして、ぼくのバイブルは「ドタバタ」だったのである。

では、世の中で最も神聖とされているものは何であろうか。もちろん「神様」である。ドタバタを信仰するぼくとしては、最後には神様をドタバタ・タレントの位置にまで引きずりおろさなければ、信者としての使命を全《まっと》うしたことにならないのではないだろうか。

実は以前、バイブルをドタバタの長篇にしてやろうかと考えたことがある。しかし神を冒瀆《ぼうとく》するのはどう考えても恐ろしい。誰に話しても顔色を変えて「やめろやめろ」という。「それだけはやめろ」と忠告してくれる。どうしようかと考えているうちにどんどん時間が経っていく。早く書かないと、歳をとるにつれてますます気が弱くなり、書けなくなるぞと思ったりするが、これはおかしな話で、本当は歳をとるにつれて信仰は強くなる筈なのである。だからやっぱりドタバタは信仰の対象たり得ないのかなあと思

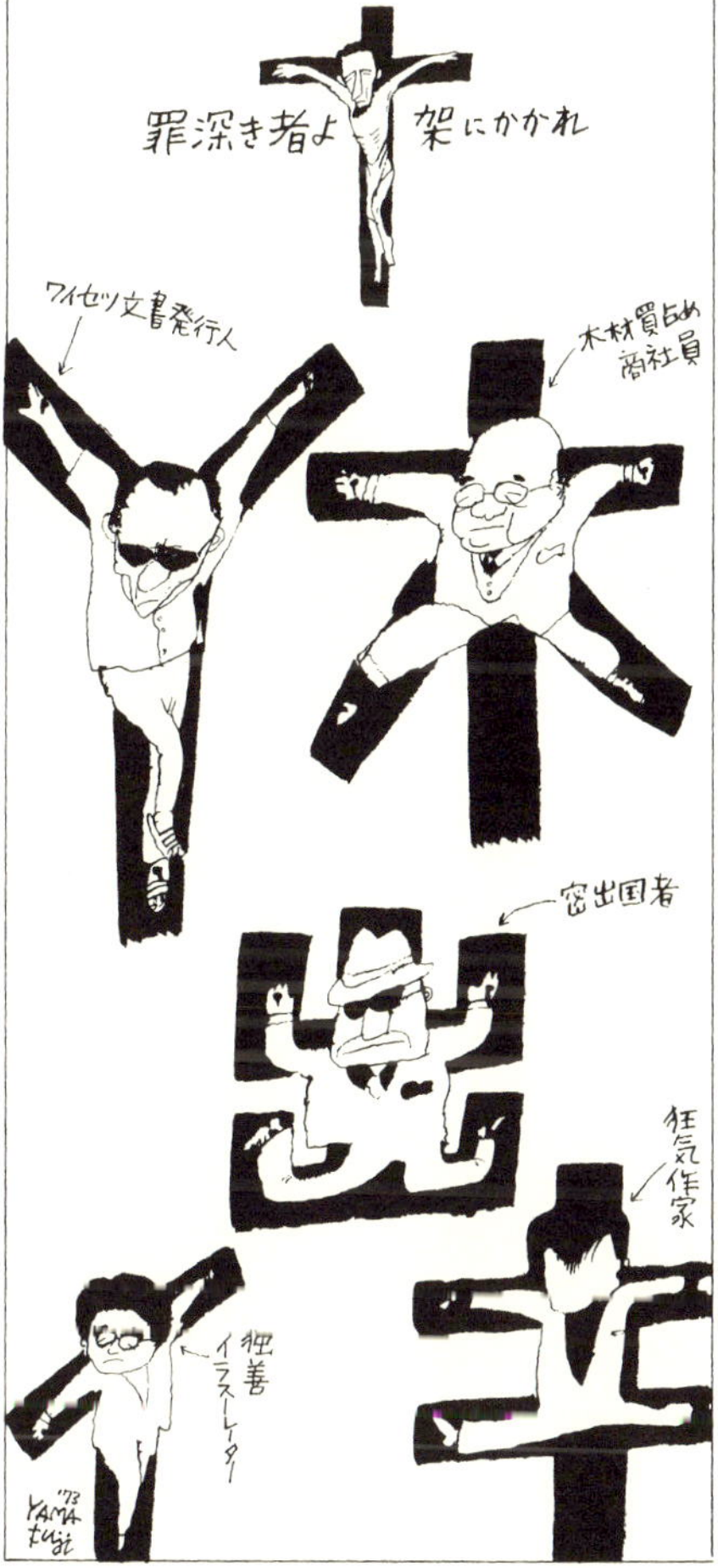
罪深き者よ　架にかかれ
ワイセツ文書発行人
木材買占め
商社員
密出国者
狂気作家
独善
イラストレーター
'73
YAMA
fujii

ってみたりする。そうこうしているうちに井上ひさし氏の「珍訳聖書」が出た。おやおやと思って読んだが、これはぼくの意図したものとは違った内容だったので、やや安心した。

ぼくの考えているバイブルの、ほんの一部のあらすじをご紹介しよう。

マリアのところへ受胎告知にやってきた、渥美清みたいな顔の大天使ガブリエル。マリナ・ブラディみたいなマリアが一糸まとわぬ丸裸で昼寝しているのを見てむらむらと催し、自分も裸になって抱きついて行く。ここへ帰ってきたのがリノ・バンチュラのようなヨゼフ。「間男見つけた」ガブリエルの脳天めがけて大槌《おおづち》をふりおろす。ガブリエルはたちまち昇天、といいたいところだが、もともと天使だから昇天できず、逆に地面にもぐって悪魔となる。やがてマリアは双生児を生む。ひとりはキリスト、ひとりはユダ。このふたりがこれから珍道中を展開するわけである。最後は逮捕されそうになったキリストがユダに化けて逃走。キリストと間違われたユダがゴルゴダの丘で磔《はりつけ》になるという、とんでもない話。こういった話を四百枚ほどの長篇にしようというのであるが、書き終った途端、ぼくは雷に打たれて死ぬかもしれない。

人間

歯科大学へ通っている義弟が、肉が食えなくなってしまった。

大学で解剖ばかりやらされるからだという。女子学生など、貧血を起すのもいるという。顔をしかめたり、気分が悪くなった様子をちらとでも見せると、インターンに怒鳴りつけられるのだという話である。しごかれ、馴《な》らされて、次第に死体に対して鈍感になっていくのであろう。そして人間を物質的に見る習慣が備わっていくのである。

ぼくも死体の解剖は何度か見た。

いずれも古い死体だったので、医者が「はいこれは心臓」「はいこれが肝臓」と次つぎに出して見せてくれても、なんとなく手品を見ている感じで、別段どうということはなかった。どの臓器も一様に土色をしていたからだ。それでも貧血を起した学生が二、三人いた。あの死体が新しく、血が出たりしたら、ぼくだって気分が悪くなったかもしれない。

「土に返る」とはよく言ったもので、ぼくの見た死体はどう見ても土の塊だった。人間なんて土の塊なんだなあ、と思ったりしたものである。

大脳や腸などはウンコの塊に見えた。ヒューマニズムなんて、土とウンコの塊が、土とウンコの塊を愛することなのだ、などと思ったりもした。小説のアイデアがちっとも湧《わ》かない時など、どうせぼくの頭の中にはウンコの塊がぎっしり詰まっているだけなのだ、などと思ってげっそりしたりする。

ましてや医学生だったりすると、あんなカチカチになった古い死体ではなく、血のりでべとべと、内臓ずるずるの新しい死体ばかり見るわけだから、ずいぶん人間についての見かたが変るだろうと思う。

だからぼくは、医者のヒューマニズムなど絶対に信じないのである。

終戦直後の大阪駅近辺では餓死死体を三、四回見ているが、あれも人間という気はしなかった。土の塊に砂埃《すなぼこり》をまぶしたようなものであった。

轢《れき》死《し》体《たい》を二度ばかり見たが、これは強烈だった。汚ないなあ、と思った。むしろ犬や猫の轢死体の方が、毛皮で覆《おお》われているだけ綺麗である。人間は無毛の薄皮一枚で覆われているだけだから、あちこち破れれば血液をじかに地べたへぶちまけることになる。血のりべとべと、内臓ずるずるである。血と内臓と肉と脂肪をぎゅうぎゅう詰めこんだゴム風船みたいなもので、ぱちんとはじけたら血がぴゅうぴゅう、内臓ずるずるである。だが、こういった新しい死体も、ちょっと時間が経てばすぐ土の塊になってしまうあっけないものである。

人間は死体を見るとこわがるが、あれはやはり人間が死ねばどうなるかを知りたくないわけであろう。だが人間の本質を知ろうとするならやはり死体を見ることは必要なのであって、もっと一般の人に死体を見せつければ、人間とはどんなものかがわかり、世の中が変ってくると思うがどうか。すべての人間が物ごとに執着しなくなり、土とウンコの塊同士のいたわりあいが生まれ、ずっと住みやすい世の中になると思うのだが。

最近、展示美術がさまざまの試みをし尽して行き止まりに来ている。あと、残るところは屍体《したい》の加工展示であろう。屍体にさまざまな、超現実的加工を施し、屍体美術として陳列するのである。これは鮮烈な驚きをあたえることになり、また、人間を追求することにもなる。まあ理屈はどうでもよく、そこに今までになかった美が生まれればよいわけである。死体はいじりまわすうちに滑稽感が出てくる筈だから、笑いの美が誕生するかもしれない。どてっ腹をぶち抜いてヒキダシをつけ、眼窩《がんか》からペニスを突き出させ、頭蓋骨《ずがいこつ》の一部に覗《のぞ》き窓をつけて金魚を泳がせ……。

終　末

今回が最終回である。

だから終末論をやろうと思ったのだが、いくら考えても終末など来ないような気がしてしかたがない。楽観しているのではなく、冷静に考えてそう思うのである。

今はどんちゃん騒ぎの世の中である。

第二次大戦後の世界の大部分の国がそうであったし、特に日本ではそうであった。現在、終末論があちこちでたたかわされているが、これとてどんちゃん騒ぎの中での終末論なのである。敗戦後、日本人の大部分は浮かれに浮かれ、馬鹿なことばかりしてきた。ぼくなども、こんな馬鹿げたことがいったいいつまで続くのだろうと不安になったことが何度となくある。現在の終末論は、その不安が積もりに積もって噴出したものではないかと思う。

どんちゃん騒ぎに疲れた人たちが、こんな馬鹿げたことがいつまでも続く筈《はず》はない、もうそろそろ終ってもいい頃だというので言い出したことではないかと思う。

ところがこのどんちゃん騒ぎは、その中で踊り狂う人びと個個の不安を抱いたままでどこまでもどこまでも突っ走り、まだまだ、永遠に近く続くのである。

もちろん、いろんなことがあるだろう。

関東大震災で何百万人の人が死ぬであろうし、食糧がなくなって何千万人かが死ぬであろうし、公害で何千万人かが病気になったり奇型になったりするであろうが、そんなこともすべてどんちゃん騒ぎの中での悲劇であろうし、日本の全人口にもたいした変りはなく、あいかわらずの馬鹿げた世の中がえんえんと続くのである。

もう疲れた、早く安心したいから早く終末が来てくれ、そんな願いをよそに、いつまでも、いつまでも、このどんちゃん騒ぎは続くのである。手っ取り早く終末がやってくるよりも、この方がよっぽどこわいと思うのだが、いかがであろう。

人間みなお化けのような顔になり、背骨が曲がり、半病人になりながらも浮かれ騒ぎ続けるのだ。ばたばたと大勢が死んで行くが、今と同じく先の世でも皆、他人の死には無関心、マスコミだけがわあわあ騒ぐのだが、それとてどんちゃん騒ぎのための刺戟《しげき》に過ぎない。まったく恐ろしい話である。これはＳＦ作家であるぼくが責任を持ってそう予言するのだから間違いない。ＳＦ作家はひとをおどかしてばかりいるなどというが、ある種の未来ＳＦは次つぎと現実になっているではないか。われわれＳＦ作家の書いたいくつかの古いＳＦを読み返していただきたいものだ。「暗いＳＦばかり書いて、ピンクの未来ブームに水をさす」といわれたＳＦが、現在を予言していたのである。ぼくは改めて予言する。「そんなに都合よく終末がやってきたりするものですか。今、終末がやってきたりしたら人類は幸福すぎる。現実に、そんな恰好《かっこ》のいい死にざまをとげられるものではありません。これはまだまだ続くのです」

長い間ご愛読いただき、感謝します。

「えらいことだ。これは長距離のマラソンだ」そう悟ったのが三十回目あたりでした。それから息を切らしながら、えんえんと毎日書いてきました。後半、何を書こうかと考えることに四、五時間を費すようになりました。「それにしては面白くない」と言われるかもしれませんが、それは時間切れだったためです。事実この連載中、ぼくは短篇小説を二本しか書いていません。書くことがなくなり、他人のネタを使い、昔一、二枚で書いたものを水増ししたり、身内の恥までさらけ出し、四苦八苦してきました。今はマルハダカになった気持です。

また連載中にいろいろな投書を下さった皆さん方にも、厚くお礼申しあげます。

解説

堀　晃

筒井康隆はその作品から想像されるような気狂《きちが》いじみた人物では決してない、むしろ正反対の、実に礼儀正しい人である。——このことは筒井氏を知る人たちがエッセイや解説で何度も書かれていることであり、筒井康隆の熱心な読者にとっては、むしろ常識である。その常識をあらためて書いたのは、本書が初の随筆集だからである。

〝初の随筆集〟という書き方にも注釈が必要かもしれない。小説以外の著書としては、本書以前に『欠陥大百科』と『乱調文学大辞典』がある。前者にはエッセイはかなり含まれているが、全体が百科事典のパロディという体裁をとっており、後者は完全に文学辞典のパロディである。だから本書が〝初〟の随筆集といえる。

本書は随筆集である。「随筆」というタイトルの随筆で始まっていて、その中で作者は一応随筆を書くと述べている。だから随筆集であることは間違いない。ところが、つづいて次のような文章がある。

ぼくとしては、それが随筆になっていようとなるまいと、好きなように書くしかないのである。

新聞連載という事情のためであろう、さりげなく書かれているが、これは、飛躍した発想に消化不良を起しかねない不特定多数の読者への配慮であり、同時に、単なる連載随筆ではないことの宣言でもある。

目次には「電話」「煙草《たばこ》」「手紙」「家族」など、ごく平凡なタイトルが並んでいる。まるで文豪の身辺雑記の趣きである。が、作者はそれらを題材として日常生活の機徴を綴《つづ》っている訳ではない。インク壺《つぼ》をひっくり返したり、ペンを天井までとばしたり、大さわぎである。つまり、筒井康隆は本書ではドタバタ・タレントとして登場している訳だ。筒井康隆は作者・筒井康隆のその時どきの精神状態を表現するタレントとして登場していて、ドタバタを演じたり、逆説を述べたり、怪論をぶったり、愚痴をこぼしたり、ややこしいことに素顔の筒井康隆を演じたりする訳である。『狂気の沙汰も金次第』は、そういう意味で、随筆集であると同時に、随筆集のパロディともいえるだろう。

だからといって、作者の素顔が現われない訳ではない。むしろ、本書は、筒井康隆の作風の転換期の重要な記録でもあるのだ。その点を順序だてて書いてみようと思う。

筒井康隆の現在までを大まかに分けると、大阪時代、東京時代、神戸時代の三つに区分できる。これは住まいの所在地による分類で、もうすこし厳密な書き方をすると、梅ヶ枝町時代、青山時代、垂水《たるみ》時代の三期である。この三つの土地での生活ぶりは、それぞれ「日記」として公開されている。

梅ヶ枝町時代の日記は『幼年期の中ごろ』と題して、SFマガジンに発表された。ごく断片的な記録——原稿、電話、映画、読書などの覚え書きの積み重ねが、全体としては、作家として独立する決心をするまでの心境の記述となっている。

青山時代の日記は『あらえっさっさの時代』というタイトルで、同じくSFマガジンに発表されている。「ぼくの人生でもっとも狂躁《きようそう》的な、文字通り踊り狂っていた時期」と説明がついているとおりで、頻繁《ひんぱん》に出てくる言葉は、麻雀《マージヤン》、電話、原稿依頼、来客、酒、二日酔い……。

垂水での生活は『ウサギと銀座とイヌ』と題され、別冊新評の特集号に掲載されている。

以上の三つの日記には、それぞれの土地での生活とともに、執筆中の作品名が記されていて、それらが各時期の作風を代表している点も面白い。『東海道戦争』——『アフリカの爆弾』——『ヒノマル酒場』という風に。さらに、すべて、次の土地へ引越しを考えはじめるくだりがある点に興味をひかれる。

引越しが実現するのは、日記が書かれた時期からさらに後のことである。そして、引越し前後——つまり時代の節にあたる時期に、重要な文章がある。

筒井氏の東京への転居は昭和四十年だが、この翌年はじめ、伊藤典夫、大伴昌司、豊田有恒、平井和正氏らと、評論誌「SF新聞」を創刊している。巻頭に筒井氏の書いた創刊の辞『SFを追って』がある。これは当時たいへん評判になった。一字の無駄もない名文で、引用がしにくいのだが、何とか紹介してみよう。

筒井氏は、SFをトラに譬《たと》えて、トラが目の前に出てきたとき、トラの語源やトラのあるべき姿を他に強制していると、その人はトラに食べられてしまうと述べ、「然《しか》り、SFは眼の前にある。／注意しなければならないのは、トラが成長する如《ごと》く、SFも成長するということだ」とつづけている。さらに、作家であるなら成長してゆくSFの中にいなければならない、とあって、「さあ。僕はこれから、僕の惚《ほ》れこんだSFを追いかけます。誰か、いっしょに来ますか？」と結ばれている。

新しいSFを開拓しようという決意の表明であり、事実、この直後から筒井氏の猛烈な創作活動が始まる。「狂躁時代」の幕あきを告げる号砲の如く、以後、SFを追いかけ、追いつき、SFをあれよあれよと変貌《へんぼう》させてゆく活躍が開始される。筒井氏の創作活動の基本的な姿勢はここに示されているといっていいだろう。

さて、同じころ、別の分野でまったく同じ考え方を持っていた人がいる。ジャズピアニストの山下洋輔氏である。氏は『ジャズについて何を語るか』と題する文章を「ジャズ批評」誌に発表している。これもまた一行の無駄もない立派な文章で、簡単に引用する訳にはいかない。氏の著書『風雲ジャズ帖《ちょう》』に収録されているのでぜひ参照していただきたいが、演奏者としての立場から、ジャズ批評への批判と提言が行われており、文中でジャズは「妖怪《ようかい》」に譬えられている。演奏者としての決意表明の文章ともとれる。山下氏がトリオを結成し、凄《すさ》まじい勢いで演奏活動を再開したのはこの直後である。

ジャズとSFの類似はよくいわれるが、筒井康隆と山下洋輔に関しては、ある時期、まったく一致しているといっていい。この両氏が出会えばどうなるか？　以後の両氏の親交ぶりは本文中にもくり返し書かれているとおりである。

山下洋輔氏の名を持ち出したのは、『プロト・ジャズ』という文章から、次の箇所を引用したかったからだ。

「本当の演奏者達の精神は、なにげなくはじめられた一つの貧乏ゆすりからでもジャズをひき出してみせるだろう」

この『狂気の沙汰も金次第』はまさに、貧乏ゆすりから狂気を引き出そうとする試みであるように思えるのだ。

『狂気の沙汰も金次第』は、筒井康隆の第二の節――神戸市垂水への転居の翌年、昭和四十八年二月から、四カ月あまり、夕刊紙に連載された。『SFを追って』から七年後である。この連載での作者の姿勢は一貫している。ごく日常的な素材、身辺での些細《ささい》な会話や出来事、まるで私小説の題材になりそうな話――つまり〝なにげない貧乏ゆすり〃に相当する、ありふれた素材から、狂気を引きずり出し、スウィングさせ、読者を狂気の世界へ導こうとする姿勢である。本文中、「狂気」の項にあるとおり、筒井氏の狂気へのあこがれはきわめて激しい。タイトルに「狂気の沙汰も金次第」という文句が使われているとおりである。

いいかえれば、「本当のドタバタ精神は、なにげなくはじめられた一つの貧乏ゆすりからでも狂気を引きだしてみせるだろう」という確信のもとに連載が始まったと考えられる。毎回異なる曲を演奏することを義務づけられた、百三十回あまりの長いコンサートツアーを消化してゆくようなもので、たいへんな苦行だったに違いない。そのことは、本文中ところどころにうかがえる。

その結果、筒井氏は創作上の新しい視点を獲得したのではないかと考えられる。どんな視点であるかは断言しにくい。乱暴なたとえでいえば、常識とか日常をとっくに通り越して、天才の紙一枚向う側から世界を見る眼、この眼力を使いこなせる能力とでもいえるだろうか。――いやに確信ありげに書いたが、この連載前後（つまり垂水への転居のころ）から筒井氏の作風が微妙に変化しているのは確かであり、傑作『熊の木本線』はこの連載終了後しばらくして生れているのである。そういう意味で、本書は、ユニークな随筆であり、随筆のパロディであると同時に、筒井作品の新しい領域の誕生の重要な記録であるともいえるだろう。

実は、先に引用した山下洋輔氏の文章は、次の文章につづく一節なのだ。

「ジャズは一人の天才の孤独な作業によっては生じない。が、」

ジャズとSFの相違点がここにあるのは確かだ。が、むろん、狂人の作業によって生じないことで共通していることも確かだ。

（昭和五十一年九月、作家）

この作品は昭和四十八年九月サンケイ新聞社出版局より刊行された。

筒井康隆著

最後の喫煙者
——自選ドタバタ傑作集1——

「ドタバタ」とは手足がケイレンし、耳から脳がこぼれるほど笑ってしまう小説のこと。ツツイ中毒必至の自選爆笑傑作集第一弾！

筒井康隆著

傾いた世界
——自選ドタバタ傑作集2——

正常と狂気の深〜い関係から生まれた猛毒入りユーモア七連発。永遠に読み継がれる傑作だけを厳選した自選爆笑傑作集第二弾！

筒井康隆著

ヨッパ谷への降下
——自選ファンタジー傑作集——

乳白色に張りめぐらされたヨッパグモの巣を降下する表題作の他、夢幻の異空間へ読者を誘う天才・筒井の魔術的傑作短編12編。

筒井康隆著

家族八景

テレパシーをもって、目の前の人の心を全て読みとってしまう七瀬が、お手伝いさんとして入り込む家庭の茶の間の虚偽を抉り出す。

筒井康隆著

七瀬ふたたび

旅に出たテレパス七瀬。さまざまな超能力者とめぐりあった彼女は、彼らを抹殺しようと企む暗黒組織と血みどろの死闘を展開する！

筒井康隆著

エディプスの恋人

ある日、少年の頭上でボールが割れた。強い〝意志〟の力に守られた少年の謎を探るうち、テレパス七瀬は、いつしか少年を愛していた。

新潮文庫最新刊

大西康之著
起業の天才！
―江副浩正 8兆円企業リクルートをつくった男―
インターネット時代を予見した天才は、なぜ闇に葬られたのか。戦後最大の疑獄「リクルート事件」江副浩正の真実を描く傑作評伝。

永田和宏著
あの胸が岬のように遠かった
―河野裕子との青春―
歌人河野裕子の没後、発見された膨大な手紙と日記。そこには二人の男性の間で揺れ動く切ない恋心が綴られていた。感涙の愛の物語。

徳井健太著
敗北からの芸人論
芸人たちはいかにしてどん底から這い上がったのか。誰よりも敗北を重ねた芸人が、挫折を知る全ての人に贈る熱きお笑いエッセイ！

J・ウェブスター
三角和代訳
おちゃめなパティ
世界中の少女が愛した、はちゃめちゃで魅力的な女の子パティ。『あしながおじさん』の著者ウェブスターによるもうひとつの代表作。

L・M・オルコット
小山太一訳
若草物語
わたしたちはわたしたちらしく生きたい――。メグ、ジョー、ベス、エイミーの四姉妹の愛と絆を描いた永遠の名作。新訳決定版。

森晶麿著
名探偵の顔が良い
―天草茅夢のジャンクな事件簿―
事件に巻き込まれた私を助けてくれたのは〝愛しの推し〟でした。ミステリ×ジャンク飯×推し活のハイカロリーエンタメ誕生！

新潮文庫最新刊

野口 卓著
からくり写楽
—蔦屋重三郎、最後の賭け—

〈謎の絵師・写楽〉は、なぜ突然現れ不意に消えたのか。そのすべてを知る蔦屋重三郎の奇想天外な大仕掛けを描く歴史ミステリー。

真梨幸子著
極限団地
—一九六一　東京ハウス—

築六十年の団地で昭和の生活を体験する二組の家族。痛快なリアリティショー収録のはずが、失踪者が出て……。震撼の長編ミステリ。

幸田 文著
雀の手帖

多忙な執筆の日々を送っていた幸田文が、何気ない暮らしに丁寧に心を寄せて綴った名随筆。世代を超えて愛読されるロングセラー。

安部公房著
死に急ぐ鯨たち・もぐら日記

果たして安部公房は何を考えていたのか。エッセイ、インタビュー、日記などを通して明らかとなる世界的作家、思想の根幹。

燃え殻著
これはただの夏

僕の日常は、嘘とままならないことで埋めつくされている。『ボクたちはみんな大人になれなかった』の燃え殻、待望の小説第２弾。

ガルシア＝マルケス
鼓 直訳
百年の孤独

蜃気楼の村マコンドを開墾して生きる孤独な一族、その百年の物語。四十六言語に翻訳され、二十世紀文学を塗り替えた著者の最高傑作。

狂気《きようき》の沙汰《さた》も金次第《かねしだい》

新潮文庫　つ－4－3

昭和五十一年十月三十日　発　行
平成十八年八月二十五日　四十三刷改版
令和　六　年十一月十日　四十六刷

著　者　筒《つつ》井《い》康《やす》隆《たか》

発行者　佐藤隆信

発行所　株式会社　新潮社

郵便番号　一六二―八七一一
東京都新宿区矢来町七一
電話　編集部(〇三)三二六六―五四四〇
　　　読者係(〇三)三二六六―五一一一
https://www.shinchosha.co.jp

価格はカバーに表示してあります。

乱丁・落丁本は、ご面倒ですが小社読者係宛ご送付ください。送料小社負担にてお取替えいたします。

印刷・大日本印刷株式会社　製本・株式会社大進堂

ISBN978-4-10-117103-6 C0195